先生之风

山高水长

吴文英
约1200—约1260
南宋词人

王应麟
1223—1296
南宋著名学者

朱舜水
1600—1682
明朝学者 教育家

严子陵 前39—41 东汉著名隐士

林逋 967—1028 北宋隐逸诗人

史浩 1106—1194 南宋政治家、词人

张孝祥 1132—1170 南宋著名词人、书法家

方孝孺 1357—1402 明朝大臣、学者、思想家

王阳明 1472—1529 明朝杰出思想家、文学家、军事家、教育家

范钦 1506—1585 明朝中期官员、藏书家

屠隆 1543—1605 明朝传奇作家、戏曲家

万斯同
1638—1702
清初著名史学家

陈撰
1678—1758
清朝著名学者、画家、诗人

全祖望
1705—1755
清朝著名史学家、文学家、浙东学派集大成者

姚燮
1805—1864
清朝文学家、画家

钱肃乐
1606—1648
南明大臣

黄宗羲
1610—1695
明末清初经学家、启蒙主义思想家、史学家

沈光文
1612—1688
南明时期文人、官吏

张苍水
1620—1664
南明儒将、诗人，"西湖三杰"之一

先生们

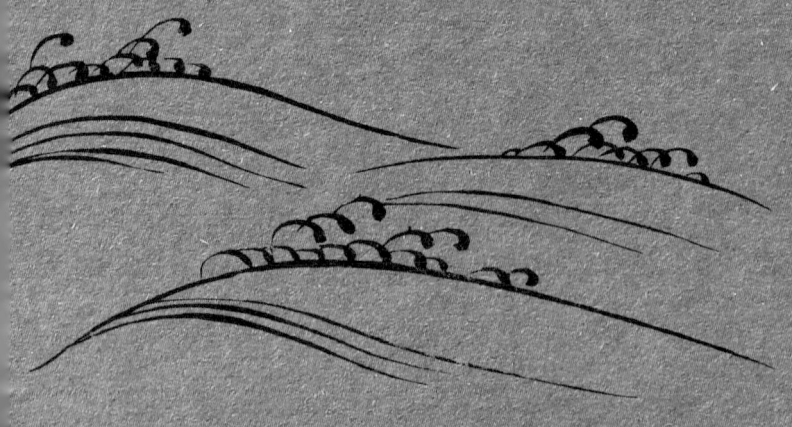

先生们

甬城群星闪耀时

徐海蛟 主编

图书在版编目（CIP）数据

先生们：甬城群星闪耀时 / 徐海蛟主编 . —宁波：宁波出版社，2024.3
ISBN 978-7-5526-5278-9

Ⅰ. ①先… Ⅱ. ①徐… Ⅲ. ①散文集－中国－当代 Ⅳ. ①I256

中国国家版本馆 CIP 数据核字（2024）第 036725 号

Xiansheng Men: Yongcheng Qunxing Shanyao Shi

先生们 甬城群星闪耀时

徐海蛟　主编

出版发行	宁波出版社
	宁波市甬江大道 1 号宁波书城 8 号楼 6 楼　315040
	编辑部电话　0574-87842506
责任编辑	詹李芳
责任校对	虞姬颖
责任印制	陈　钰
装帧设计	马　力
开　本	889mm×1194mm　1 / 32
印　张	10.625
插　页	4
字　数	220 千
印　刷	宁波白云印刷有限公司
版　次	2024 年 3 月第 1 版
印　次	2024 年 3 月第 1 次印刷
标准书号	ISBN 978-7-5526-5278-9
定　价	79.00 元

版权所有，翻版必究

序言 仰望甬城古典的夜空

8000年前，浙江东部，四野阒寂，古老的余姚江日夜不停流淌着。

这条江自四明山夏家岭发源，浩浩汤汤注入甬江。在余姚江中游，土地肥沃，水草丰茂，那里传出了响亮的劳动号子，人类早期的文明火种在此汇聚，那里是河姆渡。我们的先民进入了新石器时代，那是这座城市历经的一个崭新纪元。

4200年前，夏朝堇子国立，定宁波为邑城。

唐开元二十六年（738），宁波下辖鄮、奉化、慈溪、翁山四县，取四明山之名，称明州府。

明洪武十四年（1381），鄞县人单仲友在京城担任国子助教，向朱元璋献策，称家乡明州国号与大明同，为避国号，请皇上赐新名。朱元璋问单仲友有何建议，单仲友说："彼处有定海，海定则波宁，可否改明州为宁波府？"遂有了宁波的地名。

这是我们这座城市最早的印迹。

这片东海岸最美丽的土地,早早接受了开化之风的吹拂。既有东方历史厚重的沉积,又有西方风气漫长的洗礼;既有山的巍峨刚毅,又有海的开放包容。

我们相信一方山水养一方人。一座城市,也以自己的秉性养育着这里的人。宁波是尚学的,读书的传统由来久矣。不说它孕育出源远流长的四明学派、姚江学派、浙东学派,也不说闻名天下的藏书楼天一阁,只说两个数据,大概足以令每个宁波人骄傲:中国古代,宁波一地养育了2500名进士;中国现代,宁波一地又为共和国贡献了122位院士,均居全国前列。宁波是重商的,这个城市的人天生务实,秉持经世致用的信念。由此,这里走出了中国近代最有影响力的商帮之一——宁波帮,宁波帮将生意做到五大洲,创造了百余个中国第一。

我常常想,是什么决定了一座城市的品格呢?得天独厚的地理位置?悠远的文明历史?这些固然是其中不可忽略的部分。更重要的是这个城市的文化基因,一座城市的文化基因左右了城市的品格,城市的品格又决定了人们的眼界和选择。那么一座城市的文化基因从哪里来的?想了好多年我才想明白,它是由这座城市里那些博大高远的灵魂造就的。

说到宁波的文化名人,很多宁波人都能对他们的名字如数家珍。但再问问,有多少人知道他们的故事,恐怕得到的就是沉默了。于是我们翻开历史书去求证,但史书板着一副严峻的脸孔,上面写着一行行古板的履历。这多少有些遗憾,在宁波竟然找不到一部书，把那些文化巨匠的故事讲给后人听。作为一个在这座城市里长大的作家，承蒙它的种种给予，我一直都有一个私心，想写写宁波的文化巨人，想为那些大先生做一本书。

但生活烦琐，这件事一搁好多年，就像一颗被藏起来的种子，在等待一个春天给它的机缘。

许多事皆起于偶然。

2022年8月，单位主要领导调动，一团忙乱。其时，赶上宁波市鄞州区宣传部主办的一个文化工作会议，领导没空让我代会。那次代会议题有点特殊：关于王应麟先生诞辰800周年纪念方案商讨。原来是一个给古代大先生过生日的策划会。每位参会嘉宾都要讲几句。轮到我了，我说："能不能写一本书，咱们用文学的方式把宁波那些大先生写下来？当然，也包括王应麟先生，这本书呢，要重在讲故事。当下，关于宁波历史人物的书不少，但用文学的形式书写宁波古代文化名人的书还真是凤毛麟角，我们能不能做这个事？"

鄞州区宣传部的应林辉副部长当即回应："当然能做啊，马上落实。"

事后，回忆那一幕，我突然想到，这大概就是宁波人的办事特质，我们的宁波帮，他们大概就是这样把一桩桩的大生意谈成的。

事情就是这样开始的。从一个无意间的念头，到一次无意间的代会，到一句无意间的提议，一下子唤醒了我多年来深藏心底的一个愿望。

我花了两个月时间，思考这本书的提纲和结构，并列出了一个人物长名单。不做不知道，一做起来，确实吓了自己一跳，看着白色A4纸上这些如雷贯耳的名字，才知道他们都是从甬城这片土地上出发的。严子陵、林和靖、张孝祥、吴文英、王应麟、王阳明、屠隆、张苍水、全祖望……一长串名单令人肃然起敬。

接着，又用两个月时间物色作者。作为主编，我挑选作者自然有自己严苛的标准，这标准归结起来也很简单，就是不以名气考量，只挑选踏实的，肯认认真真花时间做考证的，以散文写作为主的作者。事实证明我的选择是对的，这本书里的大多数作者都格外尽心尽力，他们对文字的敬畏和对事实的尊重，都深深感动着我，很多作者为了写成一篇七八千字的文章，读了数本参考书和数十万字的参考资料。也有作者，例如邬吉霞，在写完一万字的文稿后，被我推翻，又另起炉灶再写一篇，另两个作者羽人、徐海珍，也做了同样的事。作者陈小如，则反反复复改了六稿。若做个统计，全书70%的篇目修改了三稿以上。在这本书的作者中，不乏郑骁锋那样的历史散文写作高手，在写作中，他同样表现出了惯有的严谨和审慎。

我提到这些，是想说对待这本书，作者们有着一致的专注和用心。它是19位作者的一股合力，是19条支流汇成的一条大河。由此，才成就了这部讲究格调的书。

我们谦卑地低下头去，看到了纸页间高贵的灵魂，看到了这座城市古典的夜空群星璀璨。我们在纸页间，见到了故事，也见到了一座城市的精神走向。这里头有家国情怀，有文人傲骨，有生命哲学，有侠骨柔肠；这里头有上下求索，有理想主义，有智慧和勇气的激扬，也有深情和热血的涌动。这一切，这些丰盈的生命，塑造了我们这座城市的性情和气度。

还是想再次表达谢意，感谢应林辉先生促成了这桩美好的事情，感谢每一位用心书写的作者，当我们的名字列在那些伟大的名字后面，我们同样分得了一份荣光。感谢责编小詹，她很敬业，也很讲究，唯有用心用情，才能让一本书呈现出读者想象中的模样。

最后，愿亲爱的读者，在字里行间遇到深邃又有趣的大先生们。

徐海蛟
2024/2/9 除夕下午

175	海天畸儒	郑骁锋/文
193	孤臣希声	邬吉霞/文
211	铁骨书生	薛显超/文
227	困在岛上的时光	徐海珍/文
245	苍水茫茫	徐海蛟/文
261	莫比乌斯之路	舒心/文
277	天涯风尘客	王晓峰/文
291	闲却牧歌	陈小如/文
315	不爱繁华爱清绝	朱夏楠/文

目录

页码	篇名	作者
001	洛阳别	吴梅英 / 文
019	孤山梅隐	吕颖 / 文
039	宰相之路	胡飞白 / 文
051	云天大地	张淑琴 / 文
067	旧雨江湖远	潘瑶菁 / 文
083	深宁烛心	王静 / 文
101	读书种子	张小末 / 文
119	吾心自有光明月	符利群 / 文
137	聚书之旅	赵嫣萍 / 文
159	始于冬季	姚十一 / 文

洛阳别

严子陵
前39—41
东汉著名隐士

吴梅英 文

1

是安车渐缓的颠簸让严子陵醒了过来。

睁开眼睛，车内光线昏暗。洛阳到了？他自言自语。轻轻撩起车帘，看见车正驶过城门，守城的卫士看了他一眼，又好像没看。风拂过，带来些许微凉的气息。他坐正身子，整理了一下衣冠，心里不免有些激动。就像他第一次离开老家到了余姚县城；就像那一年游学，远行到达长安。那时候，他也是这样仰望着城门，心底却有激流翻滚。

那时候走在身边的人呢？这样想着，他不禁轻轻叹了口气。正是暮晚时分，夕阳的余晖洒在洛城街面上，给这个新生的城市镀上一层璀璨的光。行人的笑容是金色的，笃笃而过的车马是金色的，街道两边的建筑，也沉浸在一个金色的梦里。严子陵捋了把胡须，放下车帘，身子靠向安车柔软的靠垫。

他已经是个老人了，须发花白，皱纹横生。时光就像流水，奔腾着汹涌而去，却把他留在古稀的岸边。他还能做些什么？当刘秀第一次派人来到齐地，带来四处寻找他的告示，他不禁在心底问自己。告示上的人还年轻着，那是十几年前的严子陵，刘秀记忆里的严子陵，他拿过那张告示，仔细看着画像，仿佛看着自己的前生，有些不可置信。他对着来人摇了摇头，心里说，怎么这么快就老了？来人愕然，行礼，慢慢退出。他什么都没说，他也不知道自己该说些什么。

几十载梦幻，现在只剩这江边的一支钓竿，一只药箧。他还能重新活一回吗，回到年少时光，回到祖父严景仁的叮咛里，回到父亲严士恂殷切的目光中，回到那些意气风发的岁月？回不去了。当刘秀特派的人第二次到来，他说，老了，不中用了。他没有想到的是，刘秀会第三次派出特使，而且准备了丰厚的聘礼，还有一封言辞恳切的信：

> 古大有为之君，必有不召之臣。朕何敢臣子陵哉！惟此鸿业，若涉春冰，譬之疮痏，须杖而行。若绮里不少高皇，奈何子陵少朕也。箕山颍水之风，非朕之所敢望。

读着这信，他心里一热，差点老泪纵横。去吧，去洛阳。他迈出屋门，看了眼天天垂钓的一江碧水，默默道别。就单为着老朋友，也得走这一遭啊，他心想。

一路风尘仆仆，越千山万水，像穿越几十年时光，他在安车里回顾了自己的一生，从小读书，少有高名，游历各地，论道讲学，"箕山颍水之风"，并非他所想望。他热切想要的，一直是得遇"大有为之君"，在庙堂之上实现自己安邦治世的梦。遗憾的是，他生于西汉末年。当王莽抛开孺子婴，直接登上帝位，他迅速逃离长安，避开新朝征召，斩断了那条伸到他面前的通往圣殿的路。

2

北军驿馆在暮色里矗立着,一脸严肃的卫士守在门口,墙垣高耸,戒备森严。

这是最高级别的待遇,严子陵心下明白。他抬头看了一眼,就走下车来。一名内侍弓着身子,指引着他一步步朝驿馆走去。

陈设精致,床褥崭新。餐桌上,晚餐已经摆好。一个太官站在一旁,向着他拜了一拜。

文叔呢?他差点问出声来。文叔是刘秀的字,他一直这样喊他。他满以为,他下车就可以看见文叔,甚至他还以为他会在城门口就见到他,还能看见他像多年前一样,大笑着朝他热切地跑过来。

他已经是当今圣上了,不再是那个新野少年,也不再是那个跟他朝夕相处的太学生。他无声地走到餐桌边,一个人慢慢享用一桌美酒佳肴。

这都是皇上亲自交代的,太官告诉他。

他点点头,喝口酒,往事点滴映现。

他记得和刘秀相遇的那一天,阳光也是毫不吝惜地铺洒着。看见刘秀的那一刻,他发现五彩的光正在他头上盘旋、闪耀,以至于周围的少年都黯然失色。那时候,刘秀尊他为师,但严子陵从没摆过什么架子,他们之间,一直以朋友相处。这是多么奇妙的事,两个有着三十几岁年龄差的人,却能越过时间的沟壑心意相通。他们从新野走出来,走到广袤的时空里,遇见各种人,学到许多东西。最后,他们来到长安,进入太学。

那时候,他们想过有今天吗?

太官又给他斟了一次酒。

窗外,天色越来越暗。远处的青山和近处的宫阙,都已化成一道道浓重的剪影。驿馆之内,火光亮起,火苗闪烁着,照亮铜制的人形灯罩。

他记得,多少个晚上,他跟刘秀住在太学宿舍里,就着一豆火苗,面对面谈经。老师教的,严子陵早已熟稔,甚至严子陵的学识已超过太学老师。夜晚,严子陵就在宿舍里给刘秀补课。日夜研习中,刘秀的学问突飞猛进。子陵,我们要永远在一起,一个晚上,刘秀忽然真诚地说。严子陵哈哈大笑,说文叔说笑了。刘秀说,我是说真的,我要你一直做我的老师,在我身边帮助我。

他们的分别,是在灞桥边。那一年,刘秀的大哥刘縯在舂陵起义。刘秀要回去追随大哥了,离别时,他请求严子陵跟他一起走。严子陵坚决摇头,把他一直送到桥边。

为什么不跟刘秀一起走?严子陵自问。十年前,王莽的征召他逃避;十年后,刘秀的邀请他拒绝。或许,是他还不能理清思绪。天下群雄起义,新朝风雨飘摇,他还看不见自己的出路、国家的出路。但他知道刘秀是对的,刘秀走的,是一条属于他的命定的路,那条路上,没有他严子陵。

太官再次拿起酒壶。严子陵抬手,放下碗筷。残席撤去,他走到窗边。黑暗中,某处屋檐之下,有玉笛清亮的声音响起。

3

"严先生——"

早上，进膳的太官刚刚离去，严子陵就听见门口有人喊。有那么一刹那，他以为是刘秀。一切的铺陈都差不多了吧，刘秀该出现了，他想。但刘秀不可能喊他严先生，他们一直互称姓名。而且，帝王出行不可能这么静悄悄。当然也未必，以刘秀的个性，甩开随从一个人跑来见老朋友，也是极有可能的事情。他想起在新野时，刘秀就常常一个人跑来他的房间，向他请教各种疑难问题。想多了，他笑自己。他走到门口，看见一个书生模样的年轻人。

"侯公门下侯子道，拜见严先生！"年轻人施礼毕，呈上一封书信。

严子陵看了眼信的落款，眼前迅疾闪现出一张严肃而谨慎的脸，那是多年前的侯霸。那一年，他跟刘秀游学到随县，侯霸正为县宰。他们在那里住了几天，目睹侯霸处理过几段公案。当时他就断定，侯霸一定能成就一番大事业。他并不像表面上那样小心翼翼，相反，他有胆魄，正如他的名字一样，霸气十足。这种霸气，绝不是粗野小人的横行霸道，它不显山不露水，甚至，是以侯霸的才气与善念为依托的。

今天，侯霸已经升任大司徒。想到这里，严子陵很有些感慨。一切都在意料之中，却还是震惊于一个现实，从成帝到王莽、更始帝，再到刘秀，侯霸一直在任上，且节节攀升。这样历经几朝而能自保，绝不是他严子陵能做到的。

"侯公听闻先生到来，本想即刻到访，但公务繁忙，特嘱我前来拜望。"侯子道说。

严子陵什么都没说，打开书信，不由笑了，这个侯霸！自然，不可能因为什么公务繁忙，信里，侯霸说"迫于典司"，又说"愿因日暮，自屈语言"。他不禁大笑出声。

侯子道不知严子陵在笑些什么，又把侯霸信里说的话口述了一遍。

严子陵看了看他，挥挥手，示意他可以离开。

侯子道说："先生还没回信。"说着，又施一礼。

回信？严子陵想了一下，正色说，好，你写，我说。

侯子道执笔：

君房足下：位至鼎足，甚善。怀仁辅义天下悦，阿谀顺旨要领绝。

4

有那么一刻，一种愤懑蛰伏在严子陵心头，让他真想一走了之。

他想起齐地，想起余姚老家那些质朴的村民，想起他们憨直的言辞，爽朗的笑声。想起云山苍苍，江水泱泱，那才是人间的天堂啊。往后余生，他想要过自己想要的生活。终日空垂钓钩，与清风共语，与鱼儿对谈，这应该不是侯霸之流所能理解的。同样，这样曲曲绕绕，言不由衷，也不是他所喜欢的。侯霸还是昨天的侯霸，他还是昨天的他，时间已经将他们送到一个适合自己的位置上。孰欢？孰乐？怕只有自己清楚。

很快他就复归平静。他已经不是那个时刻会拍案而起的严子陵了。他告诉自己，他是来看望老朋友的。对于侯霸，他完全没必要生气，虽然他们曾有交情，但那远不及同刘秀的万分之一。刘秀不来，侯霸自然不可能来，这是侯霸的智慧；而派个人来带封书信，这就是他的圆滑和世故了。一则让严子陵知道他已尽了故人之谊，二则不至于让刘秀和朝臣们有什么想法。也许，他还会马上向刘秀呈上这封回信，严子陵口授的时候，就已经想到了这一点。

他给自己倒了杯茶，坐到窗边。远处青山含翠，近处几棵树上，一群鸟儿飞起，又落下。看来连鸟儿都眷恋这个地方。这样想着，他对侯霸又多了几分理解。一人之下万人之上，事事要周全，也是难为他侯霸了。

如果时间提早十年？他忽然想。

他当然会积极回应刘秀的征聘。

如果现在他接受征聘，刘秀会怎样安排他？如果让他坐上大司徒的位置，是否能比侯霸做得更好？

未必。他回答自己。

无论他是否愿意承认，属于他的时代真的已经过去了。在外游走多年，他已习惯放任自己的个性，纵情山野。要他改变自己，委曲求全，以适应一个曾经梦想的显赫高位，难了。

窗外，更多的鸟儿飞过来，喳喳叫着，像有什么喜事。严子陵喝口茶，站起身，看了一会鸟儿，慢慢走回床边，靠在床上休息。

刘秀就在这时候走了进来。

严子陵听见了,却没有起身。索性,他闭上眼睛,假装睡着了。这一刻,他的脾性又上来了,他想看看刘秀的反应。

刘秀还是那样年轻,却更加英俊神武。严子陵微睁着眼看了看,心里很是激动。他闭上眼睛想,原来时光作用于每个人身上的刻刀是不一样的。时光像一个沙漏,筛下大部分,却将少数人送上绝美的巅峰。

"子陵——"刘秀边喊边跨进卧室。

严子陵还是闭着眼睛。一起游学的那些日子,他们常常肆意嬉闹。

刘秀微笑着大步走到床边,亲热地靠着他坐下。

"子陵——"刘秀俯身喊着,一只手直接伸到他肚子上,一下一下抚摸。

他眉毛一抖,睁开眼睛。

"醒了?"刘秀笑着问。

他定定地看着他。

"怎么了?"刘秀问。

他又看见了那光环,当初新野初见时闪耀在刘秀头顶上的光环,只是,这光环今天已化成帝王的冠冕。

他正想开口,忽听刘秀叹了口气,说:"子陵,你就这么不想来相助朕吗,要朕一次次派人相请?"

严子陵握住了刘秀放在他肚子上的那只手。刘秀热切地伸过另一只手一起握着。严子陵想起,这仿佛是他们当年灞桥之别的场景。那一次,严子陵没跟他一起走,却把自己当时行医所得的钱都给了他。

刘秀似乎也想到了。他说:"子陵,这次你一定要帮朕,朕真的很需要你。"

严子陵沉思了一下,说:"侯霸来过了,派他的属下来。"

"朕知道。"刘秀说着,笑了一下。

"侯霸会是个好官,我却未必。"严子陵从床上坐起来,也笑了一下说。

"子陵你谦虚了,你可是朕心目中第一有才德的人。"

"不是每个有德有才的人都适合做官的。"

"你适合,还有人比朕更了解你吗?记得在太学的那些日子,咱们常一起评论时局。"

"那是十多年前了,你看,现在我已经老了。"

"怎么老了,在你这个年纪,姜子牙都还没遇见姬昌呢。"

严子陵摇了摇头,微微一笑。他站起身走到窗边,凝望着远方说:"昔唐尧著德,巢父洗耳。士故有志,何至相迫乎!"

"子陵,朕竟然不能让你改变主意吗?"刘秀说着,长叹一声,满脸失望。

5

平心而论,刘秀还是颇有文王之风的。一个人在驿馆内,严子陵常常这样想。他也犹疑过,要不要留下来,效仿姜子牙,成就汉室基业,也成就自己。

连续数日，严子陵都被请到宫中。东汉政权初立，中兴的气象已经初显。功臣各得其所，贤者得以任用。严子陵很为刘秀骄傲。刘秀好像有说不完的话，一直跟严子陵叙说别后情形。其实很多事情，严子陵早就知道了，从长安到齐地，一路走，他一路打听刘秀的情形。他知道他在宛城起兵，知道他哥哥刘縯被杀，知道他娶了阴丽华又娶郭圣通，知道他平定河北自立为王，知道他毫不留情杀了王郎……

但他愿意再听一次。陪刘秀把他们分别之后的路再走一遍，听他说说他的哀伤他的喜乐。他为昆阳大战中他的智勇双全拍案叫绝，为更始帝面前那个韬光养晦的他暗暗惊心，更为平定河北过程中他表现出来的坚忍和顽强折服。倾听中，他适时插入自己的评论，三言两语，概括刘秀的政治谋略和帝王胸襟。精要的评点，常常令刘秀击节赞叹：子陵知我！

他们的探讨，在一件事情上有过停留。当时，刘秀已立郭圣通为皇后。严子陵没有说什么，虽然在新野，他就知道刘秀对阴丽华的感情。娶郭圣通，是刘秀平定河北过程中与刘杨达成的协议，立其为后，也是为着朝局的稳定。沉思良久，严子陵说，只是你始终心怀愧疚，始终不甘心。刘秀说，没有其他选择，如果当时你在，你觉得还有其他选择吗？严子陵说，也许可以缓一缓，缓一缓。刘秀叹息着说，怎么缓，新朝初立，百废待兴，我哪还有精力考虑后宫的事。严子陵没再说什么。第二天，刘秀又拉着严子陵，叙说同阴丽华的往事。你是见证者，刘秀说，我的心，很多时候只有你懂。

严子陵想说，有些事情，就该听着心声走。

但他没有说出来，一切已成定局，他不想让刘秀深陷在遗憾里。很快，许多愉快的回忆就覆盖过来，潮水一样淹没了关于立后的谈论。他们没有想到的是，潮水终会退去，岸上的一切始终要再次裸露，而刘秀，要一次次面对自己摆下的棋局，遗憾，懊悔，再次艰难抉择。

建武十七年(41)，也许是回忆起这一次的宫中论谈，刘秀又想起了严子陵，派人来到他后来隐居的富春江边，想再次召他入宫。那时候的严子陵，已经须发全白，老得经不起一次长途旅行了。就在这一年，刘秀废了郭圣通，立阴丽华为后。也是这一年，严子陵去世。

但两个老朋友宫中论谈之时，还没人能预测十几年之后将发生的事。这个时间点上，刘秀所思所想尽是朝局与国家，许多割据势力还没有铲除，许多人还等着他去招抚，天下初定，他还没有时间整理自己，让深埋内心的一些种子发芽开花。他这些日子的首要任务，就是留住严子陵，因此他天天召他进宫，在对往事的回忆里重拾曾经的亲密。严子陵发现，刘秀记得所有事情，记得他带他走过的每个地方，记得介绍他认识的每一个人。刘秀说，正是这些地方这些人，让他对"天下"有了概念，对一切人事有了更多理解和包容。以至于后来在平定王郎时，他可以将一箱各军将士写给王郎的信一烧了之，让别人宽心，也让自己宽心。

严子陵是真的动心了，好几次，他都对自己说，留下来！这样的刘秀，正是他一直期待的明君。他想起祖父和父亲的期盼，想起自己年少时候的志向，也想起跟刘秀游学长安时他们共同的向往。那时候，刘秀想要的是做一个"执金吾"，现在他已经超额完成了任务。而他严子陵呢？

6

一切都朝着美好的方向发展。就连天气也像懂人的心意，连日来，微风不燥，阳光正好。洛阳真是个好地方，看来，文叔定都这里是上上之选。宫中行走时，严子陵感叹。

让他没有想到的是，自己会在宫中睡着，并把一只脚搁到刘秀肚子上。

醒来是子夜时分。严子陵只觉一阵寒凉，是秋天了，这是他第一个想法。被子呢，他伸手去抓，没有抓到。转个身，才发现身边还有个人，而且，他好像把脚压在人家肚子上。心里一惊，他迅速爬起。天呐，竟然是刘秀。

猛然就清醒过来，转个身，面向着刘秀。铜灯昏黄的光落在床上，让他看清楚了刘秀身上的黄袍，以及那张英俊的熟睡的脸。两个人是怎么睡到一张床上去的，他迅速回忆，却感觉头脑昏沉。

又喝多了，他叹息一声，真是老了，不然不至于醉成这样。看着睡梦中的刘秀，他轻轻唤了声"文叔"，刘秀转个身，却没有醒过来。严子陵拉过被子，复又躺下。一时间睡不着了，昨夜情景一一再现。

"今晚没有君臣，只有老朋友，大家都直呼其名。"晚宴上,刘秀欢快地说。

参加晚宴的还有侯霸。三个人一落座,刘秀就作了声明。但看得出,侯霸始终战战兢兢。刘秀似乎也想借严子陵敲打侯霸,边吃边聊朝中大事。许多事情,都是侯霸这个大司徒牵头做的。严子陵是真的回到了朋友状态,像当年三人一起时一样畅所欲言。席间菜品丰富,却不奢靡,严子陵吃得开心。侯霸却明显食不觉味,没吃多久,就推说自己醉了。刘秀也不强人所难,直接开口让侯霸先走。这就是刘秀的好处,严子陵心想。其实昨晚谈论的一些事情,刘秀自己已有看法。但他不直接说出来驳侯霸面子,他也深知严子陵看法会与自己相同,在这样一个轻松的场合借严子陵之口说出,侯霸就不至于太难堪。清醒而不失宽厚,这是一个帝王最难得的品格。

后来他们又聊了多久,喝了多少酒?严子陵完全没有印象。他只记得太官进来添了灯油又出去;记得菜热了又凉,凉了又热;记得刘秀问他,他比起过去有什么变化,他指着他大笑说,变胖了,变胖了。那酒真的好啊,是上好的洛阳春酿。不断碰杯中,他们恍惚就回到了从前,回到两个人潦倒游学,偶尔赚点钱就胡吃海喝的日子。酒中见真情,他感觉,昨晚的刘秀是真的放下了,真的又是他曾共患难的文叔了。严子陵也放下了,抛开一切顾虑,他决定要留下来帮助文叔。就像文叔说的一样,他严子陵不帮谁帮?

后来是怎么睡下的?好像是刘秀说,两个人很久没有同榻而眠了,今晚就别回去了。他好像也没有推辞,一碰杯子就站起来朝卧榻走。至于他们怎么睡下的,后来又说了些什么,他完全不记得。

又翻了个身,他闭上眼睛。既来之,则安之,今晚就这么睡吧。刘秀也翻了个身,扯走大半床被子。他起身,把被子拉平,复又轻轻躺下。

夜灯昏黄的火苗如往常一样跳动着,在这个寻常而又不寻常的夜晚。

7

客星侵犯帝星!太史急奏。

好像是夜里着了凉,这个早晨,严子陵觉得天气有点冷。回到驿馆,就泡了壶热茶一个人喝着。这时候,传话的太官到了。

原来是刘秀担心严子陵昨晚喝多了酒,特命太官送上上好绿茶。太官明显想要讨好严子陵,一边呈上茶叶,一边笑着搭讪。就这样,早朝上的一切严子陵都知道了。

"是我同老朋友严子陵一起睡觉了。"面对朝臣的一片恐慌,刘秀反应平淡。他是笑着说那句话的。这句话一说出来,群臣各种反应,太官都惟妙惟肖地转述。仿佛,那时那刻他就站在一边目睹。或许太官以为,严子陵听说此事会同他一样感动异常。

试问古今,有几个皇帝能做到同老朋友同榻而眠,而且还容许别人将脚搁到他肚子上?

严子陵承认没有。但是,他真的感动不起来。

他们是一起游学的人,是一起研究过谶纬,嘲笑王莽是个不断利用谶纬夺权、称帝的人。他很想问一下史官,他是怎么观测到客星侵犯帝星的,有什么不好的预测,以至于他要在朝堂上掀起这样的恐慌。他更想问问刘秀,他这么说是否也承认客星侵犯帝星?他严子陵有这么大的能耐,同他共卧一晚就惊动天象?

往日文叔,今日帝王。他们之间,终是回不去了。

不如归去,严子陵心想。抬眼望天,白云悠然。回家乡,回余姚。哦,不,最好去一个刘秀再也找不到的地方。

他没有把那壶茶喝完。一阵凉风吹过,窗外有落叶飘零。仔细推算了下日期,真是,立秋了。

圣旨很快到来:授严光为谏议大夫。

所有朝臣,包括刘秀都以为,这时候的严子陵肯定会欣然接旨了。

严子陵心里冷笑。他没有接旨,而是找了辆马车,速速离开了北军驿馆。

洛阳城,别了。文叔,别了。

马车出城门,严子陵转身朝后面看了一眼。身后,城墙坚固立于秋日阳光之下;身前,是广阔的道路,通向他无限钟情的人间。

孤山梅隐

林逋

967—1028

北宋隐逸诗人

吕颖

大中祥符（1008—1016）是宋真宗赵恒的第三个年号。

元年的正月初三，宫里出了一件大事。真宗在紫宸殿上朝，皇城司匆匆来奏，称左承天门的南脊鸱尾上挂有一条六七米长的黄帛。赵恒欣喜若狂，立即差人前去查看，回报说黄帛似包有书卷，缠三缕青丝，封口隐然有字，像是神人所说的天书。

真宗即刻率百官步行至承天门下，诚惶诚恐地将"天书"迎奉至道场，当众开启封口。不出所料，黄帛内有字幅三条，称颂真宗孝道承统，施政仁义，清净简俭，必将国运昌盛。

为迎候这份天书，一月之前真宗便素食斋戒，在朝元殿建设道场，恭敬等待。大概率的巧合，往往是事先预谋。原来一月之前，真宗请史官记下过一个不同寻常的梦境：夜半昏睡时分，寝殿里突然一片光曜，神人头顶星冠、身着绛衣飘然而至，嘱托下月将有仙人来降《大中祥符》天书。

天降祥瑞，百官朝贺。由皇帝与谄臣一手策划的闹剧——天书造妖、泰山封禅自此开始。

这一年，真宗改年号"景德"为"大中祥符"。

这一年，林和靖四十一岁，结庐孤山。

结 庐   1

每个人心中都有一个西湖。

他的西湖没有艳丽妩媚,没有雄风英气,也不带凄迷忧郁。

他曾在漫天飞雪中独自驾起扁舟径入湖心,看天与水,水与岸,平地与山冈,融为一体,让小舟在苍茫的雪湖上随意浮游,自行自却。他携琴湖上,拥炉而坐,通宵未返。片片飞雪落,铮铮琴声起。良久,余音泛于波心,与落雪同鸣;残雪滑入炉内,与星火共舞。

他还曾于入暮时放舟,听疏钟阵阵、荡弥空阔;在雨起时泛湖,看水天黑白、野树青红。他一次次驾船于西湖,泛舟于他曾波澜壮阔,如今逐渐归复澄澈的心境之上;他曾一次次接近心中的那座山,那座与他命运相似的孤山,他内心一直向往的安放余生与死亡的静地。

走过市井繁华,穿过庙堂高歌,漫游了万里路,他的发须渐渐花白,脚步也日趋沉重。空怀一腔经世之志,举目却无报国之门,理想与现实的裂缝越来越大。

他又一次在回忆与现实之间泛舟,寻找并确认精神的归处。只有西湖。只有西湖的清旷、澄淡,才能安顿他孱弱的身体,让他感受到存在的宏大与不息;只有孤山的大雪与梅树,才能疗愈心中的落寞与愤懑,让他有与世俗生活相隔离的恬淡与超然。

他停下了长久的漫游,回到了西湖。

尘世若水，他便是水中的孤岛。

浮生一轻毫。

这次泛舟，他重登孤山。山不高，独立而不群，四周碧波荡漾，林间泉声潺湲。他沿北麓山道缓缓上行，行到山巅一平缓处，许是累了，许是钟声让他听到了停下的回响，他放下了行囊。举目四眺，孤山之上云树四合，群枝纷拿，对岸杭城的喧嚣被湖面蒸腾的水汽消融，他满意地打量着眼前，掸去了尘土，坐了下来。传说中唐尧时代的隐士巢父、许由不愿仕的典故浮现，于是在孤岛之上，他开始垒土为墙，结茅为室，编竹为篱，建山阁以栖身，取名为"巢居阁"。

西湖中，孤山上，一座阁，一位神清骨冷的中年人开启了他新的人生。

他是林和靖。

中年之后，他成为西湖孤岛上的隐者、诗人。

但我更愿意称他为山野散人。

2 高 蹈

沈括在《梦溪笔谈》里写他"世间事皆能之，惟不能担粪与着棋"。担粪，实为农事的代名词。褪下素色长袍，换上粗布麻衣，开垦土地，种植豆苗，铲除荒秽，对一个读书人来说，显然并非易事，但归隐二十年，从不入城市，衣食起居皆自给自足，林和靖却乐在其中。

春耕之时，他赤足走进田地，以耙犁地。晨起新雨，翻松的泥土升腾起湿润而芬芳的气息，"夹村微雨一犁春"，他欣喜，在犁松的土地之中，在蒙蒙细雨的滋润之下，春天正在苏醒。

初夏，他向老农学用耘耥除草，烈日下的耕作让他汗流浃背，他把目光投向田埂上的桑荫，"雉桑交影绿重重"，偷些小懒又何妨，他一边夸赞桑树长枝交垂，一边从烈日下抽身，隐入浓密的桑影里，还攀来一枝青松当扇子，"何烦强捉白团扇，一柄青松自有余"，但松针间滑出的清风怎比得上团扇扇出的风儿畅快，林和靖笑言，团扇乃是俗物，只能扇出市井聒噪的蝉鸣，扇不出孤山的浮云与松香。

对许多诗人来说，秋风乍起时往往难掩感伤，离愁别绪涌上心头，孑然一身的林和靖却鲜有悲秋之诗。"梯斜晚树收红柿，筒直寒流得白鱼"，秋日的晚霞绚丽如画，红柿又灼灼撩人，是眷赏晚景还是攀梯收柿？林和靖已然心猿意马；他决定登上高梯，专心劳作，又忽见池畔有农人摇手，原是筒车注出一条寒流，池塘的水被抽干，塘底跳跃着翻着白肚皮的大鱼。他又匆匆下梯，奔向池边看鱼去了。

他是个不称职的躬耕者，又是个喜欢"风雅"的渔樵客，他家室内的矮墙上，常常爬满苔藓，又挂着渔竿渔网，新鲜的泥土气、鱼腥味，与登门入窗的山间林风一起，在屋内自在漫游，而林和靖，则与"万卷诗书"和"一床尘土"相亲、相拥。腹饥难耐，以屋后笋芽、水边茭白为食；书读倦了，便上山斫柴，下池捕鱼。许是白日读书不用灯，他多爱"晚樵""晚渔",常吟诗高歌,披一身月光而归,揽一湖月色而归。

他陋于室而富于圃,在孤山坡地之上种以桃李,岩地之上间以兰菊,还让丁香藤、紫荆花爬满山坡。

久病成医,闲暇时,他还常携药锄从雷峰塔附近上山采药。宋时,此山出产黄皮、百合、牡丹皮等中草药;一路曲曲折折,他又爬上南高峰,那里多产凤眼草、金星草等药材;如果转道龙井,他还能采到不少枸杞、茯苓。

熬药的水自然也有讲究。山峰高耸,云霭弥漫之处,药泉往往自岩间小孔沁出,细流滑入崖壁,很快会被苍苔吸收。林和靖摘下一片细长草叶,将根部插入岩孔,泉水就顺叶而下,在叶尖汇成细流,滴入他事先准备的葫芦之中。

他的目光始终不能专注于田地。看毛蟹横行,松鼠端坐,"细风时已弄繁弦",听"雨敲松子落琴床",还抚琴、访僧、看云,写诗、养鹤、豢鹿……在远离人间烟火的精神结界里,林和靖把每个日子过得充满人间的意趣与情味。

曾有两位好友登门拜访,为林和靖作画。一位把他画在水天一色的溪畔,画中林和靖悠然垂钓,符合一个典型的隐士形象,而林和靖却把另一位好友的画作挂上了墙,整天得意地自我欣赏,还自诩如果僧友们看到,会把这幅画当作本人去作揖。这幅本人钟情的画像究竟描画了一个怎样的和靖,我们已不得而知,但从《闵师见写陋容以诗作答》这首诗中尚可发现些许端倪:

顾我丘壑人,烦师与之写。

北山终日悬，风调一何野。

林僧忽焉至，欲挥顷方罢。

复有条上猿，惊窥未遑下。

林和靖大抵是喜欢上了这张画中自己的"野"趣。

合上了人声鼎沸的生活，那些丰饶的细微，向他敞开通往自然的大门，让他在孤山之上忘我高蹈。

颠簸　3

他并不是一个天生的隐士，他的"隐"，是在命运的颠簸中完成的。

北宋乾德五年（967），林和靖出生在浙江宁波黄贤村。相传秦末汉初之际，商山四皓之一的夏黄公在协助刘盈顺利登基后，又重归山林。隐居后，他写诗作赋，治病救人，乡民们便把他所住的村子称为黄贤村。

林和靖出生在村里一个"单平"之家。单平，意为孤寒门第，其祖父曾为吴越王钱氏的通儒院学士，凭借祖上的基业，一家人的生活在这个小乡村也不至于过得落魄。但自他出生后，噩运接踵而至，随着宋太宗一统北方，吴越国王主动献土归宋，身为大学士的祖父含恨离世，父母也因此变故相继逝去，仕宦之家沦为布衣百姓。

于是，年幼的林和靖离开了黄贤村，孤身一人来到祖父曾经生活过的杭州城，那里至少还有一份不厚的家业和并不相熟的亲人可以倚靠。但家族变故，使得他的兄长们相继离开杭州，各奔前程，林和靖或因体弱多病，被留在了杭州。

"金谷年年，乱生春色谁为主？余花落处，满地和烟雨。又是离歌，一阕长亭暮。王孙去，萋萋无数，南北东西路。"《点绛唇·题草》中，林和靖以春草自喻，望向古道夕阳下的长亭，曲曲离歌随古运河中的橹声渐去渐远。家族分崩离析，亲人各谋出路，空余满地烟雨，荒草萋萋。

历经时代变迁与家人离散，杭城东隅那处破落的旧宅里，这个体弱多病、孤贫笃学的少年撑起了一个家。屋内，家徒四壁；屋外，人迹不到。或许是贫瘠的生活给少年带来了丰盈的精神财富，让他早早参悟出了孤独的要义；也或许是三面环山，一面临海的黄贤古村给了少年丰厚的生命底色，那儿古木拥翠、涛声阵阵，清幽又辽阔，山海相邻的独特景观烙印在他的性格基因之中，让他有了抵御生活在低处时的恬淡与豁达。每每埋首案头，疲倦不堪时，与父亲登山远眺时看到的孤鹜，拂过的海风便不请自至。寒窗之下，他苦读经史，研习诗词书画。多年之后，清代一位镇浙将军为缅怀这位特立独行的少年，在此处设立梅青书院，专为八旗子弟授课，激励孩童仿效他的勤勉。

景德元年(1004)，刚登基不久的真宗踌躇满志，召回主战派功臣王禹偁，重用名相寇准，在京城北郊检阅禁军二十万，御驾北巡，九月便迫近澶州。宋军士气大振，举国振奋。37岁的林和靖听闻此讯，欣喜不已，弃笔从戎，走出书斋，用手头积攒的银两，到集市上换取了一头驴子，一把宝剑，一套戎装，开始北上漫游。

也有一说，称林和靖年少出门，漫游长达二十余载，但两种说法，其实是殊途同归。他身着戎装，骑驴佩剑，到过芜湖、寿县、舒城、潜山、池阳、盱眙……直至山东的曹州。从这些地名来看，林和靖的漫游与诸多文人不同，他并不只向往名城大邑去结交名流，也不为游览名山秀水拜访雅士，他像北飞的孤雁，最终在曹州翩然落下。再从地理位置看，曹州与澶州仅隔了一条黄河，时任曹州知州的是浙江富阳人谢涛，负责掌管澶州一线的军用物资与粮草。林家与谢家原为世交，林和靖千里迢迢从杭州奔赴曹州，或许是为等待一个机会，等待一个到前线有所作为的机会。在漫游途中，他写下了不少充满生气、激动人心的诗作：

驴仆剑装轻，寻河早早行。《汴岸晓行》
胆气谁怜侠，衣装自笑戎。《淮甸南游》
细钗金捍毂，更忆五侯家。《射弓次寄彭城四君》

但林和靖没能等到这个机会。宋真宗一生换过五个年号：咸平、景德、大中祥符、天禧、乾兴。虽然每个年号都代表了皇帝祈求国泰民安的心愿，但从浩茫的历史中抽身俯视，不难发现年号的更替里，隐含着宋真宗的人生转向：前半生，勤于政事，励精图治；后半生求道修仙，"如病狂然"。

发生在大中祥符元年的"天降祥瑞""泰山封禅"事件就

是转折点。

这个事件，也直接影响了林和靖的后半生。

4　诀　别

继大中祥符元年（1008）一月"天书造妖"后，二月，紫云显见，如龙凤飞落宫殿。

三月，兖州父老请求真宗泰山封禅。

四月，真宗在天波门外修建玉清昭应宫以供奉天书，每天役使军民数万人，并封他们为"修宫使"。同月，天书再降功德阁。

五月，文官、武将，甚至蛮夷、耆寿、僧道二万四千三百七十余人请求真宗泰山封禅。

六月，天书再降泰山。

天命难违，宋真宗于是诏令天下："封禅泰山"，以祭天地，谢上苍，扬名立万。然这才仅仅是个开始。

十月，封禅活动密集。

十一月，封禅活动已耗费八百万贯。

这一年，充斥朝廷上下、朝野内外的是一浪高过一浪的封禅声势。

这场闹剧的起因，大家都心知肚明。时间倒回到景德元年（1004），宋军在澶州城下射杀契丹大将萧挞凛，军威大振。景德二年（1005），真宗在明明可以乘胜追击，一举溃败契丹残余势力的关键时刻，却懦弱厌兵，签下每年给契丹二十万匹绢、十万两白银的"澶渊之盟"。一场唾手可得的胜利，却以赔款告终，举国上下，无不愤懑。怎样挽回人心呢？真宗重用佞臣王钦若，设计了这套天书入梦、泰山封禅的骗局，用以镇服四海，挽回天威。

每场历史的闹剧里，识时务者都会选择趋利避害，这一次，他们颂封禅、献谀文，以谋求一官半职；而对林和靖来说，那一封封"天书"，一道道旨意，一次次"请命"，却像一支支利箭射向他，射向他的志向，他的虔诚，他的清醒，他只好转身，一步步后退，退上了孤山。历史有时毫无逻辑可言，一个人的喜好与选择往往可改变历史的方向，还能使沉浮于世的凡人，都被这股洪流所左右。

宋时杭州有"东菜西水，南柴北米"之说，菜在东面菜市桥一带，柴米又要到城南与城北去买，而西湖在涌金门以外，退隐孤山的林和靖"富"得只有一池西湖水，生活贫陋可想而知。

又是一年大雪纷飞，他身着乱麻填充的缊袍，环顾四壁，自嘲唯有"一轩贫病"相伴，甚至有一年连粗布衣服也没的穿，只等着好心的邻人智圆法师送来一把蔬菜，因为"冻痕全共药锄深"，天寒地冻，种植草药的锄头难再植出青菜。

即便贫病交加，饥寒交迫，隐居的二十年间他漫迹山野，却从未踏入城内，连相去不过十几里的"梅青旧宅"，也未曾因怀恋旧年人事而涉足。

大中祥符七年（1014），安放"天书"的玉清昭应宫终于建成，耗时约七年，共建两千六百一十间亭台楼阁。各地的天庆观也相继建成。杭州城里日日人声鼎沸，一片欢腾，仿佛有了这些楼阁，整个家国便长盛不衰，世代绵延了。

此刻，林和靖站在巢居阁边的梅树下。乌云低沉，山雨欲来，孤山茕茕独立。风动，花瓣翻飞，落在他的脚下，落在他为自己掘出的七尺长、四尺宽的墓穴里，四壁是褐黄的新土，幽暗又阴冷，梅花铺成了挽联。他挥笔写下一首墓志铭《自作寿堂因书一绝以志之》：

湖上青山对结庐，坟前修竹亦萧疏。
茂陵他日求遗稿，犹喜曾无封禅书。

想到司马相如临终时，汉武帝派人取其遗书，里面竟有建议汉武帝"封禅泰山，告成功于天地"的遗稿，林和靖笑了，从容又断然，他与司马相如岂是同流之辈？站在自掘的坟墓前，他无愧于心，此生最欣慰之事，便是从未趋炎附势，以假作真，写过拜请真宗封禅的诗文。

面对死亡的态度，决定了一个人面对生活的态度。他站在孤山上，远眺杭城。风雨之后，整个城市笼罩在落日金色的霞光中，这慑人心魄的繁华，在林和靖眼里，只有倦鸟归林，只有嬉笑而散的晚云，天地之间，越来越空旷。他的心里，只有一个"绝"字，他要与这乌烟瘴气的世事相绝，与过往的一腔热血相绝。他长吁一口气，俗世里，再无林和靖。

大地沉入黑暗，万籁俱寂，悠扬的晚钟却自灵魂深处响起，天光大明。安邦治国，他本欲有所作为，但终了却难有所为。西湖孤山，安放了他贯穿一生的坚持，也安放了他坦坦荡荡的余生。

真宗并未因他的诗与言行动怒，还仰慕他的才华，多次派人前去孤山看望，送去粟帛。不出所料，粟帛被林和靖转送到了西湖边的某处寺庙。他是明白人，道不同不相为谋，真宗之所以予淡泊名利之人以嘉奖，不过是为营造朝廷重视人才的氛围，起到安抚人心、稳定舆论的作用罢了。

天地闭，贤人隐。风自尧起，拂过南山东篱，拂过多少士人的命运，拂过中华文明的长河，如今它拂过孤山，落入林和靖的生命。二十年，避居山野，时光之长，青丝转白发；二十年，守志明节，时间之短，惊风飘白日。

孤山，与孤山上的林和靖，超越了时间的束缚，跨越了地理的阻隔，成为一个永恒的精神标杆。

1029年，天雷滚滚，击中玉清昭应宫，一场突如其来的大火让这座耗尽天下财力人力，规模宏大、装饰精美的建筑在一夜之间灰飞烟灭，徒留一地荒草萋萋。而与之"对结庐"的林和靖之墓，却永久地留在了孤山，坟草常青。

鹤　梅　5

宋时每逢西湖降雪，官宦之家多开庭饮宴，在庭院里塑上一头雪狮，系上金铃彩带，或是用雪凝成冰花琼树，点以明烛雪灯。而梅尧臣呢,他无心流连这些浮华,带上好酒,独驾扁舟,直奔湖心孤岛。

仁宗天圣年间(1023—1032),诗人梅尧臣从安徽到会稽出游,冒雪到孤山拜访林和靖。梅尧臣比林和靖小三十六岁,那一年,林和靖已知天命,梅尧臣正当及冠,还是个贫士,靠叔父的恩荫补任太庙斋郎。

西湖云低雾绕,群山皆为雪色所没,只有灰白色的保俶塔与峰顶袅袅立于云海之上。迷蒙中,一痕雪径深入湖心,梅尧臣浮游于这一片奇幻景色之中,身畔处处雪树冰花,寺刹楼台无不银砌玉镂。

晶莹闪烁之间,两声高亢清亮的鹤鸣,冲破了寂静与萧索,随即,梅尧臣看到两只洁白的仙鹤如两点飞雪,从千万朵滑落的雪花中轻盈地腾起,在空旷的穹宇中翩然回旋。

这是林和靖的鹤。

世人都知林和靖爱鹤如子,他爱鹤出尘世而不染的白,爱鹤飞扬却"无闲意到青云"的志,爱鹤的轻盈,每个沉重的肉身都需要的轻盈。梅尧臣也是。

登上孤山,登上梅屿,梅尧臣更觉心清意净。呈现于他眼前的,是林和靖所植的三百六十余株梅树,它们沿溪而立,依山而植,以沟壑分区,漫布整面南山。冰寒雪冻之中,含苞的红梅如点点凝脂缀于枝头,待开的花瓣又为雪花所掩,梅香清幽,仿若迎客。在"香雪海"独步,又似在林和靖的诗中漫行。

放鹤,是客至的信号。林和靖划扁舟,在鹤的呼唤声中归来。

纸窗茅舍里,四周陈列如故,"风味"如故。林和靖捧出自己腌制的糟鱼、笋鲊、茭白鲊、藕鲊,与秋日攒下的柿饼、干菱,与梅尧臣围炉坐下。隐居的生活是凄苦与黯淡的,但梅尧臣却在林和靖的目光中看到了一种祥和,这是饱经磨砺后精神上的圆满与宁静。

相视良久,两人这才发现彼此身上的袍子已被飞雪沾湿,便笑着脱下衣物烘烤,享用梅尧臣带来的好酒,还把枯栗壳丢进炉火,用野葛块熬制桂花羹。仙鹤在一旁侍立,犹如两个童子,恭敬而谦和。多年之后,梅尧臣回忆起这一刻,留下了"旋烧枯栗衣犹湿""山葛棠梨案酒时"的佳句。酒后,两人诗兴大起,两鹤随着高吟低诵的声调翩翩起舞,时而昂首举翅,时而侧颈对舞。风雪弥漫之日,巢居阁里暖意融融。

孤山不孤。

这点暖意成为日后梅尧臣抵御生命寒凉的星星之火。林和靖逝世后,侄儿捡拾起他散落的诗文,编辑成册,梅尧臣为其作序,自此,林和靖隐居生活里种种动人的细节,那些奇崛却又寂寞的诗句,才得以在千百年后依然散发着不朽的光芒。

比他小二十二岁的范仲淹曾五次登访,与林和靖成为莫逆之交。对来访者,他并不回避,不论王公贵戚还是布衣平民,交谈之后意气相投,便倾心而交;觉得对方是世俗之徒,便拂袖而起,"道着权名便绝交""白眼看人亦未妨"。一次,诗人许洞带了几个同僚来拜会。仙鹤飞去良久,都不见林和靖荡舟回来,却听闻笑声从山中传来,原来他正与隔壁玛瑙寺的智圆和尚对饮,他知道许洞一向标榜清节,却在封禅事上大献谀文,并因之谋了一官半职,便有心将其拒之门外。心高气傲的许洞一肚子愤恨无处发泄,写下许多诗讥诮林和靖,称其是好客盈门时的"缩头龟"与豪民送物时的"伸颈鹅",但林和靖不为所动。"林和靖傲许洞"的故事不久就流传开来,世人纷纷向孤山上的隐逸诗人投去钦佩的目光。

天圣六年(1028),一场大雪之后,六十一岁的林和靖走到了生命的尽头,历史没有书写这一天,去往尽头的路孤独寂寞,只能独行。传说中林和靖的最后一瞥,湖山一片寂寥,他的白鹤,绕墓而飞,哀鸣不止;他的红梅,黯然失色,素缟飘零。但历史书写了他生动的在场,那更真诚,更勇敢的存在,那孤寂的热烈。当野菜的清香胜过钟鸣鼎食,松风的回响胜过高堂雅乐,清风朗月胜过人间所有功名与财富,便没有什么是值得带走的了。南宋亡后,盗墓贼挖开和靖先生坟墓,只找见一方端砚和一支玉簪。

他一生谙于书法,诗词造诣颇深,但兴之所至的诗句,却像片片梅花,去留无意,散落于乡野与水滨,叫那些不识字的山虫与游鱼去品味了。他也不需要纸,这个世界,大到无尽的苍穹和漫铺的山水,小到 片竹叶和 块山石,都能供他书写,更何况是彼岸的那个世界?他更不需要一支笔,随意捡拾一枝枯竹,即可挥毫。只要带走一方端砚就够了,磨墨不滞,出墨细腻,油亮如漆;行之所至,端劲有骨,清气

035

照人，足矣。

他还带走了一枝玉簪，在这人间，想必是有过他钟情的女子的，想必他们是刻骨铭心爱过的，想必是被忘川分隔于两岸，只能借无言之梅遥相寄望的。或许，梅是他们的信物，他们曾在黄贤山居青梅竹马，在"梅青"旧宅举案齐眉，曾因一枝红梅抚琴相和，曾相视一笑把梅子的青涩酿入酒中，曾许诺此生共植一片梅林，相伴终老。人世的相聚何其短暂，一别便天长路远。

他栽下满山梅树，用月下疏梅的清影，用雪中红梅的清香陪伴她，呼唤她，写诗给她。那个温良玲珑的女子，在他窗前化为一枝小梅依水而立，在他每日必经的道旁清逸斜出，在一个个清冷寂寥的月夜浮动幽香，在风静云止的时刻，落于他紧握的鞍绳之上。

再也不用青山相送，再也不必泪眼盈盈，他粲然地笑着，握着玉簪，就像握着她的手，温润而清凉。他们于植遍梅树的土地之下，于方寸大小的黑暗之中，共赴一场不再离别的生死之约。

借 梦 6

林和靖去世的第十年，苏轼降生。他俩无缘见面，却曾在梦中相逢。梦里，林和靖来了，身着一件宽松的袍服，容光奕奕，仙姿飘飘，徘徊在西湖的山光水色之间。"瞳子了然光可烛",醒来后,苏轼仍难忘梦中林和靖的眼神,平和地望着他,那么亮,像燃烧着的灼灼火焰,似有期许。这簇可烛之光,汇入苏轼无尽暗夜的满天星光之中,那一年,年过半百的苏轼又被贬至杭州,他再次登临孤山,走过放鹤亭,走过鹤冢,走过巢居阁,在和靖墓前长久地驻足。

"和靖"是死后宋仁宗赐予他的谥号。他本名一个"逋"字,原意为逃亡,引申为逃亡之人,祖父当年为他取下这个名字,或许想表达吴越国亡国后的落魄心境,但林逋,却出离世俗,退避山野,秉持了读书人品行的高洁。他的名字,与梅连在一起,与孤山连在一起,与西湖和锦绣的山河连在一起,成为人们心中的一座精神故园。

苏轼梦林逋,大概是真梦,许多人却借梦林逋,暂栖孤山,仅南宋,追忆林和靖的诗文就多达五百余首。时代的起落更迭里,他们一次次向内心叩问意义,那些匡时济世的抱负,那些灵魂之自由,精神之独立的追求,那些随着历史洪流不断颠簸的命运,这簇可烛之光总在心底燃烧着,他们被刺痛,或被抚慰,于是反复书写林逋的故事,并在其中寻找自己的答案。

宰相之路

史浩

1106—1194

南宋政治家、词人

胡飞白

每个人都是一座孤岛。

深潜进入一个人的独立世界以前，我们处于各自平行世界的广阔截面。无论那个世界多么深邃，或者充满各种奇异的构造，彼此都不发生交合碰撞，只是在那里，每个节点，每个偶然，每个机缘巧合，都是构成它们的必需品。

九百多年，对于整个时空长轴而言，显得过于微茫，可相比一个人的生命，就过于沉寂和久远了。史浩，出生于1106年的中国，距今九百一十余年。那是宋徽宗崇宁五年，一个平淡无奇的日子，因为他的到来，又变得有些不那么平淡了。

他的祖上史惟则从慈溪迁鄞，直至曾孙史诏，四代都不曾迁居。史诏当时为宋代名士，以孝行闻。据说史诏孩童时就立下志向，严于律己，对待母亲极其孝顺，他师从甬城学者楼郁，居住在乡里，当时乡民间若有争斗，都到史诏处寻求裁决，而不去官府，可见史诏有很好的调停能力，被坊间信任。当时宋徽宗以"孝、友、睦、姻、任、恤、中、和"即"八行"，作为选拔人才的标准。朝廷网罗能人，便召史诏补太学上舍太守，史诏未去就职，而是迁居到东钱湖畔大田山专门伺候年迈的母亲。隔了几年，皇帝再召，史诏又因照顾母亲未赴任，宋徽宗为此嘉奖他的孝行，赐其"八行高士"称号。后人也有称史诏为"八行公"，并建"八行堂"以纪念。

巨大的宗族荣誉，在当时崇尚德行的社会环境下更显示出无形的精神感召力。史浩沿袭家风，并一以贯之。

幼承家风，恪尽孝道，是史浩的人生底色。

他到桃源书院求学，认识了一帮当时的学界贤达如汪思温、郑覃、魏杞、袁燮等人，也算是结上了书香的缘分。说起这个"桃源书院"也很有来历，北宋庆历年间，甬上五位贤达杨适、杜醇、王致、王说、楼郁联合开办了一个名为"妙音院"的学堂，首开讲学的风气。

王说又创办了"桃源书院"，书院最早由他自己祖上老宅里一个叫"酌古堂"的屋子翻修改造而成，后王说的孙子王勋，秉承家风考中进士，上书宋神宗，得到了皇帝亲笔书写的"桃源书院"御赐真迹。而史浩曾祖父史冀当年曾师从王致，从北宋到南宋，从庆历五先生再到史浩，像是一个个火炬手接力传承，虽然个人的力量微茫渺弱，几乎发不出什么大声响来，但历史将他们串点成线，连片成面。有家学底蕴的承托，有书院氛围的濡养，有好读书的一帮朋友的互助提携，史浩的成长可谓得天独厚。

史浩不仅在学养上有所承袭，从小在心性上也有过人之处：成熟、机智、大胆。据说有一次，史浩和弟弟闲来无事，在牛车上打闹嬉戏，当两人玩性正酣时，拉车的牛却莫名受了惊吓，狂飙奔突起来，弟弟被吓得大哭不止。史浩虽然年岁不大，心里也害怕，但还是表现出一种少有的临危不乱，他设法控制牛绳，眼看牛车快要散架时，几位热心路人挺身而出，追上牛车，史浩说："先救弟弟，快！"最终众人稳住了疯狂的牛车,两兄弟安然无事。事后,大家称赞史浩,说他危急时处变不惊,危难中心系亲人,有大人物的风范。

时间来到了1124年,史浩十八岁。命运给他一个不小的劫难,父亲师仲去世,他要挑起家里的重担。父亲临终时把史浩叫到跟前,对他嘱托道:我不在了,你要承担起照料爷爷的责任。这种责任心此后一直烙在史浩灵魂里,他始终陪伴在祖父史诏身边,嘘寒问暖,毫无怨言。

直到战火烧到跟前,金人攻陷明州,史浩才不得不扶携家眷逃难。路途的艰难险阻,以及需要克服的重重困境,不是常人能够想象的,即便如此,史浩仍竭尽全力为这个风雨飘摇中的家族提供坚强的支撑。

祖父史诏时年七十四岁,生命终于走到尽头,史浩为此守孝三年。连年战争,家徒四壁,他"穷且益坚,不坠青云之志",婉言谢绝了亲朋好友的热心资助,种种生活的困境培养出史浩遇事不慌乱,有事能忍耐,处事多思考的持重坚毅的性格。

家道中落,时局战乱,亲人相继离世,史浩住到了鄮峰附近,开始潜心读书自修,还为自己取了一个号——"真隐居士",这么看来也确实反映了他当时的处境,避世消隐,也自得其乐。他住的地方距离天童寺很近,有时候闲来无事,恰好能够安心陪着母亲到寺院里进香。

迸云佛塔金千寻,傍耸滴翠玲珑岑。
春供万象当远目,响答两地纷鸣禽。

风摇野帻去复去，雨浥乳窦深复深。
寄声俊逸鲍夫子，莲社不挂渊明心。

这是一段不可多得的"慢"时光，从他当时写下的这首《天童育王道中》中可见一斑。诗中他自比鲍照，寄情陶潜，生活的沉困低落，丝毫没有磨灭他内心的志向，反而让他在天地间寻到了一份真意。

人与人之间的相遇都有相应的缘分。适当的时机，适当的场合，就会相遇，宏智正觉禅师和史浩便是这么两个人。禅师是天童寺住持，热衷倡导"默照禅"，弘扬曹洞宗风，到处修缮禅堂，扩大山门，广结善缘，在他的推动下，天童寺得到了兴旺发展，渐渐香火旺盛，闻名于浙东，禅师也被人亲切称为"天童和尚"。史浩在这个时期听了很多堂禅师的说法课，他认为禅师的说法高妙，一方面可开悟内心，启迪听众，另一方面又娓娓道来，让听的人如沐春风。意境高迈，既有恬淡的理趣，又隐含冷峻的审美。这种无形的熏陶令史浩颇为受用，对他精神世界产生着重要影响。

正觉在《默照铭》中写道："默默忘言，昭昭现前。鉴时廓尔，体处灵然。"又在《坐禅箴》说："不触事而知，不对缘而照。"他主张冥默静思，在混沌中进入一种处之泰然的状态。史浩通过内化和勾连，把禅师的这套理念吸收到自己身上。他在《赠天童英书记》诗中云："学禅见性本，学诗事之余。二者若异致，其归岂殊途？方其空洞间，寂默一念无。感物赋万象，如镜悬太虚。不将亦不迎，其应常如如。向非悟本性,未免声律拘。"其中提到的"寂默",显然是把正觉禅师"默照禅"的内核精神渗透到了自身的精神宇宙里。

心性相投,志趣相近,二人交往或许就是人生中最美好、最值得怀念的际遇吧。

南宋绍兴十年(1140),史浩与正觉游东湖,并题《东湖游山》,诗曰:"金襕禅老今大颠,坏衲蒲团日坐禅。我行不问西来意,消息还将方寸传。"不仅是正觉禅师,天童寺中还有很多禅师与他都结下了友谊。在《赠天童英书记》中云:"英师个中人,以诗隐浮图。……堂堂老阿师,道价东西徂。住山垂一世,学子纷云趋。"那位英师便是正觉的嫡传徒弟,同样是史浩的朋友,而"老阿师"无疑写的就是正觉了。史浩既性情,又纯粹,在东钱湖畔,天童寺里,留下了青年史浩恬淡隐忍又不迷失于尘世的身影。

人的转机,或者说历史的伏笔不会一直隐遁,终究会在特定的时刻显出样貌来。蛰伏的时节即将过去,史浩的人生即将迎来反转,仿佛江河百转千回之后的顺流而下。

绍兴十五年(1145)史浩中进士,并调余姚任县尉。向上的人生之路,即将次第打开。当地因为疏于管理,常有匪患打家劫舍。史浩想了个办法,将匪首捉拿归案,案子告破,史浩在任上有了第一笔政绩。但他不把这个荣誉揽到自己头上,县令十分奇怪。史浩对他说,这本来就是分内职责,有罪必罚,有案速破,这些都是卑职为官的义务,如果连这个都要让我一个人领赏,那传出去岂不是被世人耻笑。

从这件事中,可以看出史浩有着超乎常人的政绩观,他不急功近利，颇有政治谋略，为日后走上更高的地位埋下了有利的善因。

余姚县尉任满后，史浩到临安待命，秦桧曾想笼络他，派人捎信给他叔父说："已留国子监书库官拟令侄。"史浩拒绝。不久后，因政绩卓著，史浩又被调遣出任温州教授，与此同时，担任郡守的是一个叫张九成的人，他是宋高宗当年亲自题名的状元郎，因此对他非常看重。而张九成在任上也尽心尽责，但因反对宋金议和及拒绝秦桧拉拢，遭到小人陷害，很快被贬谪南安军。

绍兴二十五年（1155）秦桧终于死了，命运又开始翻转，高宗重新起用张九成，史浩为人耿直忠厚，深得张九成的赏识和肯定。当史浩任期届满以后，张九成就把他举荐给了高宗，张九成成了史浩仕途上毫无疑问的贵人。缘此，史浩顺利来到了临安，被任命为太学正，又升任国子博士，作为京畿要地的政府要员，和天子接触也就更加频繁了。

仕途升迁中能得到贵人相助，也是史浩本人为人处世的成功。他既能在复杂多变的政坛独善其身，又能凭借高超的政治艺术帮助自己走向职业生涯的顶峰。

时代的洪流滚滚，不以人的意志为转移。此时南宋王朝内部出现裂痕，外来势力虎视眈眈。赵构作为一个帝王，应该说具备了应有的气度和政治才能。史浩与他年龄相仿，心理相近，作为同龄人，他们都经历过靖康之难、建炎战乱，这些都增加了史浩对皇帝的同理心和共情感。他对赵构在这样艰难的时局之下，施行政治手腕来稳定朝政，表示了充分的理解、欣赏与敬重。

正是这份理解，拉近了高宗和史浩间的距离。人与人相处，无论是权贵还是底层百姓，都是相仿的，心意相通，则水到渠成。在朝廷中，高宗常向史浩询问一些具体的施政策略，史浩向他提出的建议包括稳定边疆要塞，凭能力任用官员。同时史浩还向朝廷推荐了一大批优秀人才，既有军事人才，又有谋略之士，高宗也很信任他，基本都能做到唯才是用。

岁月不饶人。随着年岁的增长，赵构对自己的生育能力感到灰心丧气，而底下大臣要求立皇储的呼声不绝于耳，于是他也就下决心立储。其实早在多年前，高宗就亲自挑选了两个孩子养在后宫，其中一个就是日后成了孝宗的赵昚，当时他名叫伯琮。听闻高宗决定立储，史浩提议说："普安、恩平二王宜择其一，以系天下所望。"高宗听后龙颜甚悦。

之后，高宗命这两个王储候选人抄写《兰亭序》500本。史浩心知肚明，这分明是高宗对两位候选人的考验，就时不时去劝告这两个孩子："君父之命不可不敬从。"没过多久，普安郡王就已经写好了700本呈阅高宗。而另一位恩平郡王，不知怎么的，一字未动。再等了数天以后，高宗又赏赐给两位候选人宫女数十人。史浩又看在眼里，提醒道："是皆平日供事上前者，以庶母之礼礼之不亦善乎。"普安郡王真的就把史浩的话听进去了，并且确实做到了以礼相待，未越雷池半步。一个多月后，高宗把宫女召回身边，发现普安郡王的宫女仍都是完璧之身，而赐给恩平郡王的宫女已被尽数收用了。很显然,两人的格调高下立判,命运的天平很容易就向着普安郡王倾斜过去,他顺利成为王储。

1160年高宗先封普安郡王为建王,下诏给建王府配了直讲、赞读各1人。史浩被任命为建王府教授并且担任了府内的直讲,人生到了这一步,对史浩而言,可以说已经非常顺遂了。

没有卓识远见和高超的政治智慧是很难做到左右逢源的,史浩在立储这件事中处理得非常理性和冷静,既没有表现出明显的偏颇,拉拢结党,也没有事不关己高高挂起的漠然,他费尽心血,又恪尽职守,这样两边都没得罪。

1161年,史浩官衔升至宗正少卿。恰巧这一年,金人又来骚扰南宋边境线,很多投降派的朝臣,要求保守行事,建王提出还是应该反守为攻,积极迎敌抗击,并且写下请战书,要求亲自上战场杀敌。这无疑犯了一个政治上的大忌,触犯了皇帝的威信。好在史浩及时提醒建王:"皇子不可将兵,应当以晋申生、唐肃宗灵武之事为戒。"建王这才猛然惊醒,让史浩帮写奏章,解释其中原委,言辞恳切。高宗看后,怒气才消。后来高宗听闻此事都是史浩在幕后出谋划策,对其赞不绝口。

作为内府官员,史浩在位不越位,心思缜密,逻辑清晰,有胆识,通谋略,确实是不可多得的人才。

史浩并不是那种被动作为的大臣,勤政优政在他身上体现得尤为充分,他有自己坚定的政治主张,一切从实际出发,实事求是。这也反映出他内心有坚定的信念、民族大义和家国情怀。身在君王之侧，辅佐皇子，建真言、献良策，时常还能换位思考，时局动荡之间，替君主分忧解难，也就不难理解他能官至右相。

风雨如磐，在朝廷复杂的政治旋涡中，史浩也时常感到如履薄冰。一方面要提防小人，另一方面又要对皇上的心思做到事事洞明，因而心力交瘁。在各种政治角逐和权衡中，史浩终于看淡一切，向孝宗提出了辞官的请求。

史浩告老还乡途中，经过慈溪，慈溪地方官出城数里迎候，其他官员也纷纷前来参拜，将县衙挤得水泄不通。尽管史浩当时身份地位非常高，还是能做到谦逊有礼，对地方官吏有礼有节，这样一来反让县令感到不安。史浩便对他说："阁下与之，有名分；某与之，为乡曲。自是不同。"

1194年，八十八岁的史浩终于走到生命尽头。孝宗追封他为会稽郡王。宁宗继位后，又赐史浩谥号为"文惠"，并亲笔书"纯诚厚德元老之碑"赐给他的家人。

纵观史浩一生，经历丰富，波澜起伏。历经徽宗、钦宗、高宗、孝宗、光宗五朝，他博学多才，深谙帝王心思，一方面帮助孝宗处理好与高宗的关系，另一方面在日常学习、生活中教育、保护孝宗，为帝王师，最终帮助孝宗顺利登上了皇位。史浩开启了四明史氏"一门三宰相"的辉煌家族史，四明史氏对南宋政权的影响是其他家族无法比拟的。

"人生到处知何似，应似飞鸿踏雪泥。"一颗经历过童年、青年、中年诸多艰难困苦的心灵，一个在历史上留下浓墨重彩印痕的男人，披荆斩棘，这条通往宰相的路可谓坎坷又漫长。但历史不会被浮云遮蔽，更不会轻易冷落谁，它最终选择了一个德位相配的人，史浩无疑是实至名归的。

漫漫宰相之路，也是他问心无愧的人生之路。

云天大地

张孝祥

1132—1170
南宋著名词人、书法家

张淑琴 文

在偏安一隅的南宋，主战还是议和是两个"大词"，对于微小的个体，具体站到哪个队伍也是一件"大事"，朝堂之人的选择更是意味着命运。南宋词人张孝祥生活在宋高宗、宋孝宗时期，十五岁"领乡书"，再举冠里选，二十二岁中状元，廷试第一。乾道六年(1170)三月，他"力请祠侍亲"获准，从荆州离任东归，六月病逝，年仅三十八岁。流星般的生命历程中，他是坚定的主战派，因而处于时代的风口浪尖；他是天才的诗词家，总会留下文章炜烨；他还是清醒的思想者，也能适时超然于现实遭际之外。他的风骨与坚韧、超旷与高洁，他的治事之功、词翰之美等全部人生的张力都释放在那个遥远的南宋，值得回眸一望。

1 云天外，"此心到处悠然"

张孝祥一生有三个故乡。

第一个故乡是"四明乡里"，即当时的明州首县——鄞县。张孝祥原籍历阳乌江县，父亲张祁补为明州观察推官后，举家迁入明州。《宝庆四明志》记载，张孝祥在鄞县"方广院"出生，在这里生活"余十年"，度过了童年和少年时期。方广院在鄞县城西桃源乡，旧号泗州院，乃为唐咸通十一年

（870）所建，宋治平二年（1065）改名"方广院"，坐拥百余亩山田。当初张祁选择定居此处，一方面是朝廷对南渡官员的安排，"西北人士渡江""许以僧寺安下"，虽战乱频仍生活上却可以无虞；另一方面是因为方广院毗近桃源书院，书香氤氲，方便就近求学问道。桃源书院为北宋时期"庆历五先生"创办，宋神宗御笔赐题匾额，曾巩和王安石也曾在书院授过课。两宋期间鄞县出现了500多名进士，其中很多人曾在书院求学攻读，真正是"桃李满天下"，可惜古书院毁于明嘉靖年间的一场大火。《桃源乡志》记载了书院盛况，张孝祥也在书院接受蒙学教诲，打下了坚实的儒学基础。

桃源乡风景佳美，在元代画师钱选的《四明桃源图》里还可以感受到桃源宋韵，四明山青峰迤递，山溪十里，桃花十里，是一个既能参禅觅野，又近修学之所的好地方。张孝祥和家人对明州有着深厚感情，他曾告诉友人"家视四明犹乡里"。随父迁离后，祖母冯夫人暂居明州，伯父张邵使金归来回到鄞县奉养老母亲。后来，祖母冯氏、伯父、叔叔等亲人都葬在四明山区，重要的日子里张孝祥也会返故地访亲、扫墓。现在，方广院已更名为"方广寺"，树木荫荫，钟鼓清静，得以重建的桃源书院精神气韵犹在，传承着一方文脉。

第二个故乡是芜湖。《芜湖县志》记载："状元张孝祥宅，在县西升仙桥。"升仙桥负郭临江，离赭山很近，风景犹似明州的桃源乡。在这里，张孝祥苦读诗书，十六岁乡试中举。之后，遵从父亲安排，往来建康求学于先生蔡清宇，绍兴二十四年（1154），廷试上宋高宗亲擢其第一，高中状元。

《芜湖县志》记载："镜湖在赭山南，即陶塘，宋张孝祥捐田百亩，汇而为湖。环湖杨柳芙蕖，为邑中风景最佳处。"芜湖位于长江下游，地势较为低洼，每年汛期水进人退，淹田没屋，对百姓的生活影响很大。深谙乡亲之苦的张孝祥一定助力治理过水患，可能就有了后来"捐田""汇湖"之举，芜湖百姓得以受益。爱出者爱返，此举竟成就一方美景，美在当时，美至如今。

宋人陆世良记载张孝祥的乡居生活，"徜徉山水，寺观台榭，吟咏殆遍，而悉为之题识"。居家时，他漫步庭院，闲看"群芳吐蕊，清水碧莲，柳絮飘零"；外任时，他写下"春到家山须小住，芍药樱桃，更是寻芳处。绕院碧莲三百亩，留春伴我春应许"，把赭山认作"家山"，让芍药、樱桃、碧莲、流水接住自己的乡愁，为他留住些许春色。几次落职罢官，他总是返回芜湖休养侍亲，还取别号自称"于湖居士"。于湖是晋武帝太康二年（281）析丹阳县所立，宋代以来大多将于湖视为芜湖的古地名。张孝祥在《自赞》中写："于湖，于湖，只眼细，只眼粗。细眼看天地，粗眼看凡夫。"他说自己两眼大小不一，不与常人那般对称，却各有洞明。细看天地时，守自己的静笃，天地才阔大，"独与天地精神相往来"，确实需要细腻精微的功夫。行走于纷繁世间，如何用粗眼观这凡尘？张孝祥书法学颜真卿，后者楷体的一大特点是"横画细竖画粗"，也寓有"粗"之妙意，以粗线条把握进退起止的大节，滤过虚幻与纷繁，人也能"立"得起来。被朝廷派往静江的时候，他以"自是粗才合粗使，瘴乡那得便途穷"聊以自慰,襟怀洒落的达观性格,莫不是养成于这"细""粗"之间?

而张孝祥的第三个"故乡",这个所在是白居易的"我生本无乡,心安是归处"的"归处",是苏东坡的"此身安处是吾乡"的"安处",也是他自己写下的"此心到处悠然"的"到处"。云天之外,站在更高处或更渺远处,使他随遇而安和旷达超然,也给予他某种精神的活性,并获取精神生长的力量和适应当下的智慧。可能,这也是我们所有人应该怀抱的一处"故乡"。

现代人常说,人生若是绝望时,不如读读苏东坡。把他视为"一个大于时代的人",用自性之光点亮暗夜的"东坡先生"。当你"阅读"张孝祥时,也常常有醍醐灌顶的释然。北宋以后,苏东坡的拥趸渐多,其中不乏像王景文、张孝祥等优秀文人。著有《雪山集》的王景文甚至说:"一百年前……有苏子瞻……一百年后,有王景文。"张孝祥也把苏东坡当作自己超越的目标,作诗、为人效仿其"气概凌云",甚至每每诗文作就,马上追问童仆:"和东坡相比怎么样?"当童仆如实回答"不如东坡",他就继续把自己关进书房,在诗文中揣摩字句的气息,想象链接东坡的气韵。谢尧仁所作《张于湖先生集序》中说:"先生气吞百代,而中犹未慊,盖尚有凌轹坡仙之意",当时人"皆以为胜东坡"。宋人汤衡在《紫薇雅词·序》里也认为,张孝祥的词和苏东坡的词"同一关键",东坡之后,"能继其轨者"就是张孝祥。

对比活了六十四岁的东坡先生的智慧,张孝祥的"功力"似乎难及,然处于被陷害倾轧、四处奔波的境遇,他能保持清旷超然实属难得。张栻作《于湖画像赞》评价他:"谈笑翰墨,如风无迹。惟其胸中,无有畛域。故所发施,横达四出。"张孝祥在《西江月·丹阳湖》中写道"世路如今已惯,此心到处悠然",似乎有些历尽沧桑的无奈,接下来"寒光亭下水连天。飞起沙鸥一片",又让人颇觉轻快,境界也霎时阔豁起来。辞官之后,他告诉自己"短长无不可,且得是闲身",境界与东坡先生的"长恨此身非我有,何时忘却营营"何其相似!个人如何抗衡时代和命运?风口浪尖的落寞无奈又怎能回天?对于这些,和苏东坡一样有着高逆商的张孝祥没觉得是问题,他只是屡屡接受命运,又屡屡拨落尘埃,兀自拓展自我生命的维度。面对自身的渺小和人生的局限,这何尝不是与现实的自洽和解?

张元干评价孝祥曰:"世所谓胸次有丘壑者,穷而士,达而公卿,其心未尝须臾不住烟云水石间。"经历过"白浪如屋云埋空"的风恶浪涌,他开解自己"顺风逆风皆偶然";罢官后他高吟"却到玑衡高处望,白云无数满江南",安定且知足。在云天之外、在高处、在渺远处,他始终有一处独有的"心乡",从那里观回现实或从自身避嚣彼处,阴霾无妨,羁绊无妨,滞行也无妨,他秉持"明日风回更好,今朝露宿何妨"的洒脱,"此心到处悠然"。

2 沧浪间，"肝胆皆冰雪"

张孝祥是张籍的七世孙。此张籍就是在中唐时期以诗歌名世的张籍，是写出"复恐匆匆说不尽，行人临发又开封"千古秋思的张籍。伯父张邵、父亲张祁都有一些诗名，如此家学渊源，加上天赋和好学，让他有了成为优秀词人的潜质。赵翼言："国家不幸诗家幸，赋到沧桑句便工。"生逢乱世又宦海沉浮，行游于"三湖七泽间"，张孝祥为后人留下了二百二十多首词和四百多首诗歌。生活于现实之中，精神底色、性格、经历、牵绊等很多东西都有可能会左右一个人的行为选择。而一首诗却坦承着诗人的一切，更如金圣叹所说："诗者，诗人心中之轰然一声雷也。"从现实退至文字之中，可以"文如其人"，也可以隐身政治的失望、被遮蔽的抱负以及爱而不得的情感思绪。特别是那些承载政治理想和情感经历的诗句，经过时光的浅吟低唱、歌之啸之，再被我们阅读时，可能不似当初那么慷慨激昂和炽热滚烫了，属于诗人的踉踉跄跄，属于诗人的抵抗与坚持，却被我们真切地看见，确实仍"有足动人者"。

从仕十余年，他不是在赴任的路上，就是在卸任之后归乡的路上，行迹覆盖了大半个南宋疆域，走过了以芜湖为代表的江南、以桂林为代表的广西、以潭州为代表的荆湘等区域。如果把他的行迹在当时的地图上标注，最西南是静江府，最东是平江府，最北是建康府，最西北是江陵府，依次是现在的桂林、苏州、南京、长沙等地附近。张孝祥喜欢用诗词记载行踪,《于湖居士文集》中有些诗的标题就记录了他的行程。韩元吉评论其行旅之作曰:"逮夫少憩金陵,徜徉湖阴,浮湘江,上漓水,历衡山,而望九疑,泛洞庭,泊荆渚,其欢愉感慨,莫不什于诗,好事者称叹,以为殆不可及。盖周游几千里,岂吾所谓发其情致而动其精思,真楚人之遗意哉!"

在芜湖苦读、赴建康求学,有"取高第"的梦想成真,也有"祸及池鱼"的梦醒失意。那时,他是勇于进取的"斗士",有着"致君泽民"的热情和"兼善天下"的抱负。岳飞被"莫须有"罪名诬杀后的十余年中,重压之下,万马齐喑,世人均噤若寒蝉,刚乘上仕途火箭的张孝祥却做了"孤勇者",为岳飞辩诬,与秦桧一党"硬刚"。对于他来说,这是要露锋露芒刷存在感吗?非也!这是"士志于道"的满腔热血,是大丈夫的浩然正气。他写《六州歌头》,"长淮望断,关塞莽然平。征尘暗,霜风劲,悄边声",写出了惊涛出壑的忠愤之气;闲居芜湖闻听好友虞允文采石之战胜利,挥笔写就《水调歌头》,"雪洗虏尘静,风约楚云留""我欲乘风去,击楫誓中流",构想了采石鏖战的画面,他也想像当年的祖逖一样,乘风破浪,在长风大浪中追逐自己的理想抱负。

在广西,他感叹桂林山水之胜,"平生山水趣,岭海最奇绝",并未"闻瘴色变",而是以平和的胸襟面对境遇,一颗壮心深得自然滋养。三十六岁时,自称要"更读书十年",在诗词创作上有更上一层楼的雄心,不料两年后即遽然病逝。其实离开广西那会儿,他就已无意为官,接到调任荆南知府的诏命，当即上表"别选名臣，使当一面"，到职后他又请求致仕，拖了八个月才获准离任。他最后的任职地是荆南，这里历史文化底蕴悠长，眼前的山光水色悦目，昔日的"楚国旧事"涤心，其诗词也迅速融入潇湘的"千山紫翠"中。宋魏了翁曾称赞道："张于湖有英姿奇气，着之湖湘间，未为不遇。洞庭所赋在集中最为杰特。"历史的联想、个人的境遇、明山净水的激发，也使他的愤懑在山水里得到充分消解，他的思想进一步升华。

乾道二年（1166）六月，他从桂林启程，八月中旬到达洞庭湖，泛舟其上，写就名篇《水调歌头·泛湘江》："濯足夜滩急，晞发北风凉。吴山楚泽行遍，只欠到潇湘。买得扁舟归去，此事天公付我，六月下沧浪。蝉蜕尘埃外，蝶梦水云乡。制荷衣，纫兰佩，把琼芳。湘妃起舞一笑，抚瑟奏清商。唤起《九歌》忠愤，拂拭三闾文字，还与日争光。莫遣儿辈觉，此乐未渠央。"他化前人诗作，用历史典故，还引经援史，糅合个人对历史、神话、现实的感知，将眼前景象和追思古意浑然融于一体，以宏阔的视野把情感倾泻到文字之中，让读者产生一种天上人间、神思飞动的审美感受。他言"《九歌》忠愤"，已然识得《九歌》真意，把屈原视作虚空里可以共情的知己，坚守心灵澄澈，清醒浊世，在楚国的天空下，与屈原一起俯瞰世间纷纭。六月的沧浪间，词人一定低吟着屈原赋里渔父之歌，"沧浪之水清兮，可以濯吾缨，沧浪之水浊兮，可以濯吾足"，在无边的精神世界里遨游，全然忘却眼前得失，超乎物外了。

还有一首《念奴娇》写得更为澄澈豪迈:"洞庭青草,近中秋,更无一点风色。玉鉴琼田三万顷,着我扁舟一叶。素月分辉,明河共影,表里俱澄澈。悠然心会,妙处难与君说。应念岭表经年,孤光自照,肝胆皆冰雪。短发萧骚襟袖冷,稳泛沧溟空阔。尽挹西江,细斟北斗,万象为宾客。扣舷独啸,不知今夕何夕!"词中写的是接近中秋、波平浪静的洞庭湖之夜。置身水月明丽、上下交辉的朗阔空间,他用自己冰雪一般的肝胆连接天地山水,词中世界呈现出与其高洁品行相契合的莹透。他以温热的情感向浩瀚宇宙敞开心扉,还要独泛沧溟,以湘江水做酒,以北斗星为盏,邀请天地间的万物作宾客,雄豪的气势展示出超越世俗的心胸和精神力量。"素月分辉,明河共影,表里俱澄澈。悠然心会,妙处难与君说",这是他从云端望向人间,月在天上,心在身上,念念开阔,万物空明,逸气盈胸,读之令人心沉气静。

张孝祥有豪气,亦有深情。绍兴二十六年(1156),在家人的安排下,娶表妹时氏为妻,两人一起生活了仅四年余,时氏就逝世了,之后他没有再娶。对于妻子早逝,张孝祥仅写了几篇悼文,并未表现出太过悲恸,可能与曾经青梅竹马却被迫分开的李氏有关。他与李氏相识于锦瑟年华,相逢于金兵南下的战火,相惜相恋中很快未婚同居,还育有一子名"张同之"。他也筹划过金榜题名之后迎娶李氏,但囿于当时的社会环境和家族遭际,他不得不辜负了李氏,选择了对外隐瞒此段感情,在成婚之前把李氏母子送往桐城浮山,后来再也没机会与李氏相见。这样的情感经历也使得他的爱情诗作凄婉悲伤。在《念奴娇》中他写送行,恨自己"不如江月,照伊清夜同去";在《木兰花慢》中他写情人间分别赠物,"正佩解湘腰,钗孤楚鬓,鸾鉴分收",用一连三个动作写出了离别催发的急促和不舍;他写"凝情望行处路,但疏烟远树织离忧。只有楼前流水,伴人清泪长流",离别时刻无风景,只是看流水,流水多情,看烟影,烟影朦胧,写尽了离愁别绪。

自隋唐至两宋时期,儒释道三教加快了认同与交融,日趋融汇调和。张孝祥出生在寺院,居住、做官也在当时禅宗最兴盛的地区,与禅僧交往比较频繁,以佛道思想观照历史和现实、自我与世界,他构建起化解内心与外界冲突的心灵秩序。他与宗杲禅师交游甚频,后者在住持阿育王寺时,曾与之共赴"东南佛国"天童寺朝拜,并在"镇蟒塔"下的路亭题匾额"揖让亭",记录下宗杲、正觉两位大禅师在小白岭作揖相让的故事。据说,此亭直到二十世纪六十年代修公路时方才拆除。他参宗杲竹篦子禅,在作诗上"转自己归山河大地"。他说"诗在千山紫翠中""扁舟湖海要诗人",创作要走向山川和社会,寻找"源头活水",倡导自然平淡的诗风和观物见性的自由抒写,这些思想十分难能可贵。诗法自然是诗文的"活法",道法自然是人的"活法",这也是他身处逆境时的一种精神寄托,随缘任运,心灵总会得到片刻的平静和安顿。

3　大地上，"忧民甚己溺"

靖康之难后，宋高宗至南京应天府登基，建立南宋。之后又一路南徙，最终在绍兴八年（1138）定都临安。在张孝祥生活的年代，南宋以淮河—大散关一线作为宋金的边界，偏安一隅。南宋史学家将宋高宗赵构重建宋王朝称为一次"中兴"。对于南宋，其实中兴是一个没有希望的词。更确切地说，是一个给人希望，或者是好像看到了希望，最终却注定希望破灭的词。战争的阴影，民生的凋敝，亲人的流离，都是那个时代的烙印和煎熬。建炎初年，张家定居明州后，父亲张祁带着一家人寄居僧舍，生活窘迫，伯父张邵被朝廷派往使金又多年未归，祖母冯夫人担心他生还无望，做主让张孝祥承祧了伯父的宗嗣。父亲张祁才学颇盛又"负气尚义"，伯父张邵为国事果敢勇毅、"视死如归"，张孝祥在家国之难和贫苦忧患中长大，又在亲人的耳濡目染中以父为师，他精进求学，还很自觉地把自己的命运与国家联系起来，期待建功立业。

绍兴二十四年（1154），例逢朝廷科举。那时秦桧已专国多年，他想利用科举"潜规则"让孙子秦埙中状元，先是在礼部会试中使用阴私手段，取消陆游的入选资格，为孙子扫除一个强有力的竞争对手，又与亲党们密谋筹划好了下一步的布局。而殿试时，在高宗的亲临下，最后的名次是孝祥第一，曹冠第二，秦埙第三，这让秦桧在朝野中大煞威风。年轻气盛的孝祥随即上书为岳飞喊冤,拒绝了曹泳请婚,彻底得罪了秦桧及其党羽。

后来张孝祥在写给友人的信中说:"某乡持末学,辄冒首科。触宰路之虞罗,陷亲庭于狴犴。"他感叹自己一介文人偶然及第,触碰了宰相秦桧的利益,深受其害,却又无可奈何。所幸的是,秦桧不久就死了,张孝祥虽然没有遭受到更大的打击,但"利与害"仍然是官场的争端,"和与战"仍然是矛盾的焦点,他有时被议和派"穷追猛打",有时又会被主战派"祸及池鱼"遭误伤,忽起忽罢,几经谴谪,仕途坎坷困顿,壮志难酬。

即便如此,张孝祥始终以强烈的家国情怀和建功入世的志意,在为官生涯中践行着"治国""平天下"的政治理想。入仕后,在朝中历任秘书省正字、校书郎、中书舍人等职,"居庙堂之高"时为家国计上书言事,敢于批判苟且偷安的投降派,极力主张"益务远虑,不求近功",建议选才择将,整饬军务;转任地方"处江湖之远"时,仍以勤勉之思执事,治理水患、赈济灾民、锄抑强暴,颇有政绩。宛敏灏在《张孝祥词笺校》序言中言其"治有声绩":"连守三州,其施政颇能因地制宜,重点各别。静江有少数民族问题,故颇重视张仲钦之行边,予以很高评价;潭州如能年丰民足,便可消弭起义,故致力劝农;荆州则须内外兼顾,既要关心民瘼,又要备敌防边。"史称张孝祥"奋起于荒凉寂寞之乡",他也常说自己祖上"世代为农","本是耕田农,饥寒实驱胁",对下层百姓的疾苦感同身受。他作《再用韵呈仲钦元顺》诗赞张仲钦,"忧民甚己溺,稽古乃心醉。天衢行日月,发轫从此始",赞美张仲钦关怀民众疾苦胜于关注自己。主政地方的时候,他以仲钦为榜样,不遗余力勤政爱民,深得民心。

任职抚州时,他发现这里"户乏中人之产,府无经月之储。贪吏乾没,既不哀杼柚之空;齐民无聊,皆去为囊橐之盗",勇于揭露赃吏贪暴的现实,呼吁官府要理财以义,减少百姓负担。其间虽事务杂冗,仍在临川修建鲁公堂,纪念唐代宗时在抚州当过刺史的颜真卿,想以此来开启尊重先贤之风,激发民众的忠愤之气。离开抚州时,当地百姓自发"夹道送别",此情此景让他感怀,作《去临川书西津渔家》,写下"无端此地成留滞,定自从渠有宿缘",表达了自己转任多处并不是朝廷对他的放逐,而是与此地有缘,也流露出真诚的不舍。到任平江熟悉情况后,他专门向即位不久的孝宗递了《乞不催两浙积欠札子》,请求全免或者暂缓当年以前所有的租税,为遭受水灾的两浙百姓发声。他的奔走和坚持,成功让朝廷免了税赋,惠及两浙百姓。在潭州主政时,他更是践行"为政简易",既不横征暴敛,也不严苛刑法,还筑敬简堂招徕四方学者,既可切磋学问,也可助益政事。赴任荆南那年,江陵城遭遇大水,冲毁江堤,城墙岌岌可危。张孝祥仅用了四十天就筑成高大坚固的新堤,解决了水患。了解到溃坝的原因是负责修堤的官吏把民夫挪作私役,"只清杂草"不做建设后,特作《金堤记》,建"青白亭",取杜甫"江湖深更白,松竹远微青"的诗意,刻下江堤屡屡溃毁的原因,痛陈徇私舞弊之害,昭告属吏引以为戒。

在《抚州到任谢表》中，他表示要"求民之瘼，稍更珥笔之风；胜己之私，切谨佩韦之戒"，意思是自己要放下史官的笔，沉到最底层体察百姓疾苦，还要自我规诫，改掉急躁的毛病。经历过人生的腾起和罢谪的打击，他也在反思过往。绍兴三十二年（1162）二月，被重新起用知抚州后，又断续在平江、建康、静江、潭州、荆南等地任职，他始终脚踏实地，恪尽职守，并不是很在乎调任和罢官的"宿命"。《信谱传》褒扬他"莅事精确，老于州县者所不逮"，出守之地"百废俱兴""民得休息"，留下很多佳话。他感受过最底层百姓最彻痛的苦难，感受过最真诚最热烈的欢送，他也把一颗为民的心贴在大地上，用强大的精神韧性，担荷起自己乱世之中壮志难酬的一生。

"波神留我看斜阳，放起鳞鳞细浪"，写下这句词的时候，张孝祥在黄陵庙遭遇风浪阻船，已滞留多日，原是一句达观风趣的抒怀调侃，未承想两年后一语成谶。乾道五年（1169）三月，他从荆州离任，转经岳阳、黄州、江州，游庐山，后返回故乡。六月，同年进士虞允文途经芜湖时，张孝祥不顾自己尚在病中，在一艘小船上为其设宴叙旧。席间既有老友相见的蓦然之喜，也有对当朝主和论调的无奈之恨，暑热加上体弱，以至于张孝祥"卧空舟而倏逝"，死生契阔仅在俯仰之间！

"波神"无情，一语成谶令人扼腕伤悲。"波神"亦有情，总会在月明之夜，请来月光铺就一条冰雪般洁白的路，渡引那颗澄澈的诗心，回到他曾经眷恋的地方。

旧雨
江湖远

吴文英

约 1200—约 1260

南宋词人

潘瑶菁

1

今日风好,航船一路沿着运河前行,已可见枫桥寺的普明塔。塔是南渡后再建的,想到这七层宝塔逃过了兵火竟毁于自家溃兵,站立船首的中年男子不禁感叹——真快,自高宗置行宫于杭州竟已百年了。

又行了一阵,虹桥那边街市的人声已隐约可听,水面上船只也多了起来,载了盐米的货船,大户人家的私船,办公务的官船,杆上的各色船旗随风飘荡。缓速进了外城河,分别经过水陆两门,终于在渡口停下了。

他抬头看了眼"阊门"二字,并不进城,朝城外走去。

前几日城中连日赏桂,自己便去了沧浪亭,一夜大雨后却零落殆尽,倒是寓所西园那株晚些,只是米粒般的小蕾,怎奈还没来得及等到它开,就不得不为幕中事务去了新城。想到这里,他稍稍加快了脚步。

熟悉的小院出现在眼前,迎面一阵香气,正有一枝开得极盛的探出竹篱,像是在候着他。男子没去正室,而是转身进了偏房,屋室悄然,原来她尚在午眠,金钗卸在一旁,容色在翠绿被面下更显莹润。

他轻轻走至书房,铺开纸,一边研墨,一边心头想着同样等待他的那枝桂花、那个女子,笔尖轻蘸,落下三个字:金盏子。

淳祐三年(1243)秋,吴文英四十三岁,游幕苏州第十一年。

2

小院里的晚桂也谢了一地。正坐在石桌旁看一对小姐弟在园中嬉戏，小仆来通报，说时斋先生遣了使者来。只见一人拎着食盒，另一个端着一盆白瓣黄心的菊花走上前来，两人行了礼，交上了主人的短简，吴文英看了道："回你们先生，明日见。"

两人退下，夫人打发赏钱去了，燕娘和孩子们便凑拢来看。燕娘看下头两双眼睛盯着食盒，便代他们打开，原来是插着小彩旗的重阳糕。"小娘，现在吃可以吗？"两人抬起脸，见她点头，忙各拿了块塞进了嘴里。

"你又宠着他们。"夫人走过来，瞪她一眼，语气却是温和的。

"晚时吃是吃，现在吃也是吃。"燕娘为自己开脱，听到身边人发出笑声，接过递来的短简，也微笑起来，"金盏银台菊，你这次倒是结了个有趣的朋友。"夫人不明白他们在笑什么，转身去后厨看婢女准备晚食去了。

"你的那首《金盏子》写得是好。"燕娘说完，想到桂花表象下的寄托，心头一暖。嫁给此人已近十年，虽然其间有多少漂泊和等待，总算是找到了个有情人。又说："我就说怎么还有两日就送节礼了，原来是约你去登高。我去和姐姐说，明日给你准备点冷食，好带去吃。"

吴文英看着燕娘的背影补了一句："菊花酒可别忘了备。"看她回身含笑点头，才喊小仆过来把花安置好。

沈义父是弟弟翁元龙介绍相与的，他自白鹿洞书院山长任后回乡建塾讲学，经典之外，还乐于品评文词。

院子一角的两个孩子早已把糕吃完，珍而重之地把小旗收了起来。吴文英远远看到，不免心酸。自生养他们以来一向拮据，只管一日三餐，很少给他们买点心。想到这里，便又拢手招他们过来，再各给了一块。

第二日午食后从自家出发，沈义父已在家门口备好马匹，两人由小仆牵马到山下，再行登山。他们来的路上一路笑谈，上山途中又大多缓行，待到得山巅，日头已西。

自山顶四望，只见重峦叠嶂，有些树木或黄或红，在夕照里尤为静美，空中又有一群大雁飞过。

两人饮酒谈天，菊花酒喝多了，不禁有些微醺，在醉意里，他想起了自己之前度过的几个重阳。去年登高也是八日，在绍兴，不是登山而是陪史宅之登飞翼楼。当时史宅之作为平江知府，随从甚众，飞翼楼远望能见海水一线。再之前一年也在绍兴，更是有趣，随吴见山一起写词四处去讨酒喝，讨来镜湖旁的一场宴饮，可惜见山之后便随幕主去杭州，再也不曾相见。最好的还要数二十年前，众人皆年少轻狂，以吟杜甫、陶渊明佐酒。

聊得最多的还是制词之道。"梦窗，你说作诗和作词，哪个更难？"沈义父替他斟上一杯。

吴文英一口饮尽，笑答："作词音律要协，下字要雅，又不可太露，发意也不可太高。你说哪个难？"说完又举起筷子，"来，我们写出自己最拜服的词人。"

两人挪开手，看着各自蘸酒写下的"清真"二字，一齐大笑。

"周邦彦知明州,子孙从此居留鄞地,你这个四明词人,也算是承袭清真一脉了。"一旁的沈义父又说。

我的词作,也会和清真词一样,为人所爱、为后世所传诵吗?吴文英自问,勉力撑手抬头。山野寂静,一钩弯月已悬在淡蓝天空。

3

正在院中石桌上用鲜枣给孩子们做推枣磨的燕娘,听到书房门口传来唤声:"你来替我研墨,我今日要抄录好些。"她把最后一根签子插好,递给姐弟俩,便走了进去。

燕娘嘴里问着"又有新词",不待回答,已自行拿起最上面的一张纸看,"还记得你去年渡口饯别,送人家去杭城,也赠过一首。这次又是祝寿。"

"是啊,想必朝中有人,诸事顺遂,竟已升为光禄寺主簿。他生辰在即,我总要有所表示。"吴文英从柜中拿出一叠胭脂色笺纸,郑重写下:"癸卯岁为先生寿"。

"这是你珍藏多年的霞光笺,从来不舍得用一张。"燕娘手里研着墨,忍不住说。

吴文英不答,又抄录了今年作的几首新词,一抿唇,在词题旁写下"文英百拜"。

"方万里出手阔绰,待我又还有礼。近来米价见涨,听闻杭州衣市已有人开铺面卖文章了,我总比他们好点。"吴文英自嘲。

燕娘带着这叠新词稿走了，准备交小仆寄出。抄写许久，手腕竟有些酸了，吴文英的眼光落在这一年来的词稿上，随手翻检着——为另一寺簿同游而作，为两名通判的筵席而作，为人新屋落成而作，为人书斋有名而作。

鬻文至此，也就只差个铺面了。

没在西园停留几天，吴文英又要前往无锡办事。无锡县以往去得不多，并无熟人，深觉官场应酬之无味，得空便独自去看了惠山泉。

常日里总有僚属或友人一同出行，这样的独行并不多，倒别有意味。一路都有运水的挑夫，在两排古松中顺着人群行至惠山山麓，便见一个水池，泉水从石壁上的龙首口中涌出，如玉珠般散落到池中，用手一触，十分清寒，再低头一看，池面是自己的破碎倒影。这就是陆羽评定的天下第二泉了。

一旁有供饮茶的漪澜堂，吴文英一落座，就有茶博士来招呼。茶用惠山泉水所煮，果然有不同寻常的甘洌。难怪徽宗时作为贡品，月进百坛。想到这里，吴文英又将眼光落在一边的亭子上——据说高宗在南渡路上曾饮水于此，才修筑了这个雕有双龙戏珠的二泉亭。兵败以后，国家前途未卜，竟然还有这样的雅兴，他一时不知该叹还是该笑。

诸多事物都禁不得深思，身处一个丧乱的时代，触目都可以生发感慨。远处山峦空蒙，顶峰烟岚如带。江山虽好，也只是半壁而已。

4

从无锡回来第二日,吴文英一走进衙署,便听见一阵笑语。

"芸隐,你怎么来了?"吴文英喜道。这是昔日的庾幕同僚施枢。

有僚友鼓掌大笑:"梦窗僭越了,还不叫施知县?"

吴文英正要恭喜,却被施枢推着往外走:"我跟他们说好了,今日你的事就交由他们做了,我们登姑苏台去!"

两顶肩舆早已候在门口,抬着二人出了胥门,过了桥,沿着曲折山路前行,便到了姑苏台。姑苏山高三百丈,因此登台二百里内皆可见,往城中方向回望,女墙凹凸;远眺,则太湖风景尽在眼下。

看着往来船只,两人都回忆起七年前的那场临水送别,施枢先作的别词,吴文英用其韵以和。同僚多只会写案牍文章,难得有这样知心的作词之人,吴文英当时甚至有"这两支笔竟至于分开了"的叹息。

施枢初到杭州,还时有书信往来,宦海不易,吴文英在词作里一度有婉转劝隐之意,后来渐渐各走上了各的道路,只约略听说这个船官有得意也有失意。

台上风大,衣角飘飞,吴文英终于将祝贺说出:"芸隐,你这次就任溧阳知县,多年苦辛,总算得偿。"

"你就别笑话我了。此前我举进士不第,也曾和你一样想从此寄身江湖。但现今麋鹿毕竟没有来游姑苏台,吾非斯人之徒而谁与?"施枢看着清浅湖面苦笑。

吴文英当然听懂了这句话:伍子胥谏吴王而不用,放言已见麋鹿来游姑苏台，言下之意便是吴不日有灭国之灾。宋室虽衰，毕竟不亡，渴求入世如芸隐，终究做不到隐。

"这次途经，再隔一日我就要赴任去了，秋日湖光好，明日便一起去泛舟，我来安排，好好热闹热闹。"

经过荷塘，昔日莲花开处，如今只剩一池残梗和几个干枯莲蓬。吴文英继续向前缓步走去，一眼就看到施枢和几个僚友立在渡口。两人携手上了画舫，在中舱分位落座。见客人都已坐定，头尾的船工一起划动，船身甚稳，行如平地。

酒菜是提前备好的，众人吃喝了一阵，只见后舱陆续搬出筝、笙、琵琶、方响，又走出来一个乐工。

"知道你通乐理，这是我特地从杭州借来的乐工，说是技艺极佳，你来听听。"施枢转头和吴文英说。吴文英有些感动，平素随人应酬，好音也是常听，但这次是特为自己请来的。

试音已毕，乐工抱起琵琶先弹了一曲《昭君出塞》，弹拨间可闻胡沙飞扬、夜中凄凄哽咽声。筝则是奏了《月中仙慢》，亦是应秋日时节，仿佛可见女子弄月、临水照影。笙曲为应今日宴会之景，吹的是《长生宝宴乐》。方响十六枚厚薄不一的铁片分两排悬于一架，乐工用小铜锤击出了一曲《碧牡丹慢》，声音借了水面，回响清绝。

吴文英手指轻扣桌面，已在心里想了首新曲子。自己偏爱作词而不是诗，也是因了偏爱词背后的音声。每据一个词牌写成一首，总能在脑中响起相应的乐声，每句都变成相应的唱词。在现有的词牌之外，他也不时想一些新曲，追求音字相合、声情兼具。

不觉间,晚霞照亮镜子般的湖面,绯红一片,渔舟也陆续回岸,原来是傍晚了。因是深秋,水面寒凉之意更甚,吴文英拢了拢衣襟。

5

"这样的词不要去和他。"燕娘坐在园中秋千上,见吴文英吃完早食,正要去书房,沉着脸叫住了他。

吴文英走近,替她轻轻摇动秋千,笑道:"一早那么大脾气。"想来应是燕娘早起去替自己研墨,看到了书案上丁宥的词——他这几日将自己的姬妾遣走了,写词以志。吴文英不免为友人开脱:"丁宥科举之途不顺,近年益发潦倒,我见他人也瘦了,想来应实在是家中用度吃紧。和郭清华去年夏天为了迎一个新的,遣走旧的,还是不一样。"

"之前你去丁家家宴,说桌上有一小盘梧桐籽,便是人家一粒粒剥的。梧桐籽那么细小,得花多大工夫,说遣就遣,还要为此写词,显得情深的模样。"燕娘还是颇为不平。

"燕娘,唐诗里有个典故你听过没有?柳宜城爱妾琴客善抚琴瑟,宜城请老,琴客出嫁。人情销歇,从她别嫁,未尝不是为她好。此中恩怨,外人不足道。"吴文英想了想,又补上一句,"大概也是曾经沧海难为水了。"

此句一出,两人都沉默了下来。丁宥此前有过一个善琴能歌舞甚至还会赋咏的姬妾,号得趣居士,两人琴瑟和鸣,传为一时佳话。得趣居士那首"和丁基仲"的《瑞鹤仙》多方传抄,吴文英打趣友人,说这样的妙人当金屋藏之。燕娘也会弹琴,两个女子因此熟悉,一度交好。未承想得趣本来体弱,又客居此地,不久便一病而故。丁宥委顿许久,后来纳妾,想来也是一种补偿的心理。

"一片花飞,人驾彩云去。"燕娘念诵着吴文英为得趣写的悼词,看着秋后一片萧索的小园,不免物伤其类,心头一阵悲凉。

不日吴文英因仓台事宜去了绍兴,连着忙了几日,本想休日回苏州看看,却被府中官员冯去非邀去和诸人一道登禹陵。冯去非本是自己苏州老友,三年前去应考前还曾在自家西园给他饯行,当年他便中了进士,从此平步青云。如今的邀约,可不同当年,是不能不去了。吴文英叹了口气。

山上秋色已深,远处传来鸟鸣。冯去非被人拥着上了禹陵,吴文英不愿凑热闹,走去了一边的禹庙。庙中大禹像绘塑皆精,不免感叹夏禹至今三千余年,仍为人纪念,虎虎有生气。年代更迭,岁月往复,总有一部分人以另一种形式留存下来。

抬头细看庙顶之梁,自己从小在四明就听闻了这根梁的故事——鄞县东七十里有座大梅山,据说是汉代梅子真的隐居地。山顶有一株大梅木,上半伐为禹庙之梁,下半则为鄞江镇它山堰之梁。张僧繇画了一条龙在这禹庙梁上,一旦风雨之夜,梁上画龙便会飞入镜湖与湖中龙相斗。后人见梁上水渍淋漓且满是萍藻,大为骇异,最后用铁索缠绕画龙,锁在一旁柱上。

吴文英再次仰视这根梅梁。龙画不知是否真有，就算有也漫漶剥落了。倒是这株大梅木，一身分二，一动一静，算是俱得其所。

然而我这根四明的木头呢？既不能有龙哪怕是画龙，也没有实际的功用。冯去非再客气，自己终究是个随从的身份。他父亲亦是进士出身，受业朱熹，著述颇丰，这对父子是要传大道的，身后可入史传。反观自己，沉沦下僚十余年，德清、新城、无锡、淮安、绍兴、杭州各地奔波，家人暖饱都堪虞。词曲从来是小道，且不能谋生，我当年一试失败便弃科考之途，究竟是对还是不对？

吴文英在这根来自故乡的梁木下面，眼角渐渐盈泪。慈溪南乡的翁岩，是有多久没回去了？古人说衣锦还乡，那大概是无期了。

禹庙外落叶簌簌，四时轮转无情，又是一个冬天要来了。

6

为噩梦惊醒，再也无法入睡，吴文英索性披衣坐起。身旁燕娘尚是好眠，他轻轻走至厅堂，本想去园中走走，一眼就看到桌案上郭清华送来的那盆水仙。想着他托人来送时就说明了要他写词，他端水仙进了书房，置于榻旁，人斜倚在靠枕上，边端详边掂酌词句。

又想到适才之梦，先是梦到当年在西湖初见：对面舟上开着窗,里头的燕娘低首弹琴,但不知怎的她的船却被大风吹远,自己的船怎么也追不上,大呼才致醒来。吴文英有意不去细想,转念成为词中巧思:上片写梦中素靥女子,点蜂黄妆、头戴翠翘,下片写其化为水仙,日夜相伴,末尾以遥想郭清华在自家池馆的品赏作结。

　　想到清华池馆,吴文英不免陷入了回忆——郭清华占京官身份,在苏州逍遥度日,郭园雕梁画栋,庭院精致,尤以那口荷花池最见景致。初次去时是来苏州入仓台幕第一年,郭清华将孙无怀别宴设于池亭,园中黄花开放,又安排了官伎侑酒。歌舞阑珊之际,自己抬头看见小楼上竹帘半卷,依稀有人影,大概是歌舞伎在退妆,这才以骚体造境,将孙无怀托喻为美人,写下了"帘半卷,带黄花、人在小楼",众人一时称赏。从此虽身处下僚地位卑微,却以词名得权贵们照拂,或随侍左右,或索词赠金。

　　从此常去清华池馆雅集,和官僚聚饮,春观牡丹秋看海棠,新轩落成、郭清华夫人寿也都去庆贺。实在有太多记忆、太多首与之相关的词作,才会在第六年又一场饯别宴上,生发出感昔伤今之情:认识之人曾几度同置身于池馆之中,这些年来却大多因宦游远走,而池馆垂杨、翠竹、小楼,青红依旧。当时有时光留驻的妄想,哪知弹指又是五年。

　　在苏十余年来,自己一无所成,如今家里几无积蓄,冬衣都只给一对小姐弟新裁了,年关难过,所有仅一堆词稿。

　　将水仙词草草抄录一遍,期待明日能换来点赠金。

　　吴文英次日一早便去了官驿,想看看邸报里有没有提及哪些熟识的官吏这几日会来苏州，一来会友，二来万一可以献词，所得回馈正好贴补家用。

此处驿官向来势利，因吴文英不过是仓台幕府中人，身份卑微，一向不大给好脸色。今日见他进来，却主动搭话了。

"你今日倒来得巧，府君来了好消息，我这边刚派人去报喜。"驿官递上才送到的邸报，脸上的笑容却带嘲讽，"只可惜以后阁下的陪从制词，我们是无缘品赏了。"看来他因吴文英以词才与官长周旋，早有嫉羡之意。

吴文英接过，原来是史宅之要离任高升了。他看完还给驿官，一言不发走出了驿站。

这些年幕府所入有限，幸得知府史宅之是四明同乡，自己又能写词，以随员身份随他行走应酬，方能支撑家中用度。如今他一走，自己怎么办？连那驿官都知他窘境，因此嘲弄。

吴文英边想边走，不经意间，经过了许多桥，竟然没去衙署，而是回了西园。

透过竹篱，可见燕娘带着两个孩子，在喂池中的红鲤鱼。夫人大概又在厨房，看着婢女准备今日饭食。于他们而言，这是寻常的一天，并不知今后的生活会发生什么样的改变。

史宅之在任期间其实无所作为，因身为丞相之子，得先人荫庇，一直官运极好，这一升迁，以后更是不可限量。此时史家一定在举家庆贺。

他站在西园前，看着一无所知的自家人，终于没有迈步进去。

7

年底，吴文英为孙惟信葬礼，只身去了杭州。孙惟信客死他乡，妻子弟兄都先他而亡，竟至无人料理后事。多亏众友人张罗，葬在了西湖北山水仙王庙旁。兄长翁逢龙是其诗友，亦赶赴而来。

看着棺木入土，吴文英回想起此前种种交往：李方庵的得子宴会上，两人点起线香，比谁先写成一首；又有一次他遇到旧欢吴门老妓李怜，大生感慨，邀友人们分韵同赋。

丧葬费用大多是杜范、赵与筹承担，两人一个是朝中重臣，一个是太祖十世孙，他人谈起，也算是身后荣光。然而两人今天未曾前来，也是，被赠之人与赠词之人，本就不在同等位置。

空中开始飘雪，站着的人肩头都蒙了层薄薄雪花。吴文英没有御寒的厚衣，周身起了寒意。有人在高声念诵墓志铭，他突然被里头那句"以家为系缧，以货为赘疣，一身之外无他人，一榻之外无长物"击中。

今日之花翁，又岂非他日之我呢？

"梦窗，我去雇马，我们去湖边散散心。"见吴文英伤感，翁逢龙提议。

两人骑马，一前一后在断桥上行。吴文英看着兄长的背影，想着上次见是春天，也恰恰是在西湖，柳絮吹满了衣袍，是夜，灯下对谈，几至天明。兄长二十来岁就中了进士，为杜范荐为通判，虽然住地相隔不远，但各有公事家庭，相聚也并不多。说起来，弟弟翁元龙久居黄岩，也许久不曾相见了,立春日风雨中饯别,仿佛还在眼前。兄弟间独独他过继吴家,从此异姓,三人区隔,大概自有其命运。

苏州仓台幕一职已不足给用,杭州毕竟为都城,还是要在此处寻机缘。环顾西湖,吴文英近乎直觉地意识到,自己又将流落至这座城市。

雪落湖中,转瞬消融。桥首亭上和路边屋宇倒是积蓄了一些,平白添了几分寂寥。

一逗留便是半月多,转眼就是除夕夜,吴文英独自在杭州度过。此前各地漂泊,新年不在家也是经常,只是今年对着镜中鬓边白发,想到万事不可知,尤其感怀。这夜一过,便是旧年入新年了。

十年旧梦,也是时候该醒了。他从随身书箱中拿出所剩不多的霞光笺,给燕娘写下最后一封信。自己已经四十五岁了,燕娘还三十不到,又没有子嗣,该去一个有新衣穿的人家。哪怕再不舍,这次轮到我放归琴客了。

淳祐四年(1244),吴梦窗看着窗外这个不属于自己的都城,这个只有丧失的痛苦的时代,堕下两滴泪来。

深宁烛心

王应麟

1223—1296
南宋著名学者、教育家

王静 文

他颓然倒在椅子上,整整四个小时,一动没动。

冬日暮色来得早,些许淡淡的光挤进窗棂,轻柔地投在他沟壑纵横的脸上、杂草般丛生的胡须上。渐渐地,光线一点一点褪去,浓重的黑暗不由分说将他彻底淹没。

"爹,爹。"恍惚中听见有人唤他,睁开眼,一豆烛光跳动着,眼前渐渐清晰,小儿子昌世眼里满是不安。此刻,他说不出话,似乎刚从一个很长的梦里醒来,似乎仍被梦里的惊惧缠住,拼命挣扎,怎么都醒不过来。他抬抬手,儿子退出去了。

如豆的烛光把他从惊惧中拉回了一些,但记不得临安到庆元(宁波)几百里的山程水路,车船颠簸;记不得垂拱殿上他说了什么。分外清晰的是太皇太后谢道清冷冷的几句话:"尚书,就那些条条框框的建议,能让我大宋避过此难?我需要强有力的勤王之兵!当务之急不是去追究贻误国事的人。"尾音是一个男人似笑非笑的哼哼声,又是右丞相留梦炎!太后拂袖而去的那阵风刮到他脸上,似乎把他所陈之急征讨、明政刑等卜事,弹劾留梦炎的话也一并刮还给他。隆冬的寒气裹挟着冷雨袭进殿里,江南的湿冷侵入骨髓。

长夜难眠。

他早该想到南宋朝廷像一座逐渐风化的丘陵,随着元军地动山摇般的腾嚣,从底部开始,每一层沙土都在悄无声息地委地。直臣梦、太史令梦像天边的火烧云，美着，飘忽着，直至夜幕拉上，一切归于寂寂虚空。

黑夜里的双眼是最容易看见内心的得意与失落，悲喜与哀伤的。

春 喜 1

宝祐四年（1256）三月，江南的春光似乎都烂漫在临安了。西湖水面如缀满碎金箔的巨幅绸缎，闪闪地晃人眼。柳枝风情万种，桃花杏花难掩妩媚，风带着生命的喜悦扑过来。从钱塘门一路往南到钱湖门，赏景的、玩耍的、买卖的，挨挨挤挤全是人，路旁瓦子里传出来的喝彩声、叫卖声一阵盖过一阵。一逢科举考，临安就是盛世天堂。

今年科举考数风流人物，非王应麟莫属。此刻他却远离喧嚣，独坐在紫阳山顶磨盘形巨石上远眺，苏堤白堤像是上天随意蘸了绿颜料涂在湖上，平添无限意趣。他向着远方轻声说："爹，今天您的心愿终于可以了了。"他仿佛看到父亲捻着胡须微微颔首。

王父名㧑，字谦父。先世为山东琅琊人，北宋前期迁居河南开封府祥符县（古时叫浚仪）。王㧑的祖父王安道任武臣，护卫宋高宗南渡，来到江南，最终定居于庆元府（宁波）。父亲王晞亮任七品武官。在崇文抑武的大宋王朝，王家想要振兴，只能走科举取士这条希望之路。于是整个家族举几辈之力，为王㧑创造条件。王㧑三兄弟，唯他有幸幼年师从乡先生楼昉，得吕祖谦学说的传授。

嘉定十六年（1223）七月二十九，敲锣打鼓声由远而近，众人跟着报喜的人涌向竹林王家。王㧑进士及第，夫人诞下男婴。双喜临门的幸福时刻，王㧑瘦削紧绷的脸舒松开了，如同冻结的泥土得到春的滋润，脸颊飞上两抹酡红。抱着刚出生的粉嫩小婴儿，说曾梦见头上长角的灵物，这孩儿就叫应麟吧。如果再来个男孩，就叫应凤。老天真会成人之美，八年后的同一天，王应凤出生。

王㧑初官安吉丞，曾两入馆阁，担任吏部郎中。他勤勉谨严，中正耿直，深得理宗欣赏。当时还颇有雄心的理宗曾大笔一挥，赐王㧑"汲古传忠"匾额和"竹林"两字。王㧑给书房取名汲古堂，文集为《汲古集》。"传忠"二字，刻入了王㧑的生命。

他几次冲刺博学鸿词科，都没有如愿。让竹林王氏累世簪缨的使命就落在王应麟身上。

五六岁时，王应麟听父亲讲授四书五经。父亲采用先师楼昉推广的标江读书法。先学断句，语绝为句，语顿为读。菁华处下加小点。稍大一些，符号增至截、抹、圈、点四种，用黑、红、黄、青四色再作分解，颜色、位置不同，意义也不同。各种符号和颜色成了王应麟的游戏工具，投放在字里行间。这琐碎的操作，对理解文章倒颇有用。应麟九岁通晓六经，时人惊为神童。父亲对神童的教育是严厉的，夜晚常自拟题考测，刻烛计时，训练儿子敏捷的思维。后来借词科书籍，请名师王埜教孩子。

淳祐元年（1241），十八岁的王应麟一举中进士，继续向下一个目标——博学鸿词科冲刺。成为一名通儒，以才学报国，春潮般的激情在胸中澎湃。

做起来何其难！摘抄的资料堆积如山，他尝试采用吕祖谦的编题法整理，以百科全书式的总体架构，将甄别后的知识附在具体的门类之下。七千多个日夜，他常不知烛光何时亮起，不知东方之既白。如今名列科举考榜首，又编成词科考试最新最全的资料——二百卷《玉海》和四卷《词学指南》。他绣口一吐，差不多就是一部古今文化史。

1256年的这个春夜，他睡得沉，连梦也没有来打扰。

夏 忙 2

宝祐四年（1256）五月初八，正逢芒种，仲夏到来了。

考取博学鸿词科后两个月，王应麟被理宗钦点担任殿试复考检点试卷官。在集英殿，他读到了一篇洋洋万言的策论，内容直刺时弊，更难得的是文字里充溢着士子的血性，挺立着士子的坚骨。王应麟毫不犹豫地将卷子列入前十，呈送理宗。出乎意料，理宗赞许地把这份卷子直接擢升为第一名。这个状元就是大名鼎鼎的文天祥。

弟弟应凤同年进士及第，三年后也考取博学鸿词科。兄弟俩皆双料进士，又同朝为官，这是继苏轼、苏辙之后又一对出色的兄弟才子。

第二年王应麟被任命为宣教郎、国子录,从事教育方面的工作。被欣赏,被任用,理想的蓝图缓缓展开。带着夏天般的热情,王应麟开始了"忙种"。

在王应麟踌躇满志之际,南宋边境局势却越来越紧张。

十二年前,端平入洛失败,南宋彻底放弃了对蒙古的主动出击,转入防守阶段,自西至东创立四川、京湖和两淮三大战区。蒙古军队也分三路进军,战火连绵不断。时间带着战争的血腥味走到宝祐六年(1258)十二月,蒙古已收服吐蕃诸部落,完成对南宋的战略包围。蒙哥继承汗位后,率蒙古军队主力抵达重庆合州钓鱼城下。

王应麟知道钓鱼城守将王坚曾是孟珙、余玠的部将,王坚继承两人的遗志,正积极备战,制定了凭恃江险以拒敌的作战方案。南宋后期出现众多如王坚一般赫赫有名的武将。他们被理宗信任,又被怀疑,最终都郁郁离世。

历史是一面镜子,照出了君王的两张皮。王坚的命运会怎样?王应麟忧心忡忡。

他曾担任过武学博士,深深感到国事危急,人才难觅。紫宸殿上,理宗计划动用国库为阎贵妃建功德寺,又听信佞臣丁大全对朝臣的中伤。王应麟趋前启奏:陛下要英明地委任官吏,慎重选择亲近的人,防止他们蒙蔽耳目。在嘴边徘徊很久的话果断蹦出去了。理宗眼皮低垂,没有表情。退朝后,他在选德殿召见王应麟,赐座,问起王应麟之父,感叹道:"令尊亦曾多次陈述良言,对大宋忠心耿耿,若朝中文武皆如此，我大宋何愁不复兴？"这番话掏心掏肺，王应麟瞬间感觉自己肝脑涂地也在所不惜。但在理宗嘴角无声滑落的"复兴"两字，又令他悲从中来。

想到几年前贴在朝堂门上的"大字报"——阎马丁当，国势将亡。这曾引发朝廷一次不小的"地震"，听说是有人趁天黑干的。宠妃、宦官、权臣、佞臣织成一张大网，他们封锁边事，只让君王享乐。当政的佞臣丁大全拉王应麟入"网"，王应麟不屑，居然还去理宗跟前说蜀川及淮河一带出现了危机，结果同监察御史洪天锡一样，遭到诬陷被罢免。听不到理宗的声音，他听到的是背后的议论"孤高""表忠心"……

罢免的冰水兜头浇下，心抖缩得厉害。不理解理宗一面渴望得到忠臣志士，一面又把奸臣权臣紧紧揽在身边。他不知君王对国事早已泄气，"阎马丁当"四人，不过是君王欲望八爪鱼的须子罢了。王应麟一心想着像陈禾一样扯君王衣角辩论，却不知"想做"与"能做"之间永远隔着鸿沟。

四年后，王应麟又被起用，先在台州做通判，后入朝担任太常博士，升为秘书郎，不久，又兼任沂靖惠王府的教授。

局势已发生很大变化。蒙古军攻打鄂州，理宗惊恐，想迁都南撤，被以文天祥为代表的直臣们劝阻。因隐瞒军情不报，奸臣丁大全终于被贬逐。王坚守住了钓鱼城，取得开战以来最大的一次军事胜利。忽必烈急于退兵去争夺汗位，南宋得以喘口气。

景定五年（1264）十月，病倒的理宗突然驾崩。宋度宗即位，贾似道主政。

咸淳二年（1266）王应麟任礼部郎官，掌管宣传兼外交、教育。一天之内为度宗即位起草《百官表》《辞位表》等，从容完成，朝中莫不叹服，将其比作苏轼。于是，转职为秘书少监兼侍读，为君王讲经释义，顾问应答。王应麟是帝王师又似父亲，恨不得让心智尚小的度宗一夜间成为明主。这些都让丞相贾似道不舒服。因揭穿他假辞职的把戏，王应麟被转任崇禧观主管的闲职，后任徽州知州。

徽州是父亲任职过的地方。百姓得知消息，纷纷说来的是清白太守的儿子！王应麟兴修水利，改良耕作技术。遇到丰年，平定粮价，以免谷贱伤农；遇到灾荒，放粮赈灾。整顿吏治从自身做起，凡事"清约省素"。闲时王应麟还造访诗论家方回，促膝畅谈。得到《尔雅翼》一书，让人刻于居处的石碑上，并为之作序。

梦想种在现实的土壤上，让人无比踏实。

3　秋　哀

咸淳七年（1271），王应麟被召为秘书监兼权中书舍人，力辞，不被允许。瑟瑟秋意中，他回到朝廷。十月供职书行吏左户房，兼国史编修，兼侍讲。十一月，升职担任起居郎，兼权中书舍人。

西风刮来一个又一个坏消息。

名将刘整，被贾似道打压，出于自保投降了忽必烈，并进献灭宋方略;襄阳被围困一千四百多个日夜,将士和百姓在惊恐中熬过;义军突围失败,这是继守军突围、援军解围失败之后的最后一个失败;京湖主帅李庭芝愤而辞职。

怎么办?怎么办?王应麟强行进到皇宫,请求度宗紧急召集群臣,度宗软绵绵地倚在榻上说:"不是有贾太师吗?他说不急就不急。"边说边搂着妃子斗蛐蛐,的确,玩是他的强项。

失望、愤怒、无奈,他的脚步快迈不动了。

这时母亲去世的噩耗传来,他泪如雨下。无力挡住渐渐倾倒的江山,无法挽回母亲的生命。躲进古籍吧,稿纸上落下的一个又一个字,至少能将茫然的心一点一点牵住。守丧期间,他"检诸书所引,集以成帙",著《周易郑康成注》一书。

回京已是咸淳十年(1274)秋天,三十四岁的度宗暴毙,年仅四岁的恭帝即位,太皇太后垂帘听政。军事重镇襄阳在巨石炮攻击下墙倒城门开,身为礼部侍郎的王应麟着急地向太后进言:驱逐奸臣,重振朝纲。却遭到太后训斥。

德祐元年(1275)二月开始,蒙古军队东进的铁蹄愈来愈凶猛。池州被占,建康、镇江、常州、无锡相继丢失,临安啊临安,你还能安到几时?

六月初一下午,晴明的天渐渐暗下来,一块巨大的黑影投在太阳上,当耀眼的光芒全部被遮的瞬间,一切都掉入未知的黑洞。紫宸殿内君臣慌作一团。一会儿,天空一点点亮起来,黑暗终于全部退去。惊恐不已的太皇太后马上命王应麟作《日食求言诏》。

之后几天里，王应麟按太后所示，相继写了《赐知夔州张起岩奖谕诏》《赐利西路安抚副使兼知涪州杨立诏》《赐李庭芝奖谕诏》《责谕贾似道归里终丧诏》，奖赏将士，惩罚奸相。王应麟含着泪写，颤抖着写，他恨这机会来得如此晚，恨这笔不能化为突火枪。他悲哀，他的笔墨、他的才情竟在这样的时刻被倚重，去撑起朝廷最后一丝尊严。或许太后真的想重振朝纲呢？他的心又活泛起来，连夜写了十策，面呈太后，但久久没有回应。

就在这一年，弟弟应凤由文天祥推荐，被召为太常博士，刚刚进入宫门去参见君王，却突然倒地，竟不治而亡。

1283年春，庆元王家府第。

归乡已八年，王应麟闭门课子，未出庆元一步。两个女儿已先后出嫁，三年前，长子良学病逝，遗下一子文远。文远和叔叔昌世一起，以祖父为师学习。

今春来得早，细雨绵绵，庭院的竹子沉默着。一道道粗糙突出的节犹如箍桶的圈，牢牢地把住每一段，让一竿竿竹挺拔向上。微风吹来，竹叶轻颤，水珠就倏然滑落，钻入厚实的泥土里，如孤独者的悲泣。

文天祥就义的消息在这样一个清晨传遍庆元，"忠肝如铁石！"王应麟神色凝重，面北站了许久。七年前的春天，袁镛的厉声怒骂在元军刺刀猛戳下渐渐停止；四年前的春天，南宋最后的一缕风消失在崖山海面，留在春天剜心般的痛哪！唉，早逝的应凤、不屈的袁镛、负帝昺投海的陆秀夫、留绝命诗的文天祥，一笑一颦犹在眼前。在袁镛墓前他曾写道："天柱不可折，柱折不可撑。九鼎不可覆，鼎覆人莫扛。"柱折鼎覆！故国何在！是武将不能守住城池，还是文臣不能正朝纲？冥冥中，似乎有人回答他：没有哪个人扛得住覆鼎，没有哪根柱子可以撑住一具软骨。

该把自己点成一炷香，让一切都在淡淡袅袅的轻烟中消失，留香灰一撮，还是该退至山野藏起来，抑或于闹市中隐忍？活下去，要学会隐忍！心里有个声音在叫。"隐忍"，那是时不时地将心绑在刀刃上啊，流血、修复、再流血，漫漫时日，永无休止。

孤　月　4

如钩的残月，打捞起沉积已久的往事：汲古堂里，父亲刻烛以俟，烛光兴奋、紧张地跳跃着；东钱湖上桨声欸乃，为父子仨的吟诗伴奏；二灵山房里先臣陈禾"不惜碎首"的无惧目光；甬东书院一本本有标注和点评的藏书，还有投在窗棂的粉红霞光；以"欺宰相事小，欺君王罪大"回击贾似道时的快意……破碎的梦想渐渐清晰。烛光下，在《百忍图》一文中他写道："能忍耻者安，能忍辱者存，忍之时义大矣哉！"他清楚地知道，历事三朝，所任皆为清要之职，身份尊贵而不掌生死，对边事没有决策权，但他从未在意这些，移孝为忠，他岂敢忘？哪怕被视为馆阁里一卷会说话的经书。

四十五卷《玉堂类稿》《掖垣类稿》已用紫红色绸布包裹好，置于北墙最上方。谨严典雅的字字句句，透着他的骄傲他的耿耿忠心，曾让多少士人钦羡、模仿。"浮云世事改，孤月此心明。"好友舒岳祥以东坡诗句送他。懂他的何止一个好友？三百多年后，当大明王朝覆灭时，有两位思想家清晰地道出他内心的呼喊"无益之死不值当"，他们忍耻受辱活下来，留《石匮书》《日知录》《肇域志》等文化巨著于后人。他们是张岱和顾炎武。

当月湖上跳跃着新鲜的阳光时，县学边小巷回荡着稚嫩的读书声，像一缕又一缕晨风吹过。多少个夜晚，竹林王宅里的论辩声让匆匆而过的乡邻驻足，听不懂论的是什么，但王应麟那沧桑沉稳的声调，引得他们心头泛上别样的滋味。

二十年的光景，幼童成长为彬彬有礼的青年，彷徨惆怅的青年目光深邃坚定。他们从汲古堂出发，穿过竹林边的小径，奔赴各自的理想。而一头白发的王应麟，仍然在烛光下书写。依稀中，王应麟似乎也成了一支蜡烛，在至暗的夜里绽放着光明。

晚年的王应麟寡言少语，常习惯性地紧抿着嘴，嘴角现出坚硬的弧线。唯有见到烛泪流下来的那一刻，他的心会隐隐作痛："活在旧时光里的人，没有未来可言。埋首古籍，或许可以暂时心安。"烛光中，一堆古籍，一纸一笔，《通鉴地理通释》《践阼篇集解》《汉制考》相继问世。

这个严肃的老人内藏童真。为了教子孙和乡里子弟，他编写了《小学绀珠》《姓氏急就篇》《急就篇补注》等蒙学教材。早在淳祐七年（1247），他夫人的爷爷郑清之再次任丞相时，为了避亲，他赋闲在家，看到七岁的大儿子良学记不住简单的诗词，受宁波童谣的启发，王应麟为儿子编写简短、顺口又好记的启蒙书籍，名为《三字经》。"昔孟母，择邻处。子不学，断机杼。"在孩子们清脆的声音里，在温暖的故事里，王应麟的童真与教诲永不老去。

选择"隐忍"，自号"深宁居士"，画一个圈，圈里只有他的学生、他的老友、他的经史子集。这样或许能挡住新朝的唾沫、尘嚣和可能伸进来的利刃。

大儒 5

圈是被一位特殊的访客打破的。

1291年冬天的一个早晨，冷蒙蒙的雾气还未散去，王家院门被笃笃笃地敲响。

来客朗声道："深宁先生，晚生陈祥久闻先生盛名，特来相求，劳烦先生开门。"来者是元朝宁波地方官员陈祥。王应麟沉吟良久，门外人再一次高声求见，门终于开了。对方恭恭敬敬行礼入座，王应麟才知道对方下车伊始，想请他写庆元路建医学和重建儒学的文章，并强调此文非深宁先生写不可。热切而期待的眼神如冬日阳光，轻松地跨过栅栏，照到他心坎里，他答应了。

此后,《庆元路重建儒学记》《庆元路建医学记》《重修鄞州儒学记》《义田庄先贤祠记》《济南陈公修东津桥记》先后写成。有意思的是,在文中写某官某某年任职四明时,王应麟均用"元至元"的年号,涉及他自己,就用"前进士王某记",或者"浚仪王应麟记"。他还是他,南宋的王应麟。

去甬东书院公开讲学!这消息在王应麟心里如一阵春雷滚过。促成此事的是庆元路元朝官员治中拜降。拜降在庆元饥荒年奏请朝廷放粮赈灾。在文化教育上,他大胆放开公开讲学,把大儒们请上讲台。

望见高高拱起的张斌桥,踏上坑洼不平的石板路,回忆潮水般涌来。父亲带他参加甬东书院的乡饮酒礼,他如饥似渴地翻阅有标注的藏书;郑清之欣赏他,并将孙女许配给他……大木门依旧吱呀作响,天井那棵桂花树依旧香气袭人,树的顶端却已不是南宋的天。

台上宽大的红木桌椅已摆放好,台下低矮的桌椅挨着门。他的弟子、他的后代、慕名而来的学子,济济一堂。还有一些特殊的学生——本地学官,他们已师从王应麟。"元年春,王正月,公即位",苍老顿挫的语调让风也屏住了呼吸,似乎能听到话语落到心里的声音。

意料之中的意外还是出现了。在师生质疑问难之时,有里胥下巴朝天,面对王应麟直呼"南人"。拜降听人来报,大怒,立刻叫来里胥,列举其罪行,命令他道歉,让他必须以"故官"(即旧朝时的官职)来称呼王应麟等人。乱世之中,遗民最幸运的莫过于此。

王应麟还为慈湖书院留下一篇《重建慈湖书院记》。他的博学多才和卓著文采就是一潭幽深的水，吸引了一批又一批饥渴的学子。戴表元、黄叔雅、郑芳叔、袁桷、孔昭孙等门生，把这潭水引出来导向远方，绵延成一个探求经史的支脉——深宁学派。

自我质问是一场内心斗争，隐秘、痛苦，执着数十年，仍无答案。王应麟将之幻化为《四明七观》中东野老人与南州公子的问答，关于气节，关于忠义，关于安身立命。愈接近人生的终点，愈是迫切地想得到一个满意的答案，这种严厉的追问犹如父亲当年的刻烛以俟。东野先生说：致力学术的先贤以书与道德传承文化，虽亡而永存。南州公子回应：学术如此重要，我要师从先贤，整理经典以正风俗、传文化。借此道出了王应麟与自己和解的最终答案。

"士生斯世，岂不欲以和平之声鸣国家之盛？时不虞氏也，遇合不皋陶也。"为舒岳祥《阆风集》写的序里他这样写道，意为一个读书人生在这个时世，难道不想用文字赞颂国家的强盛？谁能想到，碰到的不是皋陶一样的圣贤。身为乱世词臣的几多愤懑，几多无奈，几多叹息。或许他的梦想一开始就不合时宜，非吾不为也，实不能也。

江河在琴弦上跑调，嗓子里满是红尘。他早已拟好墓志铭，只是没想到老天多给了那么些春花秋月。"学古而迂，志一而愚，其仕其止，如偓如图。"这世界那么多纷杂，无论在朝为官，或作为遗民，如韩偓和司空图那样遵从自己的内心就好。学古与志一，留后世纯粹而不染尘嚣的上古文化，迂且愚又何妨呢。

讲学、著述让王应麟成了四明文化圈里亮眼的启明星,却没改变他拮据的生活。断了仕途,断了经济来源。教书酬谢甚微,守着"君子固穷",王应麟晚年陷入贫困:百年老屋风雨侵蚀,尘泥渗漉;写作尽可能挤白天时间,以节省蜡烛。老友陈著偶尔来城里,见状摇头叹息。王应麟却只写经史考证之"困",题为《困学纪闻》。

他老了,视力模糊。儿子昌世成了得力助手(可能还有弟子袁桷)。查找资料,考证,编辑。整整十年,王应麟对经史资料提出疑问,进行考证,给出颇多创见。三百多年后它的价值才逐渐被挖掘,成为清代考证学的先导。

汲古堂里,《困学纪闻》静静地叠放在书桌上,整整二十卷,恰似秋收后堆起来的粮垛,墨香弥漫着黄昏的屋子。如同抢收完庄稼的农人,王应麟只想躺下来好好歇一歇。这一歇,身子骨像散了架似的,压着的小病痛逐渐变得肆无忌惮,在体内乱窜。力气一点一点地耗去,他再也无法撑持起来。

六月十二日中午,云捂着太阳,令人喘不过气。竹林王家静悄悄的,家人们围在床边,王应麟眉心微皱,呼吸逐渐滞重。昌世握住父亲的手,在他耳边轻轻地说:"爹,汲古传忠,我记住了。"王应麟长长地呼出最后一口气。享年七十三岁。葬于鄞县的东野——宝幢同岙龙古山中。

读书种子

方孝孺

1357—1402
明朝大臣、学者、思想家

张小末

君不见唐朝李白特达士,其人虽亡神不死。

声名流落天地间,千载高风有谁似。

……

方孝孺《吊李白》

大明洪武二十六年(1393),朱元璋大兴"蓝玉案",南京城内一片血雨腥风,大臣们人人自危。当此案尘埃落定之后,据说连坐族诛达一万五千人,明朝建国功臣因此案几乎全亡。

此刻,时年三十六岁的方孝孺正在宁海前往汉中赴任的途中。他即将正式步入仕途。

四月初七,当早春的桃花和杜鹃绽放于都城之际,他抵达了长安,再过半个月,他将到达宝鸡。

这一路上,他渡渭水、走栈道,领略了无数名山大川,祭拜了恩师宋濂之墓,尘霜满面无暇自顾。或许是在途中瞻仰了与李白有关的人文景观,一时触景生情,写下了这首诗凭吊李白。

虽然一贯强调"文以载道",但方孝孺的内心深处总归蕴藏着书生的浪漫与不羁,李白傲视金钱和权贵、追求自由的性格与气质深深地感染着他,"黄金白璧不足贵,但愿男儿有笔如长杠",全诗一十六句,句句都充满了他对诗仙的仰慕之情。

这或许是冥冥之中的吸引和追随，当方孝孺悲怆的一生谢幕之后，他亦当得起"千载高风有谁似"的评价。

前人已尽今人哀
方孝孺《歌风台》

1

当方孝孺写下《歌风台》时，他应当不晓得朱元璋内心复杂幽微的想法。

公元前196年，汉高祖刘邦平定叛乱的淮南王后还归故里，他置酒沛宫，邀家乡父老欢宴，感慨万千，酒酣兴起之时，这位马上得来天下的开国皇帝、布衣英雄击筑高歌，留下了传唱千古的《大风歌》："大风起兮云飞扬，威加海内兮归故乡，安得猛士兮守四方！"

"汉祖高风百尺台，千年客土生蓬莱。"沛县的父老乡亲们筑台纪念，名为"歌风台"，并在台上树碑，用大篆刻下《大风歌》。历代文人途经此地，留下了无数诗词。

方孝孺亦不例外。

然而，与其他歌颂刘邦者不同，方孝孺对他是持反对态度的。他在诗中感慨"淮阴少年韩将军，金戈铁马立战勋"，却落得个身首异处的悲惨结局，他抨击汉高祖和吕后"藏弓烹狗太逼迫""致令英雄遭妇手"，又借古讽今慷慨悲歌："还乡悲唱大风歌，向来老将今无多。"

方孝孺的《歌风台》当然不仅仅是在写刘邦。

让时间回到洪武十三年(1380)的正月,胡惟庸案起。

作为开国功臣,胡惟庸曾经跟随朱元璋南征北战,建立过赫赫功勋,而当朱元璋的王朝逐渐稳固之后,这些开国功臣正渐渐因各种理由被肃清,或流放,或处以极刑。

事实上,朱元璋自建立大明王朝之后,一贯主张以强权铁血的手腕治理国家。肃清这些权倾朝野的臣子,建立高度集权的制度,是朱元璋为未来继承人扫清障碍的其中一步。

胡惟庸不是第一个,也并非最后一个。

事情的起因非常简单,胡惟庸的儿子骑马在集市行走,人多、马惊,导致其儿子坠死于车下,胡惟庸一怒之下斩杀了驾车的马夫。

这是压死胡惟庸的最后一根稻草,也是当朝天子对胡惟庸下手最好的理由。朱元璋以谋反之名诛杀左丞相胡惟庸,并兴胡党之狱,株连者达一万五千余人。

三年之后,时年二十六岁的方孝孺经历了两件人生大事。

这一年,一生都恪守孝道的方孝孺遵从祖母安排,娶郑氏为妻子;另一件大事,便是受到了当朝天子朱元璋的召见。

时值旧历年岁末隆冬之际,经过东阁大学士吴沉和揭枢的推荐,方孝孺赶往京师拜见朱元璋。

一路风霜雪雨,次年正月,他终于抵达了京师。

《明史》这样记载本次见面的情形:(太祖)"喜其举止端整,谓皇太子曰'此庄士,当老其才'"。

虽是初次拜见天子,但方孝孺的行为举止可谓端庄得宜，回答天子的问题亦堪称精彩，并当庭作了《灵芝甘露论》一文。太祖对其确实是欣赏的，称赞他是个难得的"异才"。

但奇怪的是，帝王并未立即重用他，而是以还需多多历练为由，赐宴礼部，让他归还乡里。

方孝孺当时或许并不明白其中缘由。

一介出身于书香门第的书生，三岁时便被儒家经典启蒙，在他的成长过程中，仁爱与礼教充盈于他的内心，但当朝皇帝的铁血风格与他所批评的汉高祖何其相似。在《歌风台》一诗中，他的隐喻之义已破纸而出："古来世事无不然，稍稍功成忘险阻。荒祠古庙名歌台，前人已尽今人哀。"

在皇帝的旨意下，他返还了故里。

此后，方孝孺的人生便进入了漫长的等待之中。

2 卧看白云初起时
方孝孺《题山水隐者》

回归乡野，读书人的生活像故乡的溪流一样缓缓流淌，但年轻的他，内心是苦闷的。

自小天资聪颖，被誉为"小韩子"，方孝孺在少年时期就曾经表明心志："追忆少年狂僭，甫有知识，辄欲以伊尹、周公自望，以辅明王、树勋业自期，视管萧以下蔑如也。"

成为如同伊尹与周公一般的政治家，拥有令人赞扬的德行、过人的才华，辅佐君王治理天下，成就一代霸业而被后人称颂,那是他从小的理想。

是啊,自公元1357年出生的那一刻起,方孝孺的人生已注定被寄予厚望。

浙江省宁海县,自晋武帝太康元年(280)置县,相传有将军率兵沿海南下,一路怒波狂涛,至三门湾则风平浪静,遂取名宁海。明时,这里属于台州府,坐落在天台山脉和四明山脉之间,背山靠海,地灵人杰,实在是一处绝佳的避世之地。

这是一个文人世家,祖上四代皆是读书人。

高祖父方重桂出身进士,曾祖父与祖父都曾先后担任教谕职务;而到了父亲方克勤这一辈,历任县学训导、济宁知府,是洪武年间闻名的清官,在学术上也颇有造诣,是当时浙东程朱理学复兴的主要推动者之一,也是出名的大儒;其兄方孝闻力学笃行,终日以书为伴,可谓家学渊源,学术文化氛围浓郁。

方孝孺出生于这样一个世代业儒的家族,得到了父亲最为深邃的爱。

二岁时,方克勤便用儒家经典为他启蒙。五岁,当别的孩童还懵懂无知时,方孝孺已饱读经典,能背诵诗文,至六岁,他写出了人生第一首诗《题山水隐者》:"栋宇参差逼翠微,路通尤恐世人知。等闲识得东风面,卧看白云初起时。"很难想象,一个年仅六岁的孩童,其笔触之间竟然已有隐逸之意趣,显露出意境圆融之态。

传说,他在书籍典册里看到圣贤的名字或杰出将军的样貌，都会一一记录在纸上，极尽倾慕之意。至九岁时，便能背诵五经，比他的父亲更早了一年。

世间喧嚣，又怎能影响一颗纯粹又天真的向学之心呢？

正如他在《答俞子严书》中所写，十余岁时，每天端坐在书房内读书，碰到会心之处，即使外面钟鼓齐鸣、风雨大作，也丝毫觉察不到。而整个青年时期，他一直都严格要求自己每天读书的厚度必须满一寸，从不违反。

那是人生中最为美好的一段时光吧，少年在缑城的山水间，与清风明月为伴，与四书五经为友，安心读书而无他念，也正因此，后被誉为"读书种子"。

诗书与天地的滋养是一部分，来自家学的影响则是构成他人生底色的另一部分。

父亲方克勤，不但学问卓著，也是一位廉洁简朴、勤政为民的官员，在写文章时亦奉行不重文采、质而不华、平和明理的风格。

据说，他平生不穿纨绮之衣，常年着一布袍，每天只吃一块肉，如果当天不办理官府公事，则一天也不吃一块肉。如果外出办公，则一切应用之具都自行携带，在当地甚至不喝百姓一杯热水。

关于方克勤的故事有很多，选其中一则窥一斑吧。一次，兖州的官员派一个小童送两个水瓜给方克勤，他觉得此举有行贿之嫌疑，斥责了小童，并把水瓜原封不动地归还于主人。

正是得到这样廉而守礼、文以载道的言传身教，年轻的方孝孺早早地显现出了思想家的特质。

他写作了《幼仪杂箴》二十首，在这些文字里，方孝孺表现出了鲜明的儒家学养特质，无论是行跪拜揖、饮食言动的举止，还是喜怒好恶、忧乐取予的法度，一切都要有所约束，不可忽视。

"坐"要直背端貌，不可踞坐欹侧，宜如山之恒德；"行"要步子稳实，容貌舒坦，不紧不慢，行仁义之途；"寝"则宁心静气不妄思，睡姿既不可偃伏又不可仰尸；"言"则尤其需要谨慎，因为发于口为好坏褒贬之别，入乎人耳则为喜怒之分，用于人世，可成可败，传于书籍，为贤为愚，一言以蔽之，慎言是也；"食"则求俭，与其愧受珍贵膏腴之馔，不及野蔬藜藿之甘，与其尸位而享万钟之粟，远不如以有为而受釜庾之餐；"酒"有节制，不可贪杯失礼，妨碍家国之事。冠要正，带合身，穿衣如修德。笔不妄动，墨当爱惜，砚也盛存乾坤，纸用以立言载道，行仁义，以利其民。

他对自己的约束，在今时今日看来，可谓严苛至极，但如果不是自我要求极高之人，想必他的人生结局也会改写吧。

而在《杂铭》四十五篇中，他忧民仁爱的思想得到了进一步的深化和阐述，他的志向跃然于一行行墨色汉字之上，在一次次书写中，越发显得清晰明朗。

贤有四海志

方孝孺《闲居感怀十七首》

困守故乡的日子单调而重复,上天却并未就此厚待于他,年轻的他遭遇了父亲与恩师相继故去的多重打击。

洪武八年至九年(1375—1376),对于方家而言,是多灾多难的两年。

洪武八年,为官清廉的父亲方克勤虽然考绩优良,却被同僚程某、杨某诬陷,先是被贬谪至江浦,到了年底,按照惯例可以释放回乡,却被牵连进著名的"空印案"。

所谓空印,就是在文书上预先盖上印章,需要用时再填写上具体内容。案发之后,天子震怒,生性多疑的他无法容忍官吏利用空白文书簿册作弊,数千人被处以极刑,方克勤作为济宁知府,是主管印务之人,自然是要被处以刑罚的。

洪武九年,年仅五十二岁的方克勤离开了人世。

朝堂之上风谲云诡,或许是心有所感,洪武十年(1377)正月,已侍奉天子长达十九年的宋濂上书请求准予自己告老还乡,二月,"开国文臣之首"宋濂离开了南京。

沿途走走停停,直到暮春时分,宋濂来到了金华,待到初夏之时,方孝孺亦来到了浦江郑家,从此,承学宋濂。

千里马终需伯乐慧眼。宋濂循循善诱,倾囊以授,而方孝孺不仅天资惊人,又废寝忘食,夜以继日地埋头苦读。

他度过了自父亲去世之后,最为宁静纯粹的一段时光。

方孝孺如同一块璞玉，在宋濂的雕琢之下日渐展露出华彩，不仅文采斐然，治国的韬略也一一显现。

宋濂曾说"晚遇小子，自贺有得"，且放言说，再过二十年，天下人都将明白方孝孺的不凡。两人名义上是师徒，某种程度上又如同父子与知己，宋濂对方孝孺的钟爱和惺惺相惜在浙东这片山水中显得如此动人。

珍贵的时光如此短暂。三年之后，洪武十三年（1380），胡惟庸案起。

历史总是惊人的相似。这又是一桩牵连广泛的大案，天子生性多疑，就连已经告老还乡的宋濂亦不能幸免。

幸得太子求情，宋濂本人免于一死，但他的次子与孙子均已受到牵连被诛杀，最终全家被流放到茂州（今四川北川、汶川及茂汶等地）。

此刻，年逾古稀的宋濂已是风中残烛，怎经得起这一连串的打击，加之行旅劳苦，他在途中一病不起，最终客死他乡。

连续失去至亲至爱之人，方孝孺内心的悲愤无人能猜度。

此后，他居于田园，著书、立说、讲学，他的家境越发清贫，遭遇着断炊、患病等诸多状况，甚至，又被牵连进一个官司。

当全家被带到京师，准备押送刑部之时，朱元璋在奏折上看到了他的名字，释放了他全家，而他年迈的祖母已无法经受如此折腾，不久之后便辞世了。

虽是一介布衣远离庙堂，却一再被命运之手拨弄。世间种种磨难，那也只能视为是对自己心性和气节的磨炼吧。

当然，也有一些快乐的时光。他结交了许多慕名而来的朋友，常常同榻而眠，亲如兄弟，经史子集无所不谈，国事家事诸事皆关心。在这将近十年的闲适时间里，方孝孺系统性地写下了一系列治世之作，如《周礼辨正》《石镜精舍记》《四忧箴》《君学》等等，阐述着他的所见所闻所思。

他在安静地等待着一个时机。

一个书生最终的抱负，终究是天下与家国。

寒梅冻后放幽姿 4

方孝孺《见梅》

天子并未遗忘他。

洪武二十五年（1392）底，受到朝堂大臣的举荐，方孝孺再次应召入京，朱元璋思量再三，赐予了他汉中府学教授的职务。

次年初，方孝孺踏上了前往汉中赴任的旅途，妻子郑氏、儿子方中愈、长女方贞和尚在襁褓之中的次女方淑一同随行。

与江南的秀美富庶不同，汉中之地百姓贫困，且没有好学之风。

方孝孺到任之后，效仿父亲与恩师当年的样子，以打通诸经为手段和形式，以贯通文章涵义为方法，以治国为最终目的，融会贯通又结合实际，与学生坐而论道，将仁义王道传授给学子们。

他每日黎明即起，暮晚才归，讲学孜孜不倦，渐渐地，从前门可罗雀的汉中府学变得热闹起来，竟吸引了数千名学子，一时之间蔚为大观。

仰慕他学问的人越来越多，其中之一便是朱元璋的第十一子——蜀献王朱椿。

与奉行强权铁血手腕的朱元璋不同，朱椿天性纯孝慈爱，博览群书，举止文雅得体，在治理蜀地期间广施仁政，一心劝人向学，被朱元璋称为"蜀秀才"。他对方孝孺倾慕已久，可谓求贤如渴。

洪武二十七（1394）年，在朱椿的一再请求之下，方孝孺成为献王世子的老师。

两人一番畅谈之后，发现彼此志同道合，在政治主张上不谋而合。朱椿钦佩于方孝孺的为人和思想，为他迁恩师宋濂之墓，接济宋氏子孙，更为他所居住的草庐亲自题写匾额"正学"。

方孝孺则将献王视为明主，"贤王殿下治蜀，盛德奥学，追踪千古，嘉言善政，尚友百王"，一方面尽心尽力教导世子，一方面坚持推行"明王道，致太平"，著书立说，写成了《帝王基命录》。

在汉中任职的五年，是方孝孺步入庙堂后最初的时光，或许是因为远离权力的中心，这也是他为官历程中最为平静和谐的一段时光。

但这五年里，朝廷内部暗流涌动。

洪武二十五年（1392），皇太子朱标去世，朱元璋已然英雄暮年，在肃清开国名将、削弱相权之后，他将皇位传给了皇太孙朱允炆，即建文帝。

从洪武至建文的年号名称，我们可以看出大明皇朝所推崇的治国理念在发生着变化。

这是一个相对宽松的阶段，正如建文帝的即位诏书上所写："德惟善政，政在养民"，作为新一任君王，建文帝的使命是除旧布新、休养生息、教化百姓，而此刻的方孝孺，正是新帝最迫切需要的人才。

这一年的六月，又是一个初夏时节，方孝孺接到了新帝的诏书，奔赴帝京。

历经苦寒之后，他终于迎来了人生的春天。

5 不如归去，不如归去
方孝孺《闻鹃》

进京之后，方孝孺先是担任翰林侍讲，第二年，便升至侍讲学士。之后，朝廷将侍讲学士与侍读学士合并为文学博士，方孝孺便成为正五品的文学博士。

他陪伴于建文帝身旁，对于皇帝提出的问题，皆以儒家之道给予解惑，一时之间深得皇帝的心意。

在方孝孺等人的辅佐下，建文帝开始了一系列改革：平反洪武年间的冤假错案，弱化皇权，注重礼仪教化，提高文官地位，减轻赋税压力，恢复井田制……

和谐的君臣关系之下,"理想国"似乎在一步步实现,社会风气得以改变,曾经生活在高压政策之下的百姓,也一度觉得君王是可亲可敬的。

与此同时,来自外部藩王的压力却与日俱增,矛盾一触即发。

朱元璋在世之时,分封诸皇子为藩王,几年之后,藩王势力日益庞大。建文帝登基之后,他的各位叔父都拥有重兵,最多的达到一万九千人,且还在壮大中。每当有战事发生,调度军队都要首先经过藩王的同意,这让建文帝感到了深深的威胁。

某一日,他在东角门遇见了当时的太常卿黄子澄,问及该如何改变这个局面,黄子澄用"削夺藩王"四个字一语道破,这也让建文帝下定了决心。

公元1399年,建文帝正式宣布削藩。

诏令一下,不到半年时间就有五位藩王或死或废,逐一凋零,唯有身处北平的燕王朱棣选择了反抗。

朱棣,出生于公元1360年,正值陈友谅大举进攻之际。自幼,他就对战争充满了兴趣,当其他皇子尚在学习孔孟之道,朱棣选择了与将士们一起前进,他的理想是成为像父亲一般勇猛果敢、骁勇善战之人。

洪武二十三年(1390),朱棣奉朱元璋之命前往北方,不费多余的兵卒就降伏了北元太尉乃儿不花,一战成名。

这一切来得如此不易。一个出身低微的皇子,凭借着自己的努力与战功在北方站稳了根基,此刻,又怎么会甘心被年轻的建文帝削夺权力呢？

公元1399年的七月，盛夏酷暑，朱棣打出了"诛奸臣、清君侧"的口号，正式起兵北平，历史上赫赫有名的"靖难之役"开始了。

这是一段异常艰难而痛苦的时光。

在朱元璋的铁血手腕之下，大明朝早已失去了所有能征善战的武将，也没有了刘基这样运筹帷幄、决胜千里的军师。尽管有方孝孺等文臣苦苦支撑，这场历经了三年多的叔侄之战，最终还是以朱棣攻克南京而告终。

建文四年（1402）六月，金銮殿在一场大火之下化为灰烬，而年轻的皇帝则不知所终。朱棣登基，是为明成祖，年号永乐。

一朝天子一朝臣。建文朝的旧臣们，面对新君，做出了不同的选择：有人自杀殉难，有人投身新主，也有人退隐山林，销声匿迹，以求自保……

而方孝孺，选择了一种世间少有的悲剧方式，成为流传千古的传奇。

新帝要登基，需要一位德高望重之人起草诏书，有人推荐了被誉为"天下读书种子"的方孝孺。

这一日，方孝孺一身孝服，一路痛哭，进宫面见朱棣。面对朱棣起草诏书的要求，他愤然作色，将笔掷于地上，且哭且骂表明心迹："死便死吧，绝不写诏书！"

朱棣大怒，厉声问道："你不怕死，难道也不顾九族吗？"

"安能摧眉折腰事权贵"，一生追求气节与操守的方孝孺又怎会轻易地变节换主,更何况,建文帝于他而言,情同知己,志同道合。

方孝孺慨然应答:"即使诛我十族又能如何?"

士为知己者死。这一刻,他的心中回想起多少美好的旧日时光,他的心中又有多少激愤难以述说。他想起了因"莫须有"案件牵连无故死去的父亲方克勤和恩师宋濂,想起了最初的知己蜀献王朱椿,想起了壮志未酬身先死的建文帝,最终,他取笔大书"燕贼篡位"四个大字,扔给了朱棣。

他选择了以一种决绝的方式谢幕。

但朱棣,是与朱元璋最为相像的皇子啊!他继承了父亲的雄心壮志、文韬武略,当然也继承了其残暴和苛刻,他怎能容忍方孝孺的笔写下自己的罪状。

六月二十五日,朱棣在登上皇位的第八天,在南京聚宝门,诛杀了方孝孺,其间种种惨绝人寰的手段罄竹难书。

面对朱棣的行为,他的谋士姚广孝长叹一声:"方孝孺素有学行,请勿杀之,杀之则天下读书种子绝矣!"

在方孝孺死难之前,他的妻子、儿子均已自杀身亡,两个女儿亦投秦淮河而死。他的弟弟方孝友被杀前,仍从容不迫,以诗劝兄:"阿兄何必泪潸潸,取义成仁在此间。华表柱头千载后,旅魂依旧到家山。"

在方孝孺死后,他的亲眷九族均被株连,加上学生一族,是为"十族",据说死者老少竟达八百七十三口,被贬谪戍边的亲友更是不计其数,朱棣共行刑七日才结束。

方孝孺的老家,宁海县溪上方村,全村人皆被屠杀净尽,无一幸免,一个村落就此消失于地图上……

除此之外,朱棣下令凡藏有方孝孺文者就被定为死罪,自此,方孝孺的《逊志斋集》成为禁书,不能流传。

一颗大星,在绽放出绚丽的光华之后,陨落于茫茫苍穹,而其振聋发聩之势在历史的深处久久回荡,不曾散去。

吾心自有
光明月

王阳明

1472—1529

明朝杰出思想家、文学家、军事家、教育家

符利群

1

不知是圣人出世多是惊世骇俗，还是后世对大儒的敬慕追崇，王阳明的出生甚是惊艳不凡。

大明成化八年（1472）十月三十一日晚，余姚城龙泉山北麓王家人，因家中孕妇怀孕十四个月久久不见动静而一直寝食难安，老祖母岑氏更是愁肠百结。外界关于王家的街谈坊议已是荒诞不经。

这晚老祖母梦见一位身着霓裳、脚踏祥云的美丽仙子，仙乐飘飘，怀抱婴儿按下云头款款而来，将婴儿送到她手上，"神人衣绯玉云中鼓吹"。岑氏一惊醒来，恰好听到隔壁传来婴儿啼哭声。饱读诗书的老祖父竹轩翁王伦兴奋之下，信手拈来为新生儿取名"王云"。王家由此被邻居们称为"瑞云楼"。果然，没过几年，王云的父亲王华便中了状元。

像所有的大智若愚者，王云经历了出生的惊艳，随后陷入沉寂。自第一声响亮婴啼后，他再没有说过一句话，只双眸星动，似藏机锋，静静聆听老祖父竹声萧萧里的朗读。竹轩翁释卷叹息："孩子，看你眼神灵慧，却为何不言不语啊？"左邻右舍直截了当把王云称为"哑巴"，这对饱读诗书的竹轩翁来说是多么无从言说的屈辱啊。

某日一名僧人路过王家门口，看着与孩子们玩耍的王云，摸着他头皮称"多好的孩子，可惜点破了"，遂飘然而去。竹轩翁悟其所指，原来"王云"点破了"瑞云送子"的天机，便为孙子改名为"守仁"。意出《论语·卫灵公》"知及之，仁不能守之，虽得之，必失之"，即以"仁"守住天赋的智慧。改名当日孩子便开了口，且能流畅背诵祖父常读的句章。竹轩翁大惊，王守仁说之前在祖父身边伴读，虽开不了口，实则烂熟于心。多年后王守仁筑室阳明洞，自号阳明山人，以王阳明之名立世。行文之故，我们称之为王阳明。

这孩子并不循规蹈矩，提的问题总不囿于尺牍。他问先生"读书为了什么"，老先生谆谆教诲"为了考中状元光宗耀祖"，他大言不惭称"读书是为了做圣人"。老先生气得心塞，天底下怎么会有如此妄自尊大离经叛道的学子？

闲时他带着一帮小儿嬉戏，裁纸做旗帜，令众小儿持旗四立，他自封为将居中调度，左旋右转，战阵气势十足。十四岁时他习学弓马，通读兵法，熟习《六韬》《三略》等兵书，称"儒者患不知兵。仲尼有文事，必有武备。区区章句之儒，平时叨窃富贵，以辞章粉饰太平，临事遇变，束手无策，此通儒之所羞也"。少年深谙文人不懂武备的尴尬痛点，所以早早学会了骑射。

成化二十二年（1486），十四岁的王阳明随父亲出游居庸三关，策马扬鞭，追逐骑射胡人小儿，挽弓射大雕，一时吓得胡儿不敢来犯，慨然有经略四方之志；其时北方干旱，盗贼四起，屡屡攻破城池，劫掠府库。王阳明向父亲请命，称要带上万余兵马，削平草寇以靖海内。状元公王华瞪他一眼："你是不是有狂病？区区一个读书人敢说带兵打仗？！"

十八岁那年，王阳明做了桩更令人匪夷所思的事——以身试学朱熹"格物致知""众物必有表里精粗，一草一木，皆涵至理"之说。所谓"格物致知"，是说世上万事万物，大至天地宇宙，小至草木鱼虫，都有一个天然的"理"。只有面对面格物，才能格出此理。

王阳明拉着同窗面对幽幽篁竹，开始"格物"以达"致知"。同窗格了三天，落荒而逃。他格了七天七夜，格出一场病。他渐渐醒悟：格一物尚如此艰难，格尽天下万物又怎么可能？万物无涯而生有涯，焉能以有涯对抗无涯？

自此，他对被奉为经典的朱熹理学产生了极大怀疑，这为他经年后龙场悟道"心学"提供了启蒙的实验范本。格竹失败还使他意识到，若要求得更精深的学问，进仕是必经之路。若不然，他永远只能是一名博学多才的乡野村夫，不被主流正统所接受，更不可能由此成为心向往之的"圣人"。

此后王阳明扎入进仕之途。寒窗苦读，龙泉结社，苦学诸家兵法，试图借雄成圣。其间屡考屡败，他对前来劝慰的人坦然道："你们以不登第为耻，我以不登第却为之懊恼为耻。"

弘治十二年（1499），二十七岁的王阳明考中进士，谋职于工部。这年与他同时踏入考场的还有一位江南同乡——唐寅（唐伯虎）。后者不慎卷进了一桩考场舞弊案，自此声名狼藉穷途末路，一举成为大明最为著名的落魄士子。多年后他们亦有过一次时空相隔的书画交集。到三十四岁得罪权宦刘瑾之前，瘦弱的小京官王阳明为朝廷做了许多事，如督造威宁伯王越的坟墓，审决积案重囚，主考山东乡试，其间还生了场大病，收了不少好学青年为弟子，总之精力极其旺盛。

2

此时，距离明朝消亡尚有一百多年光景。老朱家坚信江山固若金汤，无穷的奢靡铺在眼前，任由恣意挥霍。

正德皇帝朱厚照在刘瑾、张永等时称"八虎"的随侍太监的哄弄下，对逛妓院、开店铺、听坊曲、豢养虎豹、强抢民女等充满了狂热的迷恋。他老爹弘治帝除了留下一座开始病恹恹的江山，还为他留下一套堪称清廉可靠的做事班子，忠臣们用一把把老骨头苦苦支撑着先帝的托孤。

世有忠臣，必有奸佞。忠臣其实是朝代的悲哀，与之对应的必然是奸佞。一座盛世能够河清海晏，是因为忠臣在与奸佞抵死抗衡。如同所有顾命大臣惯犯的毛病，南京户科给事中戴铣、内阁首辅刘健、兵部尚书兼东阁大学士谢迁等，不断向年轻的皇帝直言进谏，言辞锐利，甚至以死相谏要除掉"八虎"，以至于吓哭了皇帝。就在朱厚照犹豫着打算对"八虎"集团动手时，刘瑾深夜进宫，一把眼泪一把鼻涕，终于以少年随侍的情谊哭软了皇帝的心。

翌日，兴冲冲进宫准备将刘瑾等"八虎"下狱的忠臣们，遭到一场迎面痛击。刘公公指令锦衣卫搜捕所有站队的忠臣，捕的捕，杀的杀，削的削。朝野上下一时风声鹤唳。

在所有人唯恐引火烧身的时候，兵部小主事王阳明不知好歹地站了出来，上书直言滥捕的错误和宦官专政将导致的恶果。上书落到刘瑾手里，刘公公给王阳明的回复是"重赏"四十廷杖，投入诏狱。

正德二年（1507）初春，北京城苍云密布，黄沙漫天，王阳明被逐出明王朝的中心，贬去千里之外的贵州修文县龙场驿当驿丞。那时南疆荒蛮瘴疠，历来是重罪官员发配之地，流放之途漫长而凶险。

天涯亡命客王阳明遭遇了刘瑾所派锦衣卫的追杀、为躲避追杀假意投江自杀、飘零到武夷山险被饿虎叼走等险恶，翌年春天抵达龙场驿。驿丞相当于招待所所长。迎接王所长的是二十三匹羸弱的瘦马，二十三副僵硬的铺盖，一个颤巍巍咳喘不止的前任老驿丞。

他在"鸟不生蛋"的荒地搭草屋，种菜种粮，与当地居民结交，在他们的相助下筑屋而居并开办龙冈书院，龙场有了开天辟地以来琅琅的读书声。

三名途经驿站的投宿者的暴毙，引发了王阳明对自身飘零与磨难人生的痛悼，他为他们写下《瘗旅文》："自吾去父母乡国而来此，三年矣，历瘴毒而苟能自全，以吾未尝一日之戚戚也。今悲伤若此，是吾为尔者重，而自为者轻也……"意思是说，自从我离开父母之乡来到此地，已经三个年头。历尽瘴毒而能勉强保全自己的生命，我没有一天怀有忧戚的情绪。今天忽然如此悲伤，乃是我为你想得太重，而为自身想得轻啊。

在异乡冷月照彻的无眠长夜，他一次次叩问生死离合的疑难。这种询问直接导致了当年格竹七天七夜的类似举动——躺进石棺，以身验死，以生验死。石棺可能就是一个更狭小的石洞。

棺盖覆顶的生死混沌，神游太虚的奇幻瞬间，五魂六魄身躯内外的游移,令他与天地自然渐渐融为一体,呼吸越来越急促……恍然中,一道雪亮的月光自树枝隙间漏银般洒向棺缝,大彻大悟涌上他的心头——

月亮并没有告知世人,它是光辉的、清澈的、通透的、无邪的,可人为什么能自月之圆缺阴晴明灭中,领略多端?是什么让人感受到一切?心!心外无物,万物万事万理皆源于心、生于心。我们的心灵状态,决定了我们与世界相生共处的生存方式。

王阳明冲出山洞,仰天长啸,天地共鸣。

龙场悟道,石破天惊。伟大的心学就此诞生。

3

正德五年(1510),王阳明升为江西庐陵知县。王知县免除了摊派给庐陵百姓多年的冤枉账"葛布税",通民情,断狱讼,劝教化,防火灾,绝横征,亲民教民,一度诉讼如山、民怨沸腾的庐陵,激荡起敦厚仁义之风。

其中王阳明庐陵抗疫颇值得一说。

那年庐陵疫气肆虐,人心惶恐,骨肉不顾,甚至出现阖门相枕藉以死、抛尸荒野的惨状。王阳明紧急发布《告谕庐陵父老子弟》,"今灾疫大行,无知之民惑于渐染之说,至有骨肉不相顾疗者。汤药馆粥不继,多饥饿以死,乃归咎于疫。夫乡邻之道,宜出入相友,守望相助,疾病相扶持,乃今至于骨肉不相顾","为民父母,何忍坐视?言之痛心,中夜忧惶,思所以救疗之道，惟在诸父老劝告子弟，兴行孝弟。各念尔骨肉，毋忍背弃。洒扫尔室宇，具尔汤药，时尔馆粥。贫弗能者，官给之药。"

他唤醒民众良知，恳切告知人们要关怀照顾染疫的家人，勤力打扫屋内外环境，服用汤药，保持饮食，贫穷人家也有官家给药。对抗疫有功者他承诺将登门致礼，"有能兴行孝义者，县令当亲拜其庐"。对染瘟疫的他自责，"凡此灾疫，实由令之不职，乖爱养之道"。

今天，当我们回首审视，焉能不喟叹五百年前王阳明秉持的流风善政。

4

正德八年（1513）六月中旬，王阳明与友人和弟子同游四明山。

致命的咳疾此刻还未缠绵他的身子骨，这是他在之前的龙场磨难与数年后江西平叛宁王的颠沛之间，挤出来的一段殊为难得的好时光。

出发前他们等了黄绾很久，他爽约了；许半圭、王世瑞、蔡希颜、朱守中则兴冲冲地从绍兴赶来，王阳明带上他们和忠诚的大弟子兼妹夫徐爱，从余姚丈亭永乐寺出发，开始了一场四明山游学之旅。

他们本来打算坐船从姚江入山，蔡希颜忽然生病了，只好返舟而归。当夜他们泛舟乘潮西上通明江，翌日抵上虞丰惠，许半圭也不想去了。游学小组只剩下四人。次日他们来到梁弄汪巷村，敲响了汪克章的门。广东按察司佥事汪克章此时省亲在家，他请他们吃饱喝足后一起出门。

五人游学小组迂回向西，翻大岭，过下管，抵姐溪。姐溪即达溪，姚江王氏先祖迁徙地。众人欣然溯溪而上，往隐地龙潭而去，来到阳明祖居地寻根问祖。黑龙潭"泉石冲激，溪山环折，如凤翔龙盘，势瞪而情丽"。他们在潭边濯足濯缨，漱石枕流，山水唱和，赋诗识乐。王阳明将"姐溪"更名为"龙溪"，夜宿于龙潭村。攀爬峭壁深渊的黑龙潭时，徐爱战战兢兢，而王阳明坦然不惧，爬上爬下，身手灵活矫健。过了隐地龙潭，王阳明中暑了，朱守中的脚伤了，王世瑞也生了病。众人犹豫还要不要往雪窦寺方向走。

"犯烈履险非乐，溺志老游非学"，朱守中沮丧地说，走如此危险的旅程就没什么乐趣了，心志沉湎在旅途中也学不到什么有用的。王阳明莞尔："知乐知学，孰非乐非学也？"只要内心知乐知学，领略到乐的本质，那么无论是山高水长，还是道阻且险，无论是访山水之奇美，还是探人生学问之深邃，都能自天地宇宙间获得真知灼见。

朱守中和王世瑞不能坚持，退出旅程。王阳明和徐爱、汪克章渡溪登岭，站在山巅，弥望平畴沃野稼穑，心胸大为开阔。

在丹山赤水，他们听樵夫唱山歌，"群鸯之飞飞，不知我栖栖。女行烁火中，我在霞天湄"。他们向樵夫打招呼，这名山野村夫竟然不理他们，径自消隐于山林。他们到杖锡寺，抵雪窦山千丈岩，以奉化萧王庙大埠村为终点。到奉化时，适逢大旱,山川田地尽龟裂,禾木枯萎,收成萧条,王阳明心下郁然,不得不打消再往天台山的计划,买舟回姚。

这支游学小组最终只有王阳明和徐爱、汪克章三人,汗流浃背地走完全程。

徐爱的《游雪窦因得龙溪诸山记》,详细记载了此次游程和王阳明的嘉论:"(先生)而论曰:今日毕,素怀已中。所历佳胜比比,独不彰于古昔,乃今得与二三子观焉……"古往今来,秀山大川比比皆是,但有多少天下知名?四明山,是个居住的好地方。龙溪,是避难隐逸的好去处。你们现在游历的,不止是眼前的山水草木,更在于山水之外的启迪与深思。要享受容易的事,必定要历一番难吃一番苦,而破除苦难的唯有勇气。这一趟游学之旅,看起来是游山玩水,实则是人生历程的履足。天气暑热,路途艰险,行路沮丧,人员变数,行程不定……这些是游历之难,更是人生之艰。在艰难中学到的,必然更有价值和意义。

木铎之心,素履之往。天地的学问,要一步步走到才算数。人生的文章,更须跋山涉水履穿四明雪,方能洞悉辉光所烛,万里同晷。

5

正德十一年(1516),王阳明擢升为都察院左佥都御史,巡抚南赣汀漳等处。多年来,江西、湖广、福建和广东四省交界山区,土匪盗贼猖獗,百姓深受劫掠之苦。

王阳明开始了一介文臣平寇剿匪生涯。他推行"十家牌法",训练土兵、"狼兵",用兵神诡,漳南之役,横水、左溪、桶冈之役,三浰之役均获大捷。随后置县安民,在福建奏设和平县,在江西奏设崇义县,在广东奏设平和县,令当地百姓安居乐业,兴礼倡仪,军功德政昭昭。当地百姓无不将王阳明奉为神明,供香烛立生祠。

此时的正德皇帝朱厚照依旧热衷于游走酒肆坊间,执着于儿戏式的巡游出征,着迷于腐朽堕落的生活。远在南昌的宁王朱宸濠起了取而代之的想法,这想法由来已久。按辈分,朱厚照是明太祖朱元璋的八世孙,朱宸濠是朱元璋的六世孙,所以朱厚照应称朱宸濠为王叔祖。这位王叔祖抱着这样的想法:都是朱元璋的子孙,谁做皇帝不是做皇帝?

其间,朱宸濠延请了落魄才子唐伯虎作为爱妃娄素珍的书画先生,实则意图让有着生花妙笔的大才子为他日后起草檄文和登基诏。

可惜,江西土皇帝碰到了一个敢于触逆鳞的地方小巡抚。

正德十四年(1519)六月十五日,王阳明于丰城骤闻宁王谋逆,此时他手上无一兵一卒,要对付拥有十万兵马的朱宸濠,连以卵击石都算不上。风猎猎,箭在弦,大明王朝内叛起杀机;运帷幄,决生死,一代圣人如何定乾坤?

王阳明剑指四方运筹帷幄,先赴江西吉安,与吉安知府伍文定商议,一边向湖广、广东等地要求增兵救援,一边向兵部请求调兵旗牌以提督军务,一边使用"反间计",让一封"绝密信"落到朱宸濠手中。信中说有数十万大军即将到达,沿途官府接应不得有误云云。这个不算高明的计谋，让胆大心愚的宁王宁信其有、不信其无，当即按兵不动。王阳明趁机向各府县招募数万民兵、农民、工匠、流浪汉等，组成杂牌军誓师勤王。

之后得悉真相的朱宸濠气急败坏，率重兵出击，一路攻城拔寨势如破竹，直抵安庆。安庆一破，南京必然岌岌可危。朱宸濠意在南京另立朝廷称帝。王阳明围魏救赵，调兵反攻南昌。朱宸濠率兵回救老巢，两军决战于鄱阳湖，王阳明一战定乾坤。被擒后的朱宸濠，深悔不该不听贤妃娄素珍的屡屡规劝。

时年七月二十六日，王阳明生擒宁王朱宸濠，及后扫平余寇，前后不过四十三日，其中鄱阳湖交战七日，"盖自起兵至破贼，曾不旬日"。其间他向各地求援至战捷，朝廷无一援军，连禀报宁王谋反的奏疏都没得到回音，仅凭号称二十万、算起来只有三万四千余、实际只有一万四千余参战兵力，"以万余乌合之兵，而破强寇十万之众"，实为大明乃至前朝所罕见。

《明史·王守仁传》谓之，"终明之世，文臣用兵制胜，未有如守仁者也"。

6

平定朱宸濠后，王阳明回军屯兵安庆，应弟子华补庵之邀，访其山庄剑光阁。华补庵喜滋滋地拿出十二册页《山静日长图》，称是邀请江南第一风流才子唐伯虎所作，提请先生题识，王阳明欣然应允。

《山静日长图》是唐伯虎历时三月在华补庵的剑光阁完成的。那时的唐伯虎已阅尽人世苦难：失考、入狱、妻离、重病、酗酒、狎妓、卖画，一度成为宁王朱宸濠的座上客，后又装疯出逃——若继续待下去，他无疑会沦为宁王党羽，为王阳明所擒。当然，后面还有更多的苦难面目狰狞地在等待他去面对。

王阳明与这位当年会试"同窗"经历了一连串相似的苦难遭际：中甲、为官、上封事、下诏狱、赴谪、悟道、复官，以及刚刚平定宁王的颠簸。与唐伯虎自暴自弃的人生姿态不同的是，王阳明已然凤凰浴火涅槃重生。

王阳明题识了南宋罗大经的句子："唐子西诗云：山静似太古，日长如小年。余家深山之中，每春夏之交，苍藓盈阶，落花满径，门无剥啄。松影参差，禽声上下。午睡初足，旋汲山泉，拾松枝，煮苦茗啜之……正德己卯冬日，阳明山人王守仁书。"

两人未曾见面，别有参商之阔，唯一的人脉牵连，便是业已在鄱阳湖瘗玉埋香的娄妃，一个是娄妃的师兄，一个是娄妃的先生。两位终生未曾谋面的大明文化巨擘在书画合璧的杰作《山静日长图》里，第一次也是最后一次隔空相遇于正德十四年（1519）的冬天。很多很多年后——《山静日长图》嘉德秋拍成交价 575 万元，亦说佳士得拍卖 5 亿美元。

7

回到南昌都察院,王阳明写下《江西捷音疏》《擒获宸濠捷音疏》和恳求对平叛有功人员加以嘉奖的奏章,派快马送至北京。与奏疏一并呈上的,还有《乞便道省葬疏》,希望朝廷批准自己回乡省亲。

之后他安抚民生,遣散临时招来的兵士,抚恤勇士,处理堆积的公文,调遣官吏,打开中门为弟子讲课。他言语从容,思辨清晰,丝毫不提刚经历的那场惊心动魄的战事,好像他只是在讲课间歇出门打了一场猎,捕获了几只野猪野兔。

饶是这般赫赫文治武功,王阳明赢来的还是奸佞之臣的中伤。他清醒地意识到,与其辩驳是非浪费口沫,不如传道授业解惑。学问方是终生大业。

正德十六年(1521)八月,王阳明回余姚扫墓省亲,弟子钱德洪率七十四弟子,迎师至龙泉山中天阁讲课。中天阁始建于五代,取意于唐朝方干《题龙泉寺绝顶》诗句"中天气爽星河近"。钱德洪亦出生于瑞云楼,令王阳明倍觉亲近,仿佛席下坐的是年轻时孜孜不倦的自己。姚江子弟蜂拥而至,多时达三百余人。

客座教授王阳明订有《书中天阁勉诸生》学规,亲书于壁:"虽有天下易生之物,一日暴之,十日寒之,未有能生者也。……务在诱掖奖劝,砥砺切磋,使道德仁义之习日亲日近,则世利纷华之染亦日远日疏。"

他恳切地说,虽然天下万物有生命力旺盛,极易生长者,但是经历一天酷热的阳光暴晒,又连续历经十天的严寒,即使生命力再旺盛，在如此环境下也无法生长。……所以希望诸位，不要我来就跟着聚会讲学，我离开就不再聚会讲学。每次或者五六天，或者八九天，世俗之事虽忙，也要排除困难举行一次聚会。目的在于彼此扶持研学，使涵养心性的功夫越做越好。这样就会让世俗物欲的沾染离自己越来越远。

中天阁授学，于王阳明是向往已久的枕山栖谷生涯；中天阁听课，于姚江学子来说，更是暗室见烛炬的斯文盛事。

8

心学圣经《传习录》，最早由王阳明的大弟子兼妹夫徐爱收录王阳明平时的言论书札，希望传学于更多人。正德十三年（1518）该书由王阳明弟子薛侃在赣州首印，及至王阳明身后数十年间，陆续由薛侃、陆澄、钱德洪等王门弟子记录行世。

王阳明当初并不同意，称言论是一时一事，如同医者开药方，要因病施药，倘若不顾实际执迷于他的学问，反而误人子弟。徐爱说记录先生的言论，是为了不在先生身边时，也能将先生之学用于实践，反复体认，从而更好地领悟先生之学。后来更多的弟子提出传学要求，王阳明最终同意了。

"心即理""知行合一""致良知"，今天我们反复品鉴领略王阳明的三大哲学命题之深义，无不出自其身体力行的真知灼见，甚至是他性命相搏而悟出的空谷足音。"心即理，天下又有心外之事，心外之理乎""知之真切笃实处即是行，行之明觉精察处即是知""良知之在人心，亘万古、塞宇宙而无不同"……

张岱喟叹"阳明先生创良知之说，为暗室一炬"，王渔洋称王阳明"立德、立功、立言，皆居绝顶"，真三不朽人物，梁启超则直接把王阳明定义为中国历史上"两个半圣人"之一；王阳明身后六十多年出生的西方心灵哲学奠基人、法国哲学家笛卡尔，以一句"我思故我在"，达成了中西方哲学关于心灵命题的互鉴共证。

中国历史多有杀伐勇猛、蹈锋饮血的武将，亦多有浮白载笔、不废江河的文臣，王阳明则将两种文武功业推到了极致，做到了巅峰。

9

嘉靖初年，王阳明与友人来到会稽山香炉峰北麓的南镇。他们漫行于深山幽谷，与一场盛大的花事不期而遇。

山道清幽，林木翠微，一枝山花从山岩石缝间探头，微风丽日下花枝轻颤，色泽嫣然。风一吹，雨点般的花瓣纷纷坠落，落在他们的衣冠上。

友人想到先生教诲的"心外无物"，便指着烂漫山花问："先生说天下无心外之物，这棵花树在深山中自开自落，如果我不来看它，它到底存在吗？如果说存在，岂不是与你说的心外无物相矛盾？它与我的心有什么关系？"

王阳明如是答："汝未见此花时，此花与汝心同归于寂。

汝来看此花时,则此花颜色一时明白起来,便知此花不在汝心之外。"当你未曾看到这花时,这花可能在,可能不在,可能开了,可能没开,花与你的心一同处于清寂的状态。这是无数的未知,无尽的寂;当你看到花时,则花的形状颜色气息瞬间明白起来,是你的心让你明白的。所以,天下无心外之物。

万化根源总在心,当初那一场石破天惊的顿悟,岂不正是源出于此?

嘉靖六年(1527),朝廷命王阳明前往广西思田处理盗匪之乱。王阳明不得不辞别讲学生涯,再披戎装,以羸弱之躯再次支撑明王朝行将倾覆的大厦。

行前的重阳之夜,王阳明与弟子钱德洪和王畿在天泉桥共证王门四句教,留下了著名的"天泉证道"典故:"无善无恶心之体,有善有恶意之动。知善知恶是良知,为善去恶是格物",为世间留下了最后的心学教诲。

嘉靖七年(1528)十一月二十九日,因连年征战积劳成疾,王阳明在雪花纷飞的北归家乡途中,病逝于江西南安青龙铺码头。弟子周积流泪问临终前的他有什么遗言,王阳明微微一笑:此心光明,亦复何言!

多年前王阳明写过一首诗,"吾心自有光明月,千古团圆永无缺。山河大地拥清辉,赏心何必中秋节。"来的时候,他踏的是五彩祥云;走的时候,他裹的是苍茫风雪。那轮明月长久地悬在他的心空,迄今震霆启寐,烈耀破迷。

聚书之旅

范钦

1506—1585

明朝中期官员、藏书家

赵嫣萍 文

1

世人印象中，在明朝嘉靖年间的官场上，范钦是一位非主流官员，于他而言，当官不过业余，搜集各地的书籍，才是头等要事。这可能由于他的藏书影响远大于他的政绩。但你不能因此觉得，他对做官不在乎。相反，或因致力于功名，才为他的藏书提供了条件。也有人说，明代书籍很贵，范钦最高位居三品，月工资不过四十两白银，一本书就得花去二两，不吃不喝，四十多年才能买到一万本，那他的七万本藏书从何而来呢？

所以，遥望"天一阁"苍老的屋宇与庭院时，希望能透过范钦的官迹，稍触及其读书、抄书、写书、编书、藏书的奥秘。

范钦，字尧卿，号东明，浙江鄞县人。

他生性聪慧，喜读诗书。叔父范瑶认定其是少有的读书种子。待范钦略微懂事，叔父就亲自教习《千字文》《三字经》《百家姓》，再长大些，又使之先后攻读《大学》《中庸》《尚书》《礼记》。范瑶明白，这些儒家经典，不仅是科举考试的核心内容，长期熏陶，也会塑造范钦的品德心性。只是，家里的藏书早已不够用了。

一天午后，范钦去月湖边习书。走至凉亭，见一个年轻的背影正对着湖水吟诵，他好奇地走过去。这才发现，石凳上还放着一本从未见过的《道德经》，他被工整的字体、简洁的装帧吸引了，止不住悄悄抚摸。

青年被突如其来的人影吓了一跳。当看清是范钦时,呵呵笑了起来。

他叫丰坊,长范钦十多岁,当时已有文名。两家住的并不远,甚至可以说是邻居,因来往不多,彼此并不十分熟络。

范钦的眼神,丰坊懂得,他在内心交定了这个朋友,于是,大方地将书借给他。范钦喜出望外,飞快地跑回家,躲进书房潜心阅读。

磅礴的文辞、丰厚的义理,笼统读一遍,很难尽兴。他迅速地裁纸、研墨,埋头抄写。黝黑的墨汁,组成了一个个方块字,他也似乎化成一滴滴墨汁,融进书页。他揣摩着圣贤的思维痕迹,感受着当下的书写乐趣。是的,他爱读书,更爱抄书,于他而言,书真的"非抄不能读",因为他没有书。他喜欢抄书,还因为抄写时,能够凝神静思,咀嚼涵咏,进入心灵的大安静。

整整三天,一本书抄完了。

高高的马头墙前,他叩响了门环,开门的正是丰坊。两人相见,已无话不谈。丰坊领着范钦走进了书房。成摞的书籍码在樟木书柜里,书香阵阵,令人晕眩。

他很想记住每本书的样子,可越看越模糊,后来竟成了闪耀的星点。

丰坊拍拍他的肩,当即允诺:

"可以常来借书、读书,甚至抄书。"

他兴奋极了。这时,他的内心便埋下了一粒种子:什么时候,我也能拥有这样一座书楼呢?

2

嘉靖七年（1528）八月，浙江戊子科乡试。明朝的八股取士，以刻板的方式，揣摩古人语气，代圣贤立言。文章不能有自我见解，更不能任意发挥。

一大早，考场上响起了"咚咚咚"三通鼓声。各地赶来的考生，赤脚站在甬道里，依次解开了衣服、发辫。一群读书人，左手捧着笔砚、右手提着厚重的布袜，搜检官从发梢到脚跟、从小腹到指尖，每一道褶皱都不放过。

这一年，二十二岁的范钦，考取浙江第七十名举人。四年后，他又参加全国壬辰科会试，考取第一百七十八名贡士。

嘉靖十一年（1532）三月十五日，新进贡士在文华殿接受皇帝策问，除一甲的状元、榜眼、探花，范钦名列二甲第三十八位。

几天后，庄严、喜庆的紫禁城内，文武百官身着朝服，锦衣卫森然而立。二十六岁的范钦，赐进士第，正式进入封建官场。

3

随州地处长江、淮河交汇处，是华夏始祖炎帝诞生地。一上任，范钦就被当地的神农文化吸引了。这位传说中的"农耕、医药之祖"，留下了丰富的文化遗产，尤其他的探索精神和实用性思维给了范钦很大启发。于是，他四处搜集神农庙的相关资料，撰写了碑文《神农洞天碑记》。

这个过程中,他意外接触到了大量地方志。这些志书或遗落、或尘封;或散乱、或模糊,涉及河南、陕西、河北、北京等,他都悉心收集起来,渐渐有了十多本。他也通过地方志,了解到不同地区的人文地理、风土人情,获知了各地的人文变迁和历史发展,扩充了眼界,也丰富了学识,给以后的执政提供了参照。

公务之余,他又收集随州各地的资料加以研究,对重大事件和人物,反复对照、修正讹误;虚心向一些专家请教,对残缺的文本予以补充、注解,案头竟聚起了一大摞书稿,他将书稿按时间顺序编排后,一本嘉靖年间的《随州志》居然出现了。

这可是他亲手编辑的第一本书稿。

范钦兴奋不已,他意识到,"志书"其实就是信书的一种,集当世之精华,资后世之繁荣。除了真实准确,还要做到精炼优美。于是,他又将全书进一步审阅、润色,直到最终满意。从此,地方志的收集整理工作一发不可收。

这或许就是天一阁八百五十册方志的起点,也是他个性生命的真实投射——一个负责的官员,一个严谨的文人。

一天傍晚,属下送来了叔父的来信:

"你不要贪污受贿,不要拉帮结派,不要亲近小人,不要冤枉无辜百姓,不要对不起你的君王,不要辜负爷辈之养育,不要违背你父之教诲。否则,我会很生气,也显得我对你的教导平庸无方。"

七个"不要",令范钦动容。

是呀，数年寒窗苦读，耗尽了家资，幸亏妻子袁氏贤惠，变卖首饰苦苦支撑。如果意志薄弱，趁为官一任，贪污受贿也不是不可能。因此，他暗暗告诫自己，无论多艰苦，务必清廉秉公。于是，他精简机构，裁撤冗员；开仓济民，减少浮派。很快，在随州赢得了口碑。

公务之余，他从不应酬同僚，也不去拜访权贵，而是隐于寓所一隅，研究收集来的各种残破不堪的版本，或注释、或校正，然后再刻印、收藏。

他也渐渐形成了自己的藏书观：藏以致用。尤其当代的诗文辞赋，若有他认同的世界观、价值观，修身处世的原则，待人接物的风范，他就会进一步推广。王彭衙的诗文就在这时引起了他的关注。

王彭衙，明代文学家，正德丁丑进士。"向以文章饬吏事，杰然为当世所重"，范钦欣赏其个性，阅读并刻印他的文章。那时，一些未得功名的读书人，常常受雇于官府，靠抄写文书以获得相应报酬。范钦是典型的儒官，又是名副其实的刻书家，他精细的刀工，匀称的着墨，工整的字体，抄录者尽人皆知。而这些，也是明嘉靖刻本在中国版刻史上重要地位的具体体现，今天通行的宋体字就渊源于此。他以优良的纸张、简洁的装帧、考究的版木，将明代的刻书风格，完整地保存在了《王彭衙集》九卷中，这是如今研究明刻本的重要依据。而这，是当时的他无论如何都没有想到的。

4

若能一直如此亦官亦文,也是不错的人生选择。可三年期满,范钦还是荣升了。

工部员外郎,是名副其实的京官,他当然开心。一路北上,除了欣赏风景,便是沿途搜寻各种民间版本。经、史、子、集、丛,他沙里淘金;各种政书文献,他志在必得;当代文人杰作,他也设法获取。尤其每到一处,他都兴致勃勃地去逛书肆。

明代书籍,便宜的几钱,贵的要四五两白银,以他买书的频率,生活不免窘迫。即便如此,入了他法眼的书籍,他都会与店铺老板商量雇人抄写,完工后再设法寄回驻地。

这样,离开一个地方时,笨重的行囊往往就拖不动了,只好将部分书籍寄回宁波老家。

5

嘉靖十五年(1536)秋,范钦来到阔别四年的京城,任职于营缮清吏司,负责营修官府、城垣、坛庙。每个环节,经手的钱财不计其数。他犹豫过也彷徨过,但都是一闪念。他始终牢记叔父的教诲,不越雷池一步。

监督内阁工程时,他发现武定侯郭勋有贪污迹象,便联手同事俞咨伯实名举报。可几个小小的员外郎,怎抵得过皇亲国戚的威势?他们不仅没有扳倒贪官,反遭其谗言诬陷。

庄严的紫禁城午门外,他们趴在长凳上,遭受着廷杖。

一下、两下……不仅斯文扫地,皮肉之苦也难以承受。污浊的锦衣卫大牢内,他最盼望的还是属下前来探监。

那天,范钦打开一个小包袱,却是随州文人颜木的《送甬东先生擢缮部序》:

"子也临我,律身如干,持法如钟,词采如弼,祇严庄重,惠厚宣朗,悯旱赈贫……"。同时,他也得知,随州百姓还为他立了"去思碑",称赞他的功绩。

他苦笑着摇摇头,感到了莫大的讽刺。

好在,时隔不久,郭勋被立案审查,范钦等人终于洗清了冤屈。

不久,范钦擢升工部郎中,可还未来得及庆贺,郭勋也被封为翊国公,加太师衔。他虽不能明着报复以往的属下,却绝不允许这些"孽障"再留京做官。果不其然,吏部突然下达命令,外放范钦去江西,任袁州知府。

他当然想不通,可还是于嘉靖十九年(1540)夏,挈妇携幼,来到袁州上任。

袁州历史悠远,又名"宜春",偏偏这年遭遇了百年难遇之旱灾。他顾不上贬谪的郁闷,一边积极组织抗旱,一边效仿先贤,去山神庙祈祷求雨,安稳民心。三天后,上苍居然普降甘霖,百姓雀跃欢呼。

他不敢自恃有功,而是在府署院内立了一块"戒石亭",以告诫自己,也告诫众人。这无疑犯了地方官的大忌。

袁州是严嵩老家。严嵩之子严世蕃,看上了县衙大街的一处繁华地段,想占为己有。范钦得知,坚决不允。严世蕃大怒，便要强夺。严嵩一番权衡，说道：

"范钦连武定侯都敢反对，你这样做，不是抬高他的声誉么？你要笼络他才是。"

范钦却不吃这一套，也不屑与之为伍。恰在这时，传来郭勋下狱的消息，范钦愈加自信，威望也日渐提高。

袁州素有"恶讼"之风，不少讼棍身挂墨笔，随意写状子、打官司，以此获利。范钦抓住典型，专项打击。他也意识到，治安需要整治，民风更需要教化。于是，他修府学、明伦堂，校刻文人书籍，感召一方民心。当时，熊士选是他治下的一位乡贤，耿直率真，诗文俱佳，他很是推崇，便亲自刻印《熊士选集》。

范钦热爱刻书的程度不亚于抄书。一拿起刻笔，他就进入了唯美意境：遒劲的笔画、舒朗的行格、俊秀的字体，将大千世界汇聚于笔端。天文地理、政事民情，自然风光、学人心灵。他常常坐忘于案前，天地仿佛从未存在过，他似乎一直都是文海书香中的一粒种子，只要有笔墨的地方，就会生根发芽。

不久，文集出版，引起了学人好评，既活跃了当地文化氛围，也是他在任时的文化成就。这期间，他又陆续收藏到正德年间的《袁州府志》、弘治十七年（1504）的《上海志》，这些都是现存最早的地方志。尤其嘉靖《莱芜县志》，还是蓝印本，字画清晰，刀法剔透，纸墨洁净，颇为珍贵。

嘉靖二十一年（1542），郭勋病死狱中，范钦与俞咨伯不约而同进京。

好友相见,聊起当年狱中情状,感慨不已。他也想知道更多内幕,便托人打听,居然得到了《武定侯郭勋招供》。

这是官府的内部资料,一般人岂能轻易看到?他视为上天所赐,彻夜抄录。一些意想不到的情节,令他难以自禁。从此,他就特别留意此类官书的收藏。

《刑部问宁王案》,是审问朱权五世孙朱宸濠党羽的招供记录,几乎不为人知。《张文博招》《靖江王招》《鲁府招》等,也都是官府的内部资料。诸如此类,藏书家即便有意收藏,也并非能够轻易获得。范钦却以特有的官员身份,设法将其收入了囊中。

渐渐地,他也意识到,在哪里做官并不重要,重要的是独特的眼光与执着的精神。

嘉靖二十二年(1543),范钦袁州任满,擢升江西九江兵备副使。上任前,他回了一趟宁波。

6

一到家,他便去拜访丰坊。虽常年不见,丰坊的事他却时有所闻。

丰坊才华横溢,博览群书,正德十四年(1519)乡试第一,嘉靖二年(1523)中进士、授礼部主事。后贬为南京考功司主事,再贬为通州同知。

此时,丰坊已辞官归里,他出售了祖传的千亩良田,专心收集书帖名籍,亦赋诗作文,著书自见。

他们回忆抄书之乐，聚书之谊。丰坊不吝佳辞，写了歌行《底柱行·赠宪伯东明先生之江西》，称范钦为国家砥柱。范钦眼眶湿润，反复说着：

"知我者，丰坊也。"

丰坊将近年所藏示于老友，范钦又一次大饱眼福。丰坊慷慨地表示，喜欢的，就拿去抄。

这段时间，东明草堂内彻夜通明。他将从丰坊处借来的典藏珍本，以优质的白棉纸、精良的笔墨进行抄录。并规定字体大小、字行间距，严格控制工作量，以保证抄写者的最佳水准。

《崇文总目》（六十六卷）、《太平御览》（一千卷）、《册府元龟》（一千卷）等宋代大型官修书目，就是这样一页页抄出来的；占范钦藏书五分之一的明抄本也是这样一本本诞生的。

当然，一个月后，范钦又车马劳顿，赶往江西九江任职。

九江兵备副使衙门，简称兵道。主要职责是钳制武臣，训督战士。可山高皇帝远，实际无兵可练，更无饷可支。范钦一腔抱负难以施展，又远离政治中心，不免陷入了怀疑与迷茫。

恰在这时，叔父范瑠病逝。

他悲伤难忍。一边回忆叔父的恩情，一边撰写《祭讱斋叔父文》，可墨迹尚未干透，藏书家、好友杨循吉、陆深又相继去世。

所幸的是，两位藏书家不约而同将身后的很多孤本、善本无偿赠与范钦，托他保管。他的藏书陡然增加。

一眨眼,到了嘉靖二十五年(1546)。范钦擢升广西参政,负责东南要地桂平道,分管粮储、屯田、清军、抚民等事务。他却丝毫没有升迁的愉悦。他内心明镜儿似的,这官是越升越远,越做越难。

在古时江南人的想象中,广西就是天涯海角。那里瘴疠肆虐、蛮夷杂处,即使去做官,也未必能活着回来。

那时此地少数民族之间纠纷不断,几起事件后,他发现彼此只是行事方式不同,并无根本冲突,便以浅显的道理,讲解团结和睦、安居乐业的好处,民风也渐渐得以好转。可他还是适应不了当地气候,不久便心力交瘁,缠绵病榻。

为抒发郁闷,他写了《发江州》《始至兴安》《度桂岭》《夜渡龙江》《舟夜即事》《舜庙》《宿阳朔江》《落落》《闻阁老下吏作》等一系列诗作。闲来无事时,也将自己多年所写的诗词编纂整理,辑为书册。

多少个寂静的夜晚,他在灯下摩挲沉思,以驱散羁旅情怀,安顿漂泊无定的心灵。

长子范大德,一直水土不服。不料,年纪轻轻,竟猝死,范钦痛心疾首:"泪眼从风落,愁心仿水流。"可就在这时,他又接到奔赴新职的命令。

告别广西时,他在儿子坟前久久不愿离去。

属下见他一夜间白发丛生,只能用老办法予以缓解。他们将最新搜寻的《书经新说》,悄悄送到了他的手上。

他已习惯了翻阅粗糙的书页,可这次却明显不同:书籍版本古旧,手感却非常润滑。他意识到此事必有蹊跷。果然,几棵干枯的小草飘落于地。他弯腰捡起,淡淡的香气,缭绕鼻翼。

他连夜请教当地药农,原来这就是本地特产"芸香草"。

放眼望去,山前坡后,芸香草到处都是。翠绿的叶片,紫色的花朵,类似于薄荷的气息,被称为"香草之王"。世世代代,当地人将其放在衣柜里防蠹灭虫。

他隐隐觉得,老天爷要赏饭了,可能还是历史性大餐。

不是说,书虫如水火么?我要说,"墨润冰文茧,香销蠹字鱼"。

不是说,江南无善本么?我要说,"请君架上添芸草,莫遣中间有蠹鱼"。

范钦悲喜交加。冥冥中,苍天似乎领会了他的心意,在他最难熬的时候,赐予他如此珍贵的礼物。

嘉靖三十一年(1552),范钦担任壬子科福建乡试监试官,机缘巧合,认识了无锡诗人俞宪。他对范钦收藏的科举录向往已久,便提出恳请,欲抄录其洪武年间的"殿试录",使之所辑《皇明进士登科考》更为完整。同时,范钦也得到了俞宪的相赠,所辑科举录愈加丰富。

科举录亦即科举制度中各类文件的汇编,谁是主考官、谁参与了考试、谁最终入围、录取人数等等,一目了然。收藏科举录,范钦是兴趣使然,也是一种眼光,一种意识,同时,他通过科举进入了官场,或许还有一种身份的认同。

所有收藏中,《洪武四年进士登科录》最为珍贵,那是大明王朝的首次科考。奉天殿前,朱元璋亲自出题的情景,恍若眼前；中举者一百二十人的姓名，赫然在目。况且，张本开阔，纸墨俱佳，古朴雍容中透着厚重的历史感。

范钦是怎样得到的，已无从考证，但他对科举录的着迷，却由此而始。

辗转各地，他先后集齐了宣德五年（1430）至万历十三年（1585），连续五十余科的登科录、会试录、乡试录，共三百七十余种。尤其《建文二年（1400）登科录》，已成孤本。

第二年，范钦又前往云南任右布政使。到任后，他发现布政使级别虽高，却形同虚设。工作主张无人可谈，具体事务也难以插手。

也罢，他干脆埋头写诗、撰文、逛书肆。其间，他收藏了《乾坤凿度》《周易古占法》《周易举正》《京氏易传》《关氏易传》《穆天子传》《孔子集语》《论语笔解》《郭子翼庄》《广成子解》《三坟》《商子》《素履子》《竹书纪年》《潜虚》《虎吟经》《两同书》《新语》……这些不被藏书家重视的通俗小说、类书、画谱等，他却慧眼独具，爱之藏之。

不料，第二年七月，他接到了来自宁波的噩耗，父亲范璧与世长辞，十几天后，母亲也随之而去。

7

痛失双亲，悲痛欲绝。范钦匆匆交代了公务，回宁波丁忧奔丧。

这时，丰坊已归里多年，收藏日臻完善。

一天傍晚，丰坊为驱散范钦的忧伤，命人蒸了螃蟹，烫好黄酒，邀他同来聊天。两人一边喝酒，一边讨论"版本"事宜，直到半夜，才迷迷糊糊睡去。

不知何时，烛火燃着了蚊帐，火势四处蔓延。邻居闻讯赶来，"万卷楼"已烧去大半。许多珍贵的收藏，瞬间付之一炬。

丰坊心痛欲裂，索性将所剩书籍，作价卖给了范钦。

范钦愧疚难当，坚辞不受。丰坊说，保存好残余书籍，就是对他最好的安慰，也是书籍最好的归宿。说完，便不知所终。

已过"天命"的范钦，丁忧期满，嘉靖三十七年（1558），升任都察院右副都御史。奇怪的是，此时的他，对政务已失去了以往的热情。他已认识到，走马灯似的奔赴各地，很难有话语权；即使有，也很难做出实绩；即使做出，也会莫名其妙地背负罪名。

这个官场魔咒，他无法打破。

所以，历时三个月，范钦才"悠悠荡荡"来到赣州。

在任期间，数百盗匪在他所辖之地烧杀抢掠，侵逼城池。范钦果断部署抗击。但库府空虚，财政窘困，根本无力应对，他又不忍"劳民以攘寇"，只能"派千户、遣百户、会同官捕"在交通要道围追，于江河沿岸堵截，最终安定了局面。

范钦连夜上奏，并反复申明，自己只是尽了督促之责，有功人员的名字却一个不曾漏下。皇帝看罢奏折，龙颜大悦，立即招范钦进京，升任兵部右侍郎。

这真是出乎意料。嘉靖三十九年（1560），五十四岁的范钦,终于跻身六部大臣之列,实现了读书人的最高理想。范钦觉得,奔波多年,总算可以长出一口气了。

殊不知,刚刚抵京,南京御史王宗徐等弹劾他的奏章,就到了皇帝手上。

明朝规定,官员一旦被御史弹劾,都要暂停公务。于是,范钦被革去官职,戴罪回家,等候处理。

这一等,就是三年。闲置的三年,也是充实的三年。关键是,他终于看清了自己的内心。他决心彻底走出官场,将藏书当作后半生的事业。

8

东明草堂,才是他最高的殿堂。那么,昔日的官场就权当藏书的足迹吧。

他豁然了,也释然了。

四明的月色,格外明净;月湖的烟波,也格外迷人。

范钦慢慢走着,柳汀、烟屿、雪汀、花洲,多么符合他的审美感受。唐宋以来,这里一直是文人读书、讲学的地方,深厚的人文积淀,多么令他神往。他觉得,是完成梦想的时候了。

从此,一座江南韵味的藏书楼,在脑海里勾勒着、揣摩着。

何以为名、何以为形,何以为制、何以为继?他思考的是一个系列工程,也是一部藏书的历史。

一天，范钦正在花园锄草，"咣当"一声，一块鹅卵石出现在阳光下。他捡起一看，上面清晰地刻着八个字：

"天一生水，地六成之。"

这不是《周易·系词》之中的寓意么？既然是藏书楼，最怕的就是火。于是，范钦合其"天一地六"之象，取其"以水克火"之意，将藏书楼取名为"天一阁"。

他心中的天一阁，不必高大宏阔，也不必华丽逶迤，只要能让书籍安然无恙，留传后世即可。这样想着，他隐隐约约看见了书楼的模样。

1561年，一座坐北朝南、硬山顶、重楼式建筑，在月湖西岸动工了。

外观看似两层，内里实则三层。第一层六开间，第三层一整间，以书橱分列，便于空气流通。二层暗阁，专做藏书库。书楼四周以青砖砌墙，巷道与住宅相隔。楼层之间，上下挑檐；木梁立柱，一律封于山墙之内。楼前凿"天一池"，与月湖河道相通，可蓄水备用。

1566年，天一阁正式落成。

范钦的梦想终于实现，七万册流浪的书魂有了归宿。

这是范钦的大事，也是书籍的盛事。

范钦终于可以坐下来，安静地与书为伴了。

11

多年来所作、所收的诗文、辞赋，日积月累，已逾千余首(部)。

亲手校订的《范氏奇书》《抚掌录》《古今谚》《草朝遗忠录》……已近二十余种。

流落各处，被他悉心收藏的登科录、会试录、乡试录，已超三百多部。

来自全国各地的志书，省志、府志、县志，天文地理、民风民俗、江河水利、物产矿藏……包罗万象，百科俱全。

《吏部四司条例》《漕运议单》《南京户部志》《南京都察院志》……稀有奇缺，异常珍贵。

还有那些经典的经、史、子、集、丛，渊源深厚，历史悠久……

12

天一阁内，文人聚集，诗词唱和，数十位优秀的工匠，围绕在他身边，刻录珍藏，修复孤本，仅《稽古录》中，所列姓名就达五十二人之多；《范氏奇书》的刻本，也一度流传至东南亚一带。同时，他与藏书家王世贞相交友善，彼此交换、转抄珍本、秘籍，使天一阁藏书不仅有了量的增加，更有了质的飞跃。

宁波的梅雨天，温度高、湿度大、虫害多，那些木刻书、手抄本，若不严加保护，无异于暴殄天物。何况，他费尽心思从广西收集的芸香草，重金采买的石英岩，本就是为藏书准备的。

于是，范家的子孙们，轻轻翻动书页，将芸香草一一置于其中；又将石英小心地放在橱格下，以吸附潮气。他们也牢牢记住了严格的家训，"携带烟酒者，一律不准登楼"。尤其每年七月"曝书"时节，他们抱着书籍，一步步循阶而下。

窗外，天朗气清，凉风习习，屋檐下、楼梯口、过道里，到处散发着书香、草香、花香……

多少次，月光透过窗棂，范钦在书架间翻阅着精美的抄本，欣赏着字里行间优美的表达，沉醉在笔墨起伏的韵律中。

13

然而，美好的日子经不起岁月的稀释，一眨眼，范钦七十九岁了。他的三个儿子，大德早夭，大潜去世，留有妻儿。只有大冲在世。

考虑到身后的天一阁，他思虑良久，将家产分为两份：万两白银与一楼藏书。他严格规定，每房只能选其一。

这是天一阁历史上闪光的瞬间：范大冲毫不犹豫，选择了一楼藏书，开始了艰难的传承。

他制定了与家族共有制相适应的管理方式，规定：代不分书，书不出阁，子孙后代共享藏书，分房管理。书楼与橱门，非各房齐集不得开锁。不得无故上楼，不得私领亲友入阁，不得将藏书借予外房他姓，如有违背，所受惩罚是不予参与祭祀……这些措施,防止了个人占有、私自支配藏书,避免了书籍的流散。

范大冲的家训,后代十三世子孙严遵谨守,像进行着一场家族接力赛,将天一阁的藏书完整保存了三百余年,创造了私家藏书史上的奇迹。

始于冬季

屠隆

1543—1605

明朝传奇作家、戏曲家

姚十一 文

我已是一具残骸。疼痛和腐朽将身体一点一点蚕食。被褥刚刚换过，干燥，散发浓烈的熏香，只是用不了多久，就会被脓水浸染。郎中刚刚离开，我劝他不要再来，我的病，来自骨髓深处，来自过去，无药可医。

院子里传来孩子的笑声，柔卿起身出去，笑声消失了。我想告诉她，我想听他们笑，而不是哭。

"喝点稀粥吧，父亲。"玉衡的声音。

我闭上眼。他才二十五岁，那么年轻，就要失去父亲了。我为他难过，哪怕是一个有着坏名声的父亲，也多少是种损失吧。

"我再为您焚一炷安息香吧。"玉衡说。

我教过他的，他都记得清楚。

"黑芸香要选河南短束城上王府的，琴材里铜面梓底的最好，……藏书得趁梅雨之前晾晒入柜，放芸香、麝香和樟脑，用纸糊住缝隙，对吧，父亲？"

我点头，他的确认透着告别。

大约过了半日，又或许只有一会儿，我觉得冷。

"是下雪了吗？"我问。

"八月里怎么会有雪？"

"我听见下雪的声音。"

"您一定听错了。"

我分明听见了,那确是脚踏在坚硬的雪上,和冰块断裂的艰涩声响。过去的声音慢慢来找我了。它们潜入无法启齿的伤口中,和这具身体一起,控诉我放浪的一生。

我的故事从冬天开始。

那是二十八年前。万历五年(1577)十二月初八,我离开桃花渡,踏上通往京城的路。那年我三十四岁。天气很冷,梅花已白,妻子柔卿为我挎上行囊,这份囊装,家里备了足足一月。瑶瑟没有哭闹,她才三岁,却已懂事,那时的她也很健康,会背几首小诗。当时的我,无法想象她会在二十七岁的年纪离开人世。

长风呼啸,一路北上。半月后,船行至姑苏,停靠在阊阖城下。没日没夜地赶路,我头疾发作,在水声和城上的人声中昏昏睡去。恍惚中,有人唤我的名字。睁开眼,面前是一张俊而不羁的脸。这张脸在往后的日子里时常浮现。他说,他叫王穉登。我一下子反应过来,自己已身在苏州了。王先生师从文徵明,名气远在我之上,他屈尊到来,我又惊又喜。他带了吃食,又将我扶起,那晚聊了什么我不记得了,但他的到来,使我忘了病痛,忘了身处简陋小舟,忘了是在寒冬的夜晚。他是我进京赶考路上交下的第一个朋友。第二日,他目送我离开,告诉我回来时还在老地方等我。

船行至晋陵是最冷的时候。河面结冻,风从木板缝中灌进来,冰面破裂的声音像缓慢拉出了一把锯子。如果船在寒冰中停滞不前,我也许会冻死在河上。我只好和船夫一起用镐凿开坚冰,辟出一段窄窄的通道。碎冰块浮在水面,我随手抓住一块，抛向冰面，它顺势滑行，迅疾如风。船夫说，你是我载过最惬意的客人。我说，这是我坐过最摇晃的船。

第二十三天，船行至扬州时，已是除夕夜。岸上有烟花。船夫把缆绳系到岸边，下船去买春联和芝麻秆。我独自守着船上的行李，从行囊中翻出一只柑橘，是瑶瑟悄悄塞在我的书箧里的。橘子一瓣一瓣入口，这是我品尝到的最初的牵绊滋味，这种滋味在未来的日子里逐渐被欲念和求道的渴望取代。如今回想，那时的我，那条路，是那么干净质朴。我情愿一直在路上，心怀憧憬地往前走，心里装着甘美的想象——如期抵京，参加会试，参加殿试，看看京城的天，走一走京城的路。努力做好一个儿子，一个丈夫，把生活没有赋予我们的东西慢慢填补。

船上的日子，我总是想起父亲。我是家中最小的儿子，母亲生我时已四十五岁。我六岁入里塾，十四岁得秀才，乡里人常常拿我和父亲比，说父亲有个好儿子，将来一定能出人头地。父亲已经老了，他的人生早就望到尽头。父亲年少时喜欢四处浪迹，骑马持弓，行侠仗义，之后静心读了几年书，终究没能走到功名这条路上。成家后，跟着乡人做买卖，每每下海捕鱼，别人满载而归，他却险些让风浪掀翻船只。父亲不是读书的料，也不是经商的料，但他是个有趣的人。他会讲笑话，爱侍弄花草泉石，无论什么难事，他都一笑了之。"无肠公"的美名不是白得的。因而他的死亡，也多少带点漫不经心。二十四岁的一个夜里，我梦见父亲。他痛苦地跟我告别，却仍像说一个玩笑。那时我在龙游开馆教书谋生，赶回家后，正是父亲头七。因为院中的几盆菊花失窃，父亲连夜陪守，不幸染上风寒。

除夕夜，下起了雪。我们抱着行李上岸投宿，旅店门扉紧闭，不是满客，就是价太高，不是我能负担的。祈求在堂屋歇一晚也不能够。我只好让船家打了两壶黄酒暖身子，船家说，上一次他渡举子进京会试，也是这样的飞雪，只是当时有客店住的，他有些埋怨，但我无能为力。我们在船上蜷了一夜。那晚，我梦到了父亲。

翌日清早，我们扫去船上的积雪，上岸买一天的吃食。商铺门前彩灯上斜斜地覆着一层白雪，穿着新衣的人用笤帚清出一条宽敞的走道。馒头铺热气腾腾，香料铺馥郁袅袅，卖冷肉的吆喝不迭。手捧神像版画的孩童一路跑跳着，头戴重瓣牡丹的女人和醉汉撞了个满怀。新年让人目不暇接，我不敢停留太久，用住店省下的钱买了一支京花发簪，一包蜜饯。

继续登舟北上，一路破冰而行。晚上，行至邵伯湖时，河道被坚冰覆盖，船行再次受阻，离岸又远，我们不得不在湖上过夜。我习惯了露宿，把自然当作房间，把船当床，无论怎样都能睡得着。何况，有这样静美的夜色相伴。长堤如绢，冰白浩渺，无垠的暗夜里，炉子微弱的火光支起一片小小的天地，像极了新婚之夜，只属于两个人的秘密。我有些想念柔卿。她嫁给我时不过及笄之年，又小我整整十六岁，身上却有一种韧性的美，做事有条有度，为人安静自持。往后很多年，她也是用这种韧性陪伴在我左右，担待我的任性妄为。我罢官后，我们一起居家修道，她自此收起了那份美,不再对我敞开。

元宵,到徐州,又遇上大雪。我解鞍下马,在徐州停了两日,游览彭城故都。然后继续北渡黄河至山东,过河北滹沱河,二月初四,整整五十七日,终于抵达燕京。

如今,我仍然怀念这段漫长的旅程。穿过最冷的冬日,一个人应付寂寞、寒酸、头疾种种,内心却有简单的快乐。后来,再走这条路时,就不是这样的心境了。

"父亲……父亲。"玉衡在唤我。

眼皮和舌头往深处坠落。我得说些什么,好让他知道父亲不愿轻易死去。

"把《鸿苞》烧了。"

"您要什么?"玉衡凑近。

"把《鸿苞》烧了……"

玉衡不响。

"多言必失,不要自作聪明。"

"儿子知道。"

"戏班若能演就继续演,也是一份生计。若不能演,也别勉强,散了也好。"

"是。"

"香案,好好供奉。"

玉衡答应着。

远去的记忆在生命尽头破茧而出。

"许多事您都不必放在心里了。"

许多事,我都不必放在心里了,因为没有时间了。

我中年得志，中年失势，为官七载，罢官后一心扑在两件对立的事上：诗文和修道。修道之人要摒弃文字之欲，我做不到。这两条路我走得格外辛苦，直到此刻，生命之焰即将熄灭时，我仍然不确定，我是否走在正确的路上。

生命最后的十年，我完全按照自己的意愿度过。这十年，是滚烫的，也是冰凉的。我忏悔、祈祷，一脚踏仙道，一脚入佛门；这十年，我诅咒、彷徨，沉溺欢愉，醉心戏曲夜宴；这十年，我只是我自己，不是谁的父亲，不是谁的儿子，不是谁的丈夫。我不顾一切地舞蹈，不顾一切地走在前面，却不知道前路为何路。

这十年，是在母亲离开后慢慢失控的。

万历二十四年（1596），深秋满月夜，红烛摇曳，执手盟誓，我儿金枢和沈懋学之女沈天孙的新婚之夜。孩子出生时，我和懋学兄就定下这桩婚事，如今礼成，也是对已故的老友一个交代。那晚真是高兴啊，四世同堂，亲朋满座，九十八岁的母亲也怯怯地讨了杯喜酒喝，我们都说，她能活到百岁。喜结连理的喜悦维持了一月余，十一月二十六日，初冬的冷冽刚刚降临，母亲在睡梦中离开人世。

我在冬天，埋葬了母亲。

母亲在时，觉得自己还年轻，是个孩子，无论如何，有母亲看着。在颍上和青浦做县令时，她时常劝勉我要勤勉，要清廉，要谨小慎微。她知道我的性子，过于狂放。母亲走后，我便不是孩子了。漫长的十年，我的生活陷入一片虚无。是因为母亲的离去，我才失去忌惮，成为现在的模样吗？不对，我只是做了一直想做的事。我成全了自己的狂浪，这最热闹，也最冷寂的十年，我是这样胡闹着过来的——

万历二十五年（1597），东南名士云集金陵。当时，朝廷新布恩诏，复了我的冠带，此时，距离我被罢官已整整十三年。朋友都替我高兴，说有望再入京为朝廷效力，是意外之喜。他们不知道，去京城的路有多长，有多冷。我将十三年前脱去的官袍重新穿上，前往夜宴。在场的人被我吓了一跳，他们杯中的酒惊落到妓女的衣裙上，我大笑起来，唤来寇四儿，她为我斟酒，我为她吟诗：了相思，一夜游，敲开金锁纽，正逢贪夜夕阳收，柳腰儿抱着半边，红唇儿未曾到口……什么恩诏，什么抱负，什么官衔爵位，不过是黄粱一梦。他们都说我醉了，不知道反省吃过的亏，他们把我吃的亏都归于这些狂语淫词，我偏偏不在意这些，我会因为做过的事说过的话成为历史的边缘人物，我的狂妄会覆盖我的才情。我知道，但那又怎样。他们未必敬我，但这样的我他们一定爱看。

如今，我躺在床上，奄奄一息，徘徊在记忆的迷雾中。我渐渐看清，我的痛苦源自我追求了不该追求的事物。我被所求之物奴役一生。

我四十奉道，五十四岁长斋持戒，因罢官早，生平所寄唯有三教和诗文戏曲。然而，昙阳子于其夫墓前坐化后回转度人之期遥遥无望，金虚中的道法又虚幻模糊，龙沙之谶一次次落空，入仙门的愿望离我越来越遥远了。我一度怀疑，只是凭着悟性和运气摸索，有可能走向完全相反的路。我奉行痴愚、拙朴，我苦修内外丹道，希望离佛更近一些，离道法更近一些。可是我一无所得。好在后来，我终于找到修道和诗文之间的桥梁。五十六岁那年，我写成《昙花记》，颇为自得。世人都喜欢歌舞，我便以戏事佛，用传奇阐释佛理，千百人中有一人因戏而改，便是我的功德了。自此，我的生活又有了新的寄托。

万历三十年（1602）中秋，那天是晴天，我和曹能做主人，设西湖大会。泛舟品茗后，我携自家戏班在金沙滩陈氏别业演《昙花记》。好友冯梦祯、俞安期、沈德符也一同观赏。他们知道我对演员有要求，演员登台前均需斋戒，不能行淫欲之事。可他们却不知道我对观众也有要求，我说，看到圣师天将登场，各位需起身立观。朋友们都觉得理应如此。

我的戏台，风雷、烈火、巨蛇、猛虎、鬼兵轮番上演，观众沉醉其中。我的戏台，有生，有死，有幻象，有现实，有度人的箴言和秘密。至尽兴处，我装扮成伶人的样子登场，台下立刻掌声雷动，我和他们打成一片，我在自己的戏中哭闹、大笑，真是痛快。

秦氏园、凌霄台、烟雨楼……我带着戏文从一个舞台上去，从另一个舞台下来，可是观众里没有母亲，她那么爱看戏，却没能看到儿子自己导的戏。

今年夏天，我完成最后一部戏曲《修文记》。五年前，瑶瑟死了，这部戏是一个父亲对女儿的怀念和祝福，我希望她像戏中人一样，在另一个世界过得幸福。

玉衡说很多事都不必放在心里了，我知道，他说的，不是戏,不是佛事。

"有京城来的信吗?"我问玉衡。

"只有汤先生的,您已经读过了。"

"今早我听见送信的屠六和你们说话。"

"他只是经过,小驻了一会儿就走了。"玉衡漫不经心地看向窗外。

他不喜欢京城。母亲和柔卿也不喜欢。万历十一年(1583)秋,我从青浦调至燕京,擢升为礼部仪制司主事时,玉衡才三岁。京城漫天的风沙和雨后的泥泞让人苦不堪言,但看不见的危机才是它真正的匕首。

初为京官,礼部的事务不多,闲暇的时候,除了焚香读书,就是和京中好友喝酒观曲儿。我虽俸禄不高,又没有什么积蓄,但时常和朋友们相聚一处。一次在酒楼请朋友吃饭,酒钱不够,不得不把腰间的银带解下,剪了些银子作酒资。王季夏太史还为此写了一首《销带行》记录我的窘况。虽然贫苦,却不妨碍客人登门,加之当时我小有名气,性格洒脱,因而相知往来者众多。

第二年春天,前首辅张居正被抄家,几年前,好几位朋友因为弹劾他夺情而被贬,如今,两千四百余两黄金,十万七千余两白银,首饰、玉带、蟒衣、珍珠、玳瑁都成了他重罪的佐证。我听刑部董郎中描述时,被这样一笔巨大的财富深深震撼,我无法描述这是一种骇人的振奋还是庆幸。

在礼部供职时,我认识了生命中很重要的两个人。一个是汤显祖。显祖小我七岁,是新科进士,我到礼部时,他恰巧在礼部观职实习。我和显祖一见如故，互赠诗文。后来我两次去遂昌找他，我们一起研读董解元的《西厢记》，批阅校注，畅谈心得。我们坐船去松阳，听周宗邠抚琴，吃麦豆饭。也曾在读到好友丁此吕被诬留下的诀别信时相拥而泣。

另一个是西宁侯宋世恩。

在礼部供职的第二个秋天，李言恭说要介绍一个大人物给我认识。李言恭口中的大人物是一个二十一岁的年轻人，叫宋世恩。他的先祖曾在永乐年间以征西功封西宁侯，他的父亲承袭爵位不到两个月就病故，因此他三岁袭爵，从小便熟稔纸醉金迷的生活。李言恭把我介绍给他，是因为他需要一个教授诗文的老师。我初见他时，觉得他很好相处，谦恭儒雅，立志要脱去貂裘，做个真正的诗人。我自然不敢当他老师，就以兄长自居。后来，他大摆宴席，邀请我和一些布衣诗人相聚，喝酒谈诗，作乐听曲。他知道我喜欢戏剧，更是高兴得不得了，叫我指点家乐，我有时也会换上戏服，扮作伶人登台入戏。

那个秋天，酣歌达旦的日子我无法计数，我和佘翔、黄之璧经常出入西宁侯府邸，直到深夜才回。我喜欢侯府的白苎、扇筴，喜欢热闹，喜欢和少时完全不同的生活。后来，我们的交游不再局限于个人，我认识了宋世恩的妻子，她通晓音律戏曲，常在帘后听曲，有时候会慰以香茗。一次，小侯爷说要来家中拜望母亲，想到要为了一点可怜的体面，柔卿便要典当首饰，惶恐多日，好在并未成行，免了我的尴尬。

重阳日，我和小侯爷、佘翔、娈童采菱一行三十余人登西山。席间，采菱行酒，客人每喝一小盅，他陪一大杯，喝完一巡的时候，小侯爷因和客人说话，没看到采菱行酒，怎么也不信他的酒量，后来，采菱又喝了一巡，小侯爷连声赞叹，竟然脱下蟒衣，送给采菱。我们说，既然得了蟒衣就不能徒步了。于是小侯爷把马也给了采菱。

夜宴支撑着京城枯燥的生活，直到万历十二年（1584）十月二十二日，这种热闹被彻底击碎了。

一张弹劾的诉状递到圣上面前，上疏的人是刑部主事俞显卿。我对这人的记忆停留在青浦，那时，他曾带诗上门求教，我不喜欢他，也不喜欢他的诗，只是应付了事。可现在，他给我的罪名是：淫纵。

俞显卿控诉我和小侯爷借游宴携通家淫乱，我和宋夫人亦有不轨，在他的诉状中，侯府成了翠馆，官署成了青楼。两日后，我整理思绪，上疏自辩，可处罚已经下来，圣上将我革职斥逐，小侯爷罚俸半年。告状的俞显卿本人竟也被革职削籍。

我从来知道，混迹官场，必须无皮无脸，无心无气，无肝无肺。我不喜欢迎合，也不喜欢伪装，对我来说，罢官算不得什么大事，它迟早会到来。真正令我无法承受的是，将我驱逐出去的是一个丑闻，一桩不了了之的官司，没有人听我说话，没有人和我对质。人们对"淫乱"的畏惧和信服，远远超过了杀人纵火，人们对道德捍卫的需要远远超过了对真相的渴望。

十一月，寒意渐起，我为母亲戴上绒帽，扶柔卿和孩子上车，采菱还了马和蟒衣，一起踏上离京的路。

我从庶人到六品官员用了二十年，从官到庶人，却仅用了两天。我给最重要的朋友一一去信,我写给王世贞,写给王锡爵,写给胡同文,告诉他们被诬的始末,我需要有人和我站在一起。我为人疏狂,好风月之事,像我这样的人,绑上一个丑闻,似乎理所当然。他们是否信我,信几分,我不确定。

那个冬天,我们在离京不远的潞河边暂住。十二月,河风刺骨,桌椅都是冰凉的。柔卿炖了白菜汤,一家人挨着炉子冒出的白汽取暖,像回到生命的原点。母亲望着结冻的河面感慨,她和柔卿来京的时候,船被巨木撞破,带来的书籍都淹入河中,这果真不是一个好兆头!当时她害怕极了,不是怕自己死掉,而是怕丢了家里唯一值钱的,也是我最骄傲的珍宝。我们怀着对彼此的愧疚和无法诉说的心事度过了冬天。

春天,潞河解冻,我解开缆绳,任船南下。

"父亲一定在名单里。"王衡说,他的声音越来越不真切。

"父亲那么多年潜心修道,一定能得偿所愿。儿子昨日去天童寺,回来时遇到一个白须僧人,他面容青春,哪里像七十的人,想必和聂先生一样,是位高人,儿子让他卜了一卦,他说近日家中有喜事,想必父亲……"

他努力说着我想听的话,我知道自己这一口气不长了。

六十二年,一路走来是平顺的,也是艰涩的。中年得意,少时落魄,受人爱慕,也遭人诋毁,偶尔富足,时时拮据,相逢的喜悦和死亡的痛苦谁也没有更胜一筹。在旁人看来,我的一生无尽热闹,随心所欲。可对我而言,我只是痛苦地平衡着各种关系。我将儒学视为嘉谷,将佛教道教视为甘浆,来平衡儒释道三教的关系;我将著书的伎俩变成阐述修行的工具，从而弱化文字之欲和修道的矛盾；我将饮酒作乐视为人生得意须尽欢，用来抚平禁欲不成的羞愧心。我让所有需要变得合理，我说服自己也试图说服别人，这便是我这辈子在做的最难，也是最重要的事。我在对立的事物中彷徨三十余载，辛苦寻求化解之道，可是啊，我不禁要问，是谁将它们对立起来的呢？这所有的一切有没有可能是徒劳一场呢？度过一生最好的方式是怎样的？我留下的最有价值的东西，我并不确信，只有等待时间的解答。它会证明给后来的人看，我漏洞百出的一生，究竟值不值得。

"父亲……儿子还有一事。"

我用一个艰难的吞咽回应。

"那几个孩子，怎么打算好？"

"汤科和陆瑶……你帮忙照看，他们要是有难处，你不要推辞。"

"儿子知道。"

"你们兄妹三人相互扶持，多走动，不要失散……"

"是。"

"我的病，不要再和外人讲了。"

"是。"

柔卿把念珠塞进我的手心，我想握住她的手，她退开了。孩子们来到我身旁，口口叫着爷爷。

我的故事从冬天开始，注定要化成一场大雪落下。

"冷……"

"父亲，睡吧，要下雪了。"

海天畸儒

朱舜水

1600—1682

明朝学者、教育家

郑晓锋 文

1

日本国土，从南到北，依次由九州、四国、本州、北海道四岛组成，其中本州岛最大，经济文化也最为发达，尤其是东南部的关东平原，面积只占到国土的4%，却聚集了5000万人口，将近全国总人数的一半，堪称全日本最腹心的所在。

日本首都东京也在关东平原。作为世界级的大都市，由东京辐射出的铁路线，有很多条运营时间都超过了百年。其中东北方向、被上班族誉为"通勤地狱克星"的常磐线，便是1889年开通的。

鲁迅是这条铁路的常客。他在仙台医专留学那几年，曾多次经常磐线来往于学校与东京之间，其间还发生过一件趣事。

据他的好友许寿裳回忆，那次鲁迅从仙台去东京度假，途中却在一个名叫"水户"的站下了车。当时已经入夜，鲁迅便找了一家旅社投宿。起初店主以为鲁迅是日本学生，便领他到一间极平常的房间，但登记时了解到他是中国人后，突然变得十分客气，"以为有眼不识泰山，太简慢了贵客，赶紧来谢罪"，还殷勤地将他改换到最豪华的大房间去。这反倒令鲁迅大为尴尬，担心明天付不起账。正躺在床上发愁，邻家突然失火，他乘机迅速穿衣逃出，结果不仅一钱不花，还被店主送到另一家旅社去，方才安然就寝。

事实上，鲁迅的担心并无必要。旅社老板对他的优待，应该说出于真诚。

毕竟，在水户，中国人有着某种特殊的地位。

2

二十世纪八九十年代，有一类"大人物微服私访"的电视剧在国内非常流行，从康熙乾隆，到包青天刘伯温，纷纷乔装打扮到民间惩恶扬善。但很多人不知道，这类影视模式的源头，是一部始播于1969年的日本连续剧《水户黄门》——这部剧至今还在持续制作播出，甚至还有极高的收视率，堪称影视史上的一大奇迹。

所谓"黄门"，即日本官制中"中纳言"的汉名，黄门侍郎。电视剧中，那位类似于中国乾隆与包公合体的"水户黄门"，原型便是幕府大将军德川家康的孙子、担任过此职的水户藩第二任藩主德川光国。

水户位于关东平原的东北部，境内那珂川舟运河港繁忙，号称"水运的门户"，因此得名，是当时的一大强藩。而除了一方诸侯，德川光国还是日本江户时代著名的学者和历史学家，被日本人称为"本朝史记"的《大日本史》，便是在他的主持下开始修撰的——值得一提的是，虽然光国属于德川幕府的亲藩，但他为《大日本史》定下的主旨，却是尊崇天皇排斥幕府。

公元1868年，明治天皇下令"奉还版籍"，也就是命令诸侯交出各自占据的土地和人民。三年后，又下令"废藩置县"，即废除藩国制度，将全国行政区统一划分为三府七十二县。这便是世界史上著名的明治维新。

史家认为，明治倒幕之所以能成功，很大程度上要归功于德川光国在《大日本史》中的宣传。而这位影响巨大的幕府革命家，背后站着一位中国人——他的老师朱舜水。他最核心的思想，如尊王一统、抑藩攘夷，都可以溯源到朱舜水的儒家学说。梁启超便曾说过，"德川二百年，日本整个变成儒教的国民，最大的动力实在舜水……五十年前，德川庆喜归政，废藩置县，成明治维新之大业，光国这部书功劳最多，而光国之学全受至舜水。所以舜水不特是德川朝的恩人，也是日本维新致强最有力的导师。"

这并非中国人的自赞。对于朱舜水，日本人也极其推崇，只要说到"德川二百余年太平之治"，往往都会提到他的启蒙之功，甚至将其誉为"日本的孔夫子"。

鲁迅到水户，便是去德川家族的墓地中，凭吊他的坟冢。

3

公元1659年10月，朱舜水在厦门登上了一艘前往日本的福建商船。

那年，他五十九岁。

舜水，确切说，应该叫"之瑜"，那才是他的本名。"舜水"这个别号，要在七年之后才开始使用，但现在，他根本不敢想象那么遥远的事。"鸡骨支离，十年呕血，形容毁瘠，面目枯黄"，这位百病缠身的憔悴老人，感觉自己就像一株烂了根的老树,正在一寸寸干枯,一点点死去。

厦门还是郑成功控制着,没有像北边那样被清朝廷封锁海路,加之南北两京都已经沦陷,再也无须顾忌各项朝廷禁令,黑的白的一律放开,因此虽然还在打仗,来往的商船却比太平时还多。中国人、日本人、马来人、安南人、暹罗人、葡萄牙人、西班牙人,日夜进出装卸,将整个港口挤得满满当当,硬是在兵荒马乱中,开辟出一个临时的国际码头。

发船的日子毕竟是请阴阳先生择过的,下了一夜雨,到四更天突然就停了,风向对,潮水也顺。摸黑杀了鸡,拜了妈祖,放了炮,朱之瑜搭的船便挂起帆,起了锚,划离港口,驶向东北洋面。鸥鸟叫声中,岸礁一浪浪远去,不多时就到了海上。天逐渐大亮,海面上金光万点,船上的搭客纷纷走上甲板,惬意地观赏起来。其中几个穿着木屐的日本客商,更是望着红日满面喜色,怪腔怪调地唱起了岛夷小调。

朱之瑜独自一人,蜷缩在幽暗的船舱里,目光空洞,神情木然。

他的眼前一片黯淡。

4

朱之瑜,浙江余姚人,当时属于绍兴府,说起来与鲁迅算是同乡。他出生于万历二十八年,也就是公元1600年。朱家在浙东根基甚深,据说先祖还是朱元璋的族兄,但到朱之瑜时,已然没落,加之父亲又死得早,孤儿寡母,小时候日子过得有点苦。他种过地，打过杂，直到长兄朱启明考上武进士，做了松江柘林守备，家里才重新宽裕起来。

之瑜自幼好学，大哥到松江就任后，又辗转托关系，让他拜在当地三位名儒门下：朱永佑，张肯堂，吴钟峦。

——这三位老师的学问都极为精深，在他们教诲下，之瑜的学业突飞猛进。但事后看来，他们对之瑜影响最大的那节课，要等到几十年后才上。

后话暂且按下不表。三十七岁那年，朱之瑜赴京应礼部试，被取恩贡生，据说考评为"文武全才第一"。正常情况下，他可以就此入仕，事实上，也有很多显贵慕其名声，主动前来招揽，但他一概不应，一考完试，便收拾行装回了老家。

六年后，李自成打进了北京城。

宋元以来，浙东名人辈出，尤其之瑜所在的余姚小邑，还是朱熹之后最具影响力的阳明学发源地，朱家的老宅，甚至与阳明先生出生的瑞云楼只隔着几百米。平心而论，至此为止，虽然在乡党间薄有赞誉，但无论功名还是学术，之瑜都不甚突出——崇祯皇帝吊死在景山这年，之瑜已经四十四岁了，还只是一介贡生，连进士都不是，也没有写过什么了不起的著作——至少，同时代的另一位同乡黄宗羲，名声便要远远超过他。

不过平常也有平常的好处。既然未受过朝廷的恩典，大崩地裂时，亦便可以少担许多责任。乱世之中，之瑜若是遁迹乡间，埋首终老，也不会有人苛责于他。何况年近半百，精力渐衰，还翻得动几个跟斗呢。

但谁也没有想到,这位余姚人的真正事业,才刚刚拉开大幕。

公元 1645 年五月初九,清兵渡过长江,六天后攻陷南京。也是在这个月,之瑜从舟山下海,搭乘走私船去了日本。

5

若是泉下有知,得知自己被后人称为"日本的孔夫子",之瑜想来是不甘心的。因为他赴日的初衷,是要做一位"中国的申包胥"。

申包胥是春秋时楚国的大臣,楚昭王时,吴国攻入楚国都城郢,申包胥长途跋涉前往秦国乞援,在城墙外哭了七天七夜,滴水不进,直至感动秦国君臣,发兵救楚,楚因此得以复国。

需要说明的是,此时朝廷对他的通缉令还未撤销。

他的罪名是:"不受朝命,无人臣礼。"

崇祯皇帝景山自吊后,福王朱由崧即位于南京,改元弘光,史称弘光帝。因为江南总兵方国安的推荐,弘光帝一年之内三次下诏,召之瑜出山,赐江西提刑按察司副使兼兵部职方清吏司郎中衔,让他给方国安做监军,但他皆不奉诏,由此引起朝臣的集体恼怒,转而下令追捕。事实上,他最初到舟山,便是为了避难。

——有学者统计,朝廷先后封过之瑜十二次官,但他都没有就任。

在与友人的书信中，之瑜多次解释过自己绝意进仕的原因，不外乎政局黑暗，权臣当道，国事糜烂已极，纵然有心救助，亦是独木难支；加之自己性格执拗，脾气古怪，不懂和光同尘，也没法适应官场的钩心斗角，故而自暴自弃。礼部试回来后，他就明明白白地告诉妻子，自己从此再也不会去参加任何科举考试："我若是中了进士，分到地方做个县令，第一年就会抓很多人，两三年后，做出成绩，想必会被调到监察部门，到那时，我肯定谁的账也不卖，这样的话一定会招来祸事，身家不保。这种啥也忍不了的劣性子，还不如老老实实在家混日子。"

从这一次又一次的坚定拒绝可以看出，对于朝政，朱之瑜是极其失望的，紫禁城易主，应该也在他的预料之中。但令人意外的是，当大厦坍塌，至暗时刻真正到来的时候，为挽救这个坠落的王朝，奔走最远、呼吁最久的，居然会是这个被指责为"无人臣礼"的老贡生。

6

那个长江失守的五月，之瑜所搭乘的走私船，趁着夜色驶离舟山时，他绝对料想不到，自己这一去，就是与家乡诀别。

之后的十五年，他几乎都在海上乞兵筹饷，要么跑日本，跑安南，跑暹罗，要么来往于舟山、厦门的几个抗清武装之间，再也没有回过余姚。

十七世纪，虽然人类已经能够环球航行，但航海依然充满了风险。别说之瑜搭乘的单薄商船,即便是郑成功庞大的舰队,都曾在舟山海面因遭遇风暴而差点全军覆没。

除了不可测的天灾,他还必须躲过清军的搜捕。

东南沿海是明清两朝最后的战场,双方进进退退,来回拉锯。有一年,之瑜从厦门前往舟山,途中便被清兵的巡逻船拦截,钢刀架上脖子,逼他剃发归顺。之瑜却面不改色,声称誓死不降。也是他运气好,那几个清兵都是汉人,敬重其气节,趁着长官不在船上,偷偷放了他。

死亡的威胁不仅仅来自清军。五十七岁那年,他在安南等待船只北返时,突然被抓了起来。原来安南国王想找一个书记,但国小民穷,识字人实在太少,一直没有合适人选,便四处抓捕中国来的文化人,而且手段很粗暴,看中了就直接拿绳捆走。之瑜就这样被绑进了官府。但他任凭府吏如何威逼利诱,总是不肯,最后只能国王亲自出面。被召见时,他又直立不跪。由于语言不通,差官用刑杖在他面前的沙地上画了一个"拜"字,之瑜拿过杖来,在上面加上一个"不",大声道,安南这种偏僻地方,偶尔有读书人至此,名为求贤却汲汲于跪拜小礼,也就知道你们国王的襟怀几许了。并表示自己余生只为恢复中原,当年下海时就已经和亲友作过死别了,今日任凭杀剐,终究不能做"荒服一诸侯王"的臣子。安南王大怒,将他关了起来,每天把死囚拉到他门前,用各种酷刑处死,甚至将骨肉剁碎,抛撒满地,以此恐吓他,但之瑜始终不肯屈服,还写好了遗书。如此羁押了五十多天后,安南王终于被感动,抑或是无奈,只能放他归去。

拒绝安南王的聘任不难理解，毕竟之瑜连大明的官都不愿意做。令人感慨的是，一方面，他一再逃避朝廷的任命，另一方面，却以布衣乃至罪臣的身份，抛家弃子，一次又一次为复国涉险远航。

7

虽说不在其位不谋其政，但天下兴亡，毕竟匹夫有责。

对于烂到骨里的明王朝，之瑜或许已经心灰意冷，但他熟读经史，清楚亡国与亡天下的区别。

作为一个未曾享受过朝廷俸禄的贡生，改朝换代之际，他诚然有理由冷眼旁观，但作为一个读书人、孔教的信徒，华夷大防深入骨髓，对于清军入关，他绝对不会坐视。

这固然来自之瑜与生俱来的血勇与坚忍，也与恩师们用生命对他的激励有关。

他的三位老师在崇祯年间都做了官，朱永佑和张肯堂还做到吏部侍郎、福建巡抚这样级别的大员。清兵入关后，三人都在舟山组织抗清战争，1651年兵败后，朱永佑力竭殉难，张肯堂阖家自缢，吴钟峦则入文庙，抱着孔子牌位自焚而死。

朱、吴、张三人牺牲的舟山，是鲁王的根据地，他们都奉其为主。北京陷落之后，明室出现过好几个政权，比如南京的福王，福建的唐王，浙江的鲁王。对于鲁王政权，之瑜的态度有些微妙。或许是受老师的影响，或许是家乡情节，虽然依然不肯出仕，但态度明显缓和许多，并未像福王召他时那样撒腿就跑，而是说了一些天下沦丧，只有复国雪耻才是第一要务，其他事以后再说之类的场面话，还和鲁王的许多将领结为生死之交，为其出谋划策，做了很多事实上的工作。

被安南国王羁押那次，他甚至一改初衷，接受了鲁王的任命，还写了一封披肝沥胆的《上监国鲁王谢恩疏》。在疏中，之瑜详细陈述了自己的出走海外，并非远遁避难，实乃寻救国良策，"臣虽无节义文章，足副主上梦寐延伫之求，至于犬马恋主之诚，回天衡命之志，未尝一刻少弛也。"并承诺一有便船，便回国效力："意欲恢宏祖业以酬君父，以佐劳臣。"

不过，也有学者指出，之瑜的这次应征，主要还是借助南明朝廷的声势，令安南王有所忌惮，不至于真下狠手。

这种推测不无道理。据记载，接到鲁王的敕谕后，虽然条件简陋，但他还是"巾衣香案"，面向东北三拜九叩，戏做得很足。

8

之瑜漂泊海上的十多年，人们所知道的，几乎全部都是他自己说的。然而，在他的回忆文章中，对这段经历遮遮掩掩，笼统带过，显然有些讳莫如深。

这无疑是一种经过筛选后的自我塑造。比如安南的闹剧，就有观点认为，真实的情况可能没那么严重，很大程度上，是之瑜夸张的演绎。

还有人认为，之瑜所谓筹集军饷，实际上就是做海商生意以筹军饷。这本来就是崇尚经世致用的浙东人的特长。但混迹于商贾群中买进卖出，毕竟有些跌份，远远不如在安南王宫中舌战群夷的形象高大。他很清楚亮出什么，藏起什么，对添加自己的光辉最有帮助。

总之，这是一个相当精明的人，绝不是三家村读死书的迂夫子。

他对时事的研判也很准确，总能敏锐地察觉到危险，及时脱身逃离。比如福王弘光政权，只坚持了一年，倘若当时应征出仕，免不了玉石俱焚。清军攻打浙东时，他其实也在舟山，但提前一个月就预料到大势已去，不顾王翊等挚友的苦留，星夜出走，没有陪着三位老师殉难。

——兵败之后，王翊被俘，遭箭射、剥耳、割额、劈脑的酷刑而就义，时值农历八月十四。之瑜闻知痛哭失声，自此终身中秋不再赏月。

公元1659年秋天，在厦门郑成功军中的之瑜，又筹划起了出海。张苍水等战友劝他留下来继续一起抗清，但之瑜以在这里"无田可耕，不能自食其力"的理由坚持要走；张苍水说你可以去打鱼，他回答道，"捕鱼舵梢，与劫盗无二，不可为也"。这套说辞，连郑成功的部将都听不下去了，当面责备他临阵脱逃，有负君臣朋友的大义，之瑜唯唯，但最终还是登上了前文提到的那艘福建商船。

之瑜离开一年半后，郑成功主力退出大陆，转战台湾，包括厦门在内,华南沿海渐次被清军占据。

虽然身处激流,但他与真正的风暴中心,始终保持足够的安全距离。

一面拒绝,一面担当;一面担当,一面又逃避。之瑜的人生矛盾而纠结。梁启超在《中国近三百年学术史》中,将他称为"畸儒",大概便与此有关。

9

这是第几次去日本了呢?六次?七次?

倚躺在船舱的角落里,之瑜默默地回顾着过去的这十五年。他发现自己竟然已经记不清楚很多事情了。老成这种样子了吗?他刚想苦笑一下,却剧烈地咳嗽起来。直至咳出一大口痰,呼吸才慢慢平复下来。

喉咙有点甜,应该又咯出血了吧。之瑜喘息着。罢了罢了,无论第几次,这应该都是最后一次了。

这天下,看来是真正地亡了。

这次渡海,与以往不同。之前出走,之瑜虽说不无避难之嫌,但根本目的还是到海外寻求复国的助力,但这次,他却已经不对复国抱有什么希望了。

事实上,反清复明以来,1659年可以说是离胜利最近的一年。这年夏天,郑成功率大军从厦门北伐,一路势如破竹,连克定海、镇江、瓜洲,兵锋直抵南京城下;张苍水则率领另一支部队,沿着长江节节深入,亦收复芜湖一带十数府县,一时间清廷大震,顺治皇帝甚至想出关躲回东北观望。

如此大好形势,却在一夜之间崩盘。七月,清兵反攻,郑成功军队居然一败涂地,不到半天时间,多处营寨阵地相继被破,损失至少在两万人以上,包括多名提督、镇将等高级将领,只能颓然退兵。

当时之瑜也在军中,目睹了功败垂成的全过程。事实上,早在高歌猛进时,他就已经发现北伐军存在很多问题,比如将领浮躁,军纪不严,甚至郑成功本人都被胜利冲昏了头脑,打到南京就以为大局已定,又是祭拜明太祖的孝陵,又是宴饮三军庆功,给了清兵足够多的喘息时间。

但郑成功已经是抗清武装中最优秀的将军了。

溃退途中,之瑜想起了自从清军入关以来,宗室的内讧,文臣的倾轧,武将的争斗,无穷无尽无休无止……终于,十多年间压在心底的酸辛悲苦汹涌开闸,汇合成了压垮这匹老骆驼的最后一根稻草。

"万事从此一任天。"长叹一声,之瑜黯然垂下了头。

虽说对复国已然绝望,他还是不甘心在清军的屠刀下做亡国奴,更不敢想象自己剃发之后的模样。只是全面沦陷在即,自己这衰朽的残躯,又将安放于何处?

波涛万里。同一艘船上,人人眼前天大地大,只有这位不停咯血的哀戚老人,四面楚歌山穷水尽。

10

到日本后，商船将之瑜放在了九州岛西岸的长崎。

事到如今，万念俱灰，他只想在一个清军铁蹄践踏不到的地方了此余生。但当时德川幕府执行锁国政策，不允许外国人在日本居住，按规定之瑜应该在来年夏天被遣返。无奈之下，他只能向之前结识的朋友安东守约求助。安东比之瑜小二十多岁，很推崇中国的儒学，早就得知之瑜学业精深，多次请求拜他为师，但之瑜一心忙于抗清，都婉言谢绝了。如今之瑜自己送上门来，安东欣喜莫名，当即奔走呼吁数月，为他请求到幕府的批准，成为锁国四十年来定居日本的第一名中国人。

在长崎租屋定居后，之瑜语言不通，谋生无计，全凭安东资助度日。安东只是个小官员，俸禄不高，却分了一半给之瑜，自己还要养一大家子，差点饿死。但他毫无怨言，以终得明师为幸，并为其鼓呼推荐，以至于之瑜的名气越来越大，前来求学的人越来越多。

在长崎的第六年，水户藩第二任藩主德川光国，向他发出了讲学的邀请。

读着光国恭敬而谦逊的亲笔信，再听了安东对这位年轻人"好贤嗜学"的评价，之瑜突然觉得，自己的耳畔，渐渐又擂响了战鼓。

刚到日本定居时，他只是为了"不食周粟"，蹈海全节。但从安东到光国，日本儒生的虔诚与热情慢慢令他意识到，自己还有使命没有完成。

越是沧海横流，越显英雄本色。神州陆沉之际，他有责任利用一切机会，为汉族文明保留一点火苗。

只要火种一日不灭，胜负便一日未决。

之瑜抬起头来，觉得眼前光明大放。

公元1666年7月，朱之瑜抵达江户。德川光国亲执弟子礼，竭诚尽敬。

在见面时，光国认为朱之瑜年高德重，不敢直接称名称字，请他取一别号以便称呼。之瑜思索片刻，说，那就叫"舜水"吧，那是我家乡余姚的一条河，自古以来，有很多舜帝的传说。

之瑜不会日语，与光国的交流只能通过汉字笔谈。在纸上写下"舜水"二字时，他突然感到胸口一阵剧痛。

11

公元1682年，朱舜水病逝于江户，享年八十二岁。

他生有二子一女，自从四十四岁舟山出海后，只见过次子一面。

长子元楷，明亡后隐居乡间教授蒙童，生计窘迫却绝不出仕，死在舜水之前。

次子元模，于厦门探望舜水后染疫身亡。

女柔端，舜水离家后日夜思父，愤懑遇疾，未嫁而亡。

元模无后，元楷有子二人。长子毓仁，曾于1678年赴日探望祖父；舜水得知后欣喜异常，然仍托人带信，要求他把剃掉的头发养长再来，同时再三嘱咐，务必要穿明朝服装。

由于日本法禁，虽经多方努力，但毓仁没有见到舜水。1685年，他再次赴日，终于获准前往水户，但舜水已殁三年。

舜水的棺材，从选料到督工，他亲自把关。他告诉日本人，大明终有一天会光复，到那时自己的遗骸要运回中国，因此要做得坚固些。

舜水暮年，每月初一、十五的清晨，都要让弟子摆好香案，然后披上道袍，东向而拜。拜时嘴里还会喃喃细语，但谁也不知道他说的是什么。

舜水逝世八个月后，台湾的郑氏政权兵败降清。

其时距离鲁迅来日本，还有两百二十年。

一出大戏暂时休幕。

孤臣希声

钱肃乐

1606—1648

南明大臣

邬吉霞

文

康熙六年(1667)，天降异象，一道刺目的闪电划破长夜，劈开云层，直落宁波府城隍庙。电光火石间，庙中金光骤现，狂风暴雨接踵而至。郡人扶乩占卜，皆传钱介公魂归故里，继承了本郡城隍庙神。

一时间，寄吊的诗文如春雨纷纷，思故国，诉忠良，又似故人的一声叹息，流连于此，旋落成一册薄薄的却又沉甸甸的《骑箕集》。

这一年，距钱肃乐绝食而死已过十九个春秋。

十九年前，福建琅江的一只舟子里传来一阵猛烈的咳嗽声，流泪的烛火在风中摇曳，一叠厚厚的文书堆放在几案上，钱肃乐又一次呕出大口的鲜血。他试图吞咽，只觉得满嘴皆苦，他又试图振作，以手扶桌支撑起自己枯瘦的身子。他知道，留给自己的时间不多了。

1 人世间

他太瘦了，衣服挂在身上像是裹在细树枝上，空落落的，仿佛风一吹就会倒似的。连年未治的咳血之症令他脸色苍白，连日的失眠又令他两眼凹陷。

这是崇祯十七年(1644)的夏天。钱肃乐一路乞讨一路凑钱才勉强扶着父母的灵柩从瑞安回到鄞县，甫到，就闻李自成攻陷京师，崇祯帝自缢身亡，清军南下入关作战，明朝的帝国大厦，轰然——倒塌了，倒在所有明朝大臣和百姓的肩头，钱肃乐觉得自己快要扛不住了。

自潞王降清、清兵占领杭州以来，宁波府内的伪年号、伪国号就满街遍地。同知朱之葵、通判孔闻语屈膝陪笑纳款于清贝勒，然后摇身变成了清朝的知府和同知。官绅投诚，百姓迎贼，钱肃乐见多了膝软于绵，面厚于铁的人，别人丢来根骨头就能呜呜呜地开心跳舞，全然忘却了旧主之恩，家国之恨。钱肃乐攥紧拳头，指甲陷进了肉里，他恨不得手中就有一把尚方剑，杀尽这些软骨头！

可他只是一个手无寸铁的儒生，一个丁忧在家的文臣。家中没有足以招募壮士的钱财，父母的灵柩因无钱还未落葬。三载病症，两足亦跛，单薄的身子更无法支撑他加入军旅。钱肃乐此刻能做的，只是把自己的腰杆挺得更直一些。

这一年，钱肃乐三十八岁。钱肃乐在这一年做出的抉择让他的人生在三十八岁形成了一道分水岭，前三十八年是鹏程而飞的鸿鹄岁月，后面的四年他如飞蛾扑火，流尽了泪，耗光了血，带领着兄弟子侄以及家丁仆从走上了无法回头的殉难之路。

这年六月，宁波府爆发了反清运动。鄞县生员董志宁首先倡议反清，与林时对等人遍求乡绅却连遭拒绝，最终找到了钱肃乐，准备推他为起兵抗清的盟主。就像星火投入枯木，这件事迅速引燃了钱肃乐连日枯槁的心。他倏地站起身，立马做出了回应。

六月十二日的宁波府，风格外大，城隍庙前已经聚满了人。围观的人们小声地议论着，被邀而来的乡绅们还不清楚到底是怎么回事，朱之葵、孔闻语也前来观察动静，他俩双手背后，泰然自若地往会场中心走去。乡绅们一看知府、同知莅临，纷纷下阶施礼。钱肃乐恨极了，痛斥道："我等明朝官，彼清伪官，其与我仇敌也，何礼为？"跪拜在地的乡绅们面面相觑，全场瞬间安静了下来，大家都看向钱肃乐。只见这个清瘦的男人满脸怒容，撸起袖子，指天发誓："神若有知，愿即击死此辈，不然臣愿先死，不忍与狗彘同生！"

清政府自四月遣兵南下开始即以征服者自居，杀戮立威，一面施恩招降，一面严令推行剃头改制，城中百姓苦不堪言。钱肃乐的声音就像一枚石子投入百姓沉默的心中，立马激起了千层回应。董志宁、林时对当机立断，撕毁朱之葵、孔闻语的名刺，宣布拥戴钱肃乐起兵反清。人群中爆发出如雷的呼声，大家举手相招，簇拥着钱肃乐到巡按署中任事。

六月十五日，钱肃乐在江东演武场集合万名义军，誓师起义。起兵后，钱肃乐与明原兵部尚书张国维联合，派举人张苍水奉笺迎朱以海出任监国。鲁监国政权建立后，钱肃乐授封为右佥都御史，自此开启了他的抗清之路。

动荡时局里，百姓渴望保住自己的头发，保住自己的房屋，保住自己的妻儿，于是男儿揭竿而起，富户破家输饷，女子翻箧典当首饰。世人皆望和平，把希望寄托在了起义之路上。然而七月宁波水潦为灾，淹没了大半的庄稼和千百计的庐舍。天灾未止，赋税未减，强兵悍族、地豪土霸又相互勾结，城内城外地搜刮民膏，连鸡犬都不放过。有百姓含泪抵门，他们熟视无睹，踹门而入，直接拆了门楣作炊具，抢了妻女为仆妾。

这一切都让钱肃乐悲愤不已。这位弱不胜衣的文臣向鲁王朱以海递交了一封一封的上疏，以笔为翼想护一方百姓安危。然而，文人的纸，又太轻了。

虽然起义之初钱肃乐所带的军队也曾获得过十战十捷的功绩，但是当时的鲁王政权内部已经开始腐朽，朝中卖官鬻爵之风泛滥，将领苟且偷安，散朝后就饮酒寻欢，更有取妻为乐者，夺人粉黛不顾门外萧郎，文武内臣的争斗更是让钱肃乐沦为了其间的牺牲品。

领兵大将方国安、王之仁来到后，立即接管了浙东原有营兵和卫兵，主张分地分饷。钱肃乐的部下都是临时招募而来的，由市民、农民组成的义兵，他们无法再得通过田赋征来的正饷，只能通过劝输等办法取得银米，就算是城中富户，交了税输了饷，还要面对藩镇吸食民膏，哪还有钱一次又一次来支义饷？

钱肃乐屡次上疏求粮，不断地周旋于鄞县、慈溪两地劝饷，缺口仍然填不上。已是腊月隆冬，天大冷，将士们的兵甲破损，驻守江边瑟瑟发抖。钱肃乐都看在眼里。他使劲地敲着自己的胸口，只觉得堵得慌，他想要发声却只听到喉咙里的喀喀声，吐又吐不出来，惊觉眼泪流下来了他又马上擦掉，不能让人看到。

钱肃乐来到江边，寒风呼呼地吹着，收复不知何期。这些将士自六月起兵以来，捐家资、弃妻子跟随自己，如今却处于自生自灭的境地。有将士伏舟而泣，看到钱肃乐来了就立刻抹掉眼泪。一句"钱大人待我好，我不忍心走"让钱肃乐百感交集。

就这样义军一边抗击清军，一边沿途乞食。

无饷四十日，无饷五十日，无饷六十日……钱肃乐呼号无门，再疏鲁王求粮："臣等原为举义而来，丑虏未灭，终不敢归见庐墓。散兵之日，愿率家丁数人，随诸臣从军自效，济则君之灵也，不济则以死继之。"

然，求而不得。

至无饷八十日，义军再难为继。钱肃乐又因直谏得罪了宦官、戚臣，遭到了鲁王政权内部的排挤，屡次上疏辞衔之事被方国安、王之仁诬陷为怀有二心，壮士接令欲劫其首级。钱肃乐只能无奈解兵，避入温州。

凭栏处，满目疮痍。那个在宁波府首义之人此时身陷流言，一腔热血无法洒在战场之上，只能眼睁睁地看着家国未复，百姓置身水火。活着，在这人间，太苦了。

2 鹏 程

旋涡中最易迷了方向。钱肃乐不禁驻足回望，望自己来时的路，念自己起义的初心。他将时间往回拨，往事一幕一幕地倒带，置于万历四十三年(1615)，江西狱中。

牢房内阴暗潮湿，窗棂窄小，门框低矮。小小的烛火跳动，伴着一个稚嫩却铿锵有力的声音："大学之道在明明德，在亲民，在止于至善。"少年钱肃乐的眼睛炯炯有神，矮矮的监狱关不住钱氏子孙的鸿鹄之志，小小年纪的他已经把"光明、仁爱"等词埋入心间，祖父钱若赓慈爱地摸了摸他的头。

钱肃乐出生于芍庭钱氏。钱氏家族累代为官，又以诗书传家，偏偏个个清廉耿直，祖父钱若赓就因直谏入狱。

钱肃乐自幼跟随叔父钱敬忠到狱中接受祖父的教育。从鄞县到江西，舟车劳顿，路途遥远。小小的少年牵着叔父的手，却没有喊过苦。祖父出狱后，他居家安心备考，日夜苦读。像一只羽翼渐丰的鸿鹄鸟，钱肃乐靠着自己的聪慧与刻苦一路向上，二十岁入学宫，三十岁中举人，三十一岁成进士，当了苏州太仓的知州。

现在，他要用自己的羽翼去保护家人和百姓了。

捧着诏令的那天，钱肃乐想到了家族中的长辈们。想到了忠诚无私的先祖钱安，在险恶的官场中全身而退，返乡后仍劝子弟为善；想到了断案如神的先辈钱瓒，在广西任职期满后回乡，两袖清风未带走一点儿财物；想到了祖父钱若赓，在临州任上善政特别是判案，为了心中的正义不惜忤逆帝意；想到了叔父钱敬忠，拒绝殿试，穿着囚服跪在午门为八十高龄的祖父申冤，愿以自己代替去死来换父亲的出狱……钱肃乐希望，自己也是这样坚持道义，不负忠孝与仁爱的人。

为了教化乡里，他动笔撰写《六谕释理》，每逢初一、十五，组织集结地方缙绅和乡耆来讲解其中的道理。

无论是《孝顺父母释》里写"任他老人家饥也不管，寒也不管，你夫妻不痛恨吗？""孝顺须生孝顺子，忤逆须生忤逆儿"，还是《和睦乡里释》中说"问你每乡邻相处，原是拆不开的好友，不是解不开的冤家，有何大故，便至相争相讼？人无两是，亦无两非，各认一半，意气自平，他多骂我一句，我便让他一句"，又或《胡作非为释》中讲道"试看那安分守己的，便或食不充口，衣不蔽体，却有父母妻子的乐；作非为的，或经年累岁幽囚囹圄之中，或头足异处弃尸草野，两者立观，究竟哪一个便宜？"他希望用通俗易懂的大白话，将"善"种进当地百姓的心里。

但他知自己不能只是一个文弱的、只会提笔写字的文官。身为一方父母官，他必须同时拥有足够坚硬的铠甲，可敌当地的豪强与恶势力。

太仓之地素称难治，当地豪强与黠吏为奸，凶徒结党杀人，焚尸毁迹，视刑宪若卧具。钱肃乐到任后严明法度，列朱白榜震慑恶人，并捕豪强入狱，镇恶一方。当地一乡绅的儿子暴横杀人，委托许多官绅前来求情，还找到了钱肃乐初登乡书时的恩师吴钟峦，试图减轻刑罚。吴钟峦对自己有知遇之恩，钱肃乐不畏权贵，却最尊重老师，但他有自己必须坚持的原则，于是老师来时，他身着公服，恭敬地将老师请进门，真诚地揖拜请罪："生我者父母，成我者老师。但今日之事宁可得罪我师，不敢得罪百姓。"吴钟峦动容，钱肃乐而

201

后将豪强正法。

太仓为官期间，钱肃乐兼摄崇明、昆山两地政务。当时崇明海盗四起，他亲自带兵围剿，抓获海盗头目三人，就地立斩，盗贼余众闻之丧胆，便此解散。

钱肃乐在治理上的每一步都走得雷厉风行，他将恶人杖责，将凶徒关押入狱，将盗贼击杀，不留任何情面。但他又是一个内心极其柔软的人。每遇州中兄弟母子互讼的，他都动之以情，晓之以理。

有时候夜卧辗转，钱肃乐总会梦起州中往事种种，梦到匍匐申冤的百姓之泪，梦到狱中的铁链之声，梦到死去不散的魂魄和使劲活着的人们。在《戒杀文》中，他道出了自己乃至全家茹素十年之实："假人延入于囹圄之中，招饮于市曹之所，左右皆冤号之声，前后皆刑戮之具，能复下箸否？"

正是怀着对生命的敬畏与慈悲，钱肃乐在成为一方父母官时，将心比心，事事躬亲。

到任后他就与当地人民兴修湖川塘水利，协力重修学宫。蝗虫泛滥时，他亲自带领民众捕捉，并下令捕蝗虫一升换米一升，教化民众切勿不劳而获。崇祯十三年（1640）恰值丰收，钱肃乐动员百姓每亩田多缴一升米入仓，储备了数万石备荒粮。第二年大旱，周边县郡都出现了饥荒，太仓却能有余粮设粥棚赈灾。

细致入微的治州态度，连年转轴的工作强度，令钱肃乐的身体开始慢慢地坍塌。沧州大旱这年，钱肃乐辗转操劳，原本就已瘦骨嶙峋的他，又在烈日下徒步祈雨，以致旧疾复发，不断咳血。但他仍然顶着烈日，深入灾区访贫问苦，并虔诚地祈祝求雨："无论罪在官，罪在民，总以肃乐一身担待。"倘若这大旱之灾是上天降下的惩罚，就请全部落在自己身上吧！

从一个捧读四书五经的少年郎，到顶天立地的青年父母官，钱肃乐本着自己忠正仁爱的初心，将科举仕宦这条路走得光明磊落。他曾写过一组以《比干心》《玉蠋头》《睢阳齿》《霁云指》《子胥眼》《彭泽腰》为题的咏史诗，借古代贤者之躯表达了自己的精神追求，并慢慢地活成了自己想要成为的样子。

为官五年后的崇祯十五年（1642），钱肃乐考绩为江南第一，迁升为北京刑部员外郎。

钱肃乐鹏程而飞，他的羽翼之下，是黎民苍生，是家国天下，是人间大道。

3 逍遥游

朝菌不知晦朔，蟪蛄不知春秋。人生亦如白驹过隙，只在弹指之间。

庄子在《逍遥游》里呈现了无己、无功、无名的绝对自由。钱肃乐也曾爱老庄之道，有过"愿学陶隐君，白云自怡悦"的时刻，对陶渊明采菊东篱、结庐人境而无车马喧的生活心向往之，并直言"寄语尘世人，荣华等草莽"。他知人活于世间，不过是背景经常变幻，有人上场，有人下场，如此而已。

但自踏入朝堂，选择抗争之路开始，钱肃乐就已然自投于一张复杂的网里，即便削发为僧，他也未能放下中兴明朝之志，势必被俗尘中无数的人与事所羁绊。

时间继续走到顺治三年（1646）。义军无饷又危及性命之际，钱肃乐无奈解兵，出走温州，联合黄斌卿等人收复太湖地区。然而不久后舟山被破，浙江沦入清兵之手。唐王再度召之。从鲁至唐，颠沛流离中钱肃乐深知复国无望，但又不想放弃，于是挈家航海入闽。尚未抵达，唐王遇难，福州已陷敌手。钱肃乐只得避难于福清，辗转于文石、海坛之间。

人生的际遇总是充满了戏剧性。青年钱肃乐也曾向往过隐逸的逃禅生活，却走上了仕途。明朝为官后遭遇国难，起义之后又至绝路，兜兜转转，中年钱肃乐走到了龙峰寺，隐姓埋名，落发为僧，跟随碧居和尚修行隐居。他在寺壁上题词："一下猛想时，身世不知何处；数声钟磬里，归途还在这边。"

但就像文天祥诗里说的"臣心一片磁针石，不指南方不肯休"，钱肃乐的抗清复国之志未死，命运的硬币依然旋转，未落定局。

当地青年学子见寺壁上的题诗不凡，于是向钱肃乐问学，钱肃乐因此得以束脩为资，维持生计。他避居深山，虽有了"一间茅屋能栖性，数亩荒田可种心"的短暂隐逸，但夜深人静之时，钱肃乐仍有"山山水水到处逢，知交零落几相从"的落寂，伏舟远望时，仍难掩"故国苍茫衣带水，满船歌吹大江东"的眷恋。

隐居生活没过多久，这年八月，清军在福清大肆搜捕反清遗民，钱肃乐携家逃亡至海坛山岛避祸。岛上无民居，只有樵采者结茅而成的住处，钱肃乐弟兄嫂侄二十余人借居其中，屋内上漏下浸，不避风雨。

其实钱肃乐早就过惯了苦日子。虽然出身官宦世家，但是家中清苦，小时候钱肃乐兄弟十人进出时衣服上大多都打着补丁。等到太仓为官时，钱肃乐说："吾不敢得罪天地，自揣归家之日，量口炊米，裁身置屋，如斯而已。"他严词拒绝了当地百姓每年要上缴官府的百两黄金，在任上两袖清风，一无所取。

至如今挈家航海，钱氏家族近三百年聚居的家宅籍入官产，逃亡路上朝不保夕，食不果腹。在岛上，他们只能无米而食麦，无麦而食薯。傍晚捡完当柴火的茅草，钱肃乐望着天一点一点地暗了下来。

次年六月，鲁王至琅江。当钱肃乐听到郑彩陪同鲁王已到鹭门并来往于诸岛欲举事时，即赴觐见。他还想再拼一拼，搏一搏。于是留任兵部，跟随鲁王在舟中抗清。

这时旧日大臣云散，方国安、马士英、阮大铖或死或降，只有熊汝霖仍在。冬十月，钱肃乐进兵部尚书，他整顿军队，收拾残局。疏请申军令、严赏罚，停止一切拜封、授挂印，将军印以待有功者，兵威顿振，连下兴化、福清、连江、长乐、罗源三十余城。浙东义士亦起兵遥应。

然而随着郑彩专权的不断加深，闽中鲁王政权实际上空有其名。鲁王不能制之，诸将心怀怨恨，小朝廷内部的争斗日益严重。

钱肃乐身体羸弱,其父其母皆是短寿,因血疾而死。连日辛苦,他的身体每况愈下,稍加劳苦就不停地咳血。

1647年冬至,钱肃乐血疾大作,他担忧自己奄奄待尽之身,会误了朝廷征讨之事,在身体实难支撑的情况下只能上疏辞命。但经历了越中时期一系列的被误解、被迫害甚至被追杀后,钱肃乐为了避嫌将病榻移到人来人往的堂前,使远近来者都看到他的憔悴之状,听到他的咳嗽之声,以防止猜疑他别有私心,托病谢事。

然而鲁王并未应允钱肃乐的离任,数次遣官赐问趋召。

只是待在兵部又如何呢?握着兵部尚书之名却无兵部尚书之权,不知各藩镇将领之名,不知各处兵马之数,只能管理一些上疏乞官的小事。批阅之时,钱肃乐只觉得满纸仅有"身不由己"四个字。

后来因病无力答复疏札,钱肃乐连这些小事都管不到了。

这是钱肃乐的四十一岁。他知道,他的生命已经步入了倒计时。

乱世之中,想要追求物我两忘的自由境界,太难了。钱肃乐的心中装着家仇国恨,装着受苦的百姓,太满,也太沉了。但什么又是真正的逍遥呢?钱肃乐在命运中做出了一个又一个的抉择,并为此承担后果,亦因此成了他自己。

故国之思,苍生之爱,所有种种抽出了丝线将他牢牢地羁绊,令他坚强地活着,也令他在如风筝一样御风而飞时,不会轻易地断了线。

4 希 声

希声，这是钱肃乐的字。

起义那天，钱肃乐在宁波府城隍庙前的声音振聋发聩，引得民心向归。起义四年，钱肃乐的声音渐渐地由悲愤转为悲凉，布满了血痕。

1648年，钱肃乐生命中的最后一个元宵节。他立舟北望，满目山河如昨，天上圆月如斯，天地辽阔却渐无他的立锥之地。回想自己戊寅年（1638）步入仕途，至戊子年（1648）元宵，十年的宦海沉浮终究未能力挽狂澜，抗清大业不见希望，小朝廷内部纷争不断，旅居异乡不得归，而今垂垂老，四十二岁的自己已是两鬓斑白的抱病老儒。

春正月，郑彩击杀大学士熊汝霖，郑遵谦因不满也被郑彩下令逮捕，最后投江自尽。昔日一起抗战的同袍，如今命死自己人的手里。听闻消息后的钱肃乐忧愤至极，而鲁王的册封接踵而来，东阁大学士之位悬空，命请钱肃乐任之。

钱肃乐四次上疏三次面辞不愿受东阁大学士之头衔却不得。不得不接受入阁的钱肃乐早已看透了，却仍不想放弃，就以五品章服任二品之职的要求，表达自己内心最后的倔强。

那时妻子董氏已经病重，幼男翘恭感染复发，热如火燃，肌肤燥迫，两鼻血涌终至先亡。四月，董氏也病死了。钱肃乐的痛苦无以复加。他想到同妻子共患难的种种，想到妻子初嫁时家中清贫，妻子每日缝针线，十根手指皲裂却不曾有过怨言。想到挈家航海，自己病倒舟中时，妻子日夜祈祷于佛前。妻子病重，想要嘱咐后事，但见自己悲伤落泪就把话咽了回去，反说大话："我不死！"

现在，妻子也走了。

钱肃乐只能以诗代哭。他问苍天"情死情生窣地波，老天何苦造情魔"，问大地"黄泉路上如何苦，梦也无繇得到他"，问佛祖"一炉佛火红于昔，不遣慈光护着他"。然而上穷碧落下黄泉，终是茫茫不可相见了。只能以死为期，"愿把情根还化草，丛丛绕却墓傍生"。

发妻死后，钱肃乐心灰意冷，兼之旧疾复发，身体每况愈下。清军于此时分路进攻，已得的府、州、县相继失陷。郑彩却挟兵自重，逍遥海上。连江失守成了压倒钱肃乐的最后一根稻草，他深知鲁王朝廷气数已尽，而自己已无力再做任何事，痛苦欲绝的他以头猛撞木枕只求早死，最后血疾大动，绝粒待死。

1648年夏，时年四十二岁的钱肃乐卒于琅江舟中，遗言以举义前官职，明刑部员外郎身份入殓，墓碑上只刻"大明孤臣"四字。

钱肃乐死后，跟随他一同起兵抗清的兄弟肃范、肃典、肃遴相继殉国，献出了自己鲜活的生命。昔日累世簪缨的甬上望族，在抗清之路上散尽家财，族人四散，后人大多秉持钱肃乐"耕读不仕"的遗训不入清为官，三百年大族销声于历史的河流。

但这还不是故事的最后。

康熙六年(1667),时人传钱肃乐继承了城隍庙神。公元2023年,宁波府城隍庙,钱肃乐曾经举义的地方,已变成了人来人往的商业街和非遗陈列馆。怀棠祠内,钱肃乐像安详静坐。庙宇之外,红墙市集欢乐不歇。钱肃乐角巾儒服,手执书卷,慈目所及,是宁波城如今的盛世。

始建于明嘉靖年间的三进大院,钱肃乐抗清时被籍没的故居,历经四五百年的历史沉沦,如今只剩下大厅一间。但故居经过三次加固修缮,现已是宁波市的文物保护单位。

波涛锋矢之间艰难存藏的钱肃乐诗文,那些用血和泪记录下的内心震荡和激愤、忧虑与励志,历经乱世的劫火,清朝的禁毁,流亡的颠簸,散了大半,又散了大半。但也曾被人深藏箧中相护,曾被人艰难地收集和修复,最终成为此刻我手上捧着的这一本,浙江古籍出版社出版的《钱肃乐集》。

我在读你,钱肃乐。

我听到了你的声音,每一个字都很响亮。

铁骨书生

黄宗羲

1610—1695
明末清初经学家、启蒙主义思想家、史学家

薛显超 文

康熙三十四年（1695）八月初七，时年八十五岁高龄的黄宗羲僵卧家中，预感到"那一天"应该就要到来，这是他惧怕又盼望的日子，严重的足疾，已经使他不能下地，时发时愈的麻症也日夜折磨着他。检点自己漫长又跌宕的一生，命运对他而言，何其柔厚，又何其残忍？

对于死，黄宗羲应该是通透、淡然的，在咳嗽剧烈发作的间隙，他给孙女婿写信说：

> 年纪到此，可死；自反平生虽无善状，亦无恶状，可死；于先人未了，亦稍稍无歉，可死；一生著述未必尽传，自料亦不下古之名家，可死。如此四可死，死真无苦矣。——《与万成勋书》

是的，古语说寿则多辱，这个年纪的黄宗羲于这世间的一切好坏，都已经受够。于古人念兹在兹的"立德立功立言"三不朽，他都差不多已做到，可以无憾。

五天后，他安然离开了这个世界。

一年以后，在宁波城内学生万言的家里，一众门徒聚在一起，讨论给老师上一个什么样的"谥号"，这当然是私谥，朝廷不会认可，但也是盖棺定论的大事。"文"是毫无异议的，至于第二个字，大家犯了难，不是选不出，而是黄宗羲一生太过丰富。有人主张"孝",有人主张"节",争执不下之际,他们"共就先生像前决之,得文孝二字"。所有人都为之震撼,可能黄宗羲的在天之灵,早已做出选择。

其实,孝、节、文合在一起,倒更能代表黄宗羲的一生。始于孝,继之以节,终以文名。黄宗羲自己也曾总结一生行迹:"初锢之为党人,继指之为游侠,终厕之于儒林。"与此三者正是冥冥相合。

党 人　　1

崇祯元年(1628)五月的一天,虽是晚春天气,却已热得异常,没有一丝的风。

公堂之上,大明王朝的刑部正在会审许显纯、崔应元。两个人犯披枷戴锁跪在一旁,另一旁则跪着怒目圆睁,血丝满眼的少年黄宗羲。这类庭审本来就是仇人见面分外眼红,气氛不会太好,但任谁也想不到,接下来发生的惊人一幕。

审问之际,黄宗羲突然拿出预先备好的袖锥,冲向许显纯,瞬间致其血流被体。

庭审一片混乱后草草收场,被人按倒在地,仍义愤填膺的黄宗羲,脑海中不断闪现祖父写在门楣之上的"尔忘勾践杀尔父耶?"

数天以后,在朝廷审问许显纯的爪牙叶咨与颜文仲时,黄宗羲与朋友又一起冲了上去,致令二者"立时而毙"。

何以如此？只因这些人正是黄宗羲的杀父仇人。

黄宗羲于万历三十八年（1610）九月初五出生在余姚县通德乡黄竹浦，他的父亲黄尊素这时候还在家攻读。两年以后黄尊素以科举入仕，1623年，他奉调入京，任山东道监察御史。命运的齿轮缓缓转动，十三岁的黄宗羲随父入京，全然不知此行将改写他一生的命运。

当时朝廷党争渐趋白热，一方是以魏忠贤为核心的宦官集团，背后是并不太认字的明熹宗，另一方则是著名的"东林党"，也就是文官系统，两方相争的实质是君权与士林的斗争。

黄尊素入京后，顺理成章地成为东林党人，黄家也因种种机缘成了东林党人聚会的固定场所，小黄宗羲身处其间，耳濡目染。从大家神秘紧张又慷慨激昂的表情中，他猜测大人们正在密谋什么大事，然而这种神秘没有持续太久，还没等黄宗羲猜出谜底，黄尊素就被削职回家，隔年（1626）被捕，三个月后惨死狱中，黄宗羲第一次知道了什么叫党祸，这对他来说，无疑是第一波天崩地解。

寡母幼弟，小家庭风雨飘摇，十六岁的黄宗羲不仅要承受丧父之痛，还要担起属于父亲的重担，艰难可想而知，因此，当宦官集团失势，朝廷昭雪之际，他内心激荡，抱着必死的信念要为父亲讨个说法，因此才有开头锥杀奸党的一幕。

正因这惊人之举，使"姚江黄孝子之名震天下"，借着京城诉冤这番共同经历，东林党的后人们形成了一个新的圈子，他们同仇敌忾，联合行动，结成了深厚友谊。如果说从前，党人还是父亲们的遗产，那么现在，他们也是党人了。

崇祯三年（1630），经人介绍，黄宗羲加入了以张溥为首的复社，与陈子龙、吴伟业、沈寿民等过从甚密。这前后，他还在杭州多次参加孤山读书社，与一众复社名士读书论学。同时，据其文集显示，似乎他还与兄弟一起，在南京、宁波、绍兴等地积极参加复社活动，所谓"无月无四方之客，亦无会不诸子相征逐也"。

宦官集团虽然倒台了，但余孽尚存，作为东林党人的黄宗羲自然参与到一系列斗争中，其中较为著名的是桃叶渡大会和防乱公揭。

崇祯八年（1635）的端午，秦淮河上，由冒襄组织，魏学濂发帖，大会同难兄弟于桃叶渡。这般聚会，诗酒风流，本是文人举子寻常举动，此次却有非凡意义。原来魏学濂到南京参加考试，一度因为宦官余孽阮大铖而非常紧张，最终，在大家的共同努力下平稳考毕，当然要庆祝。

因此，这不仅是东林后学的一次力量展示，也是对余孽阮大铖"气焰反炽"的一种对抗。

如果说这次事件还是一种试探性的示威，那么《留都防乱公揭》就是黄宗羲等人的斗争宣言了。

阮大铖面对复社兴盛，在怀宁成立中江文社，在南京广结权贵，收买官员甚至复社人士，企图抗衡复社，大有死灰复燃之势，于是在崇祯十一年（1638），复社中人发起声讨阮大铖的《留都防乱公揭》，该文由吴次尾起草，东林党领袖顾宪成的孙子顾杲领衔，黄宗羲大概是因为替父讼冤的名气，签名比较靠前。文章直接揭露阮大铖与阉党的关联,使阮氏之狼子野心昭然若揭。复社这种大无畏的君子正气,吓得阮大铖蛰伏牛首山寺庙几年不敢出来活动。

明朝灭亡以后,阮大铖与复社的斗争依然在延续。马士英与阮大铖因为拥立福王即位有功,独揽南明朝廷大权。国破之际,阮大铖等人首先想到的是迫害复社中人,他们编造《蝗蝻录》,在朝廷大肆诽谤,并按照《留都防乱公揭》的签名名单,一一网罗,黄宗羲和顾杲一起被捕,直到弘光政权瓦解才得以脱身。

自十七岁入京诉冤,到三十四岁脱狱返家,党人生涯贯穿了他的整个青年时代。这段时间是黄宗羲人生的成长期,激烈的政治斗争也将他历练得更加成熟。因为父亲的缘故,他也受到很多知名人士的照拂指点,如父亲的朋友刘宗周,对父亲钦慕有加的陈继儒等。但此时的黄宗羲于学问上并无太大长进,也没有时间长进。

2　游　侠

如果说党祸已经是九死一生,那接下来的抗清游侠生活就是"十死"了。

他自己这样说:"自北兵南下,悬书购余者二,名捕者一,守围城者一,以谋反告讦者二三,绝气沙墠者一昼夜;其他连染逻哨之所及,无岁无之,可谓濒于十死者矣!"

南明弘光元年（1645）五月，黄宗羲脱难，辗转回到浙东老家，但是滔天的巨浪也随之而来。

六月潞闵王朱常淓在杭州投降清军，这位一身艺术细胞的王爷，必然不是力挽狂澜的天选之子。杭州离绍兴已经是咫尺之遥，山雨欲来风满楼，黄宗羲的老师刘宗周决定绝食全节。

由于对绝食的操作不太熟悉，导致前后经历三十六天才最终成功，过程漫长而惨烈。

黄宗羲得到消息后，能做的就是去见证这一庄严的死亡仪式，他从余姚山中徒步两百余里前往探望，最终在乡下见到了躺在床榻上已经非常虚弱的老师。此时，刘宗周已不再说话，手里的羽扇，时而挥动，像一个生命还在运行的标识，但是幅度和频率，也似一个乏力的钟摆，在艰难地倒数。黄宗羲静静地站在床前，轻声告诉老师，他来了，眼泪蓄满了眼眶，握住老师又凉又硬的手指的那一刹那，夺眶而出的眼泪淹没了一切。然而，清兵随时都会杀到，这里已经很不安全，黄宗羲在悲痛中，只好又徒步返回，《思旧录》里回忆这段，仍然说"至今思之痛绝也"。

黄宗羲还不想死，那就要有所行动。返回家乡以后，听闻绍兴、东阳各处都有抗清队伍起事，他立刻与家人响应，组建世忠营，毁家纾难，投入到风起云涌的抗清活动当中。

起义军拥立鲁王，鲁王虽是皇室远亲，但是眼下能找到的有抗清意愿的王爷，也只有这么一位。黄宗羲请求以布衣身份参与其事，但是没有得到流亡朝廷的允许。从后来的一系列举动来看,黄宗羲抗清是为了心中的"义"而不是为了忠于哪个朝廷。这一点符合他的思想,也使他区别于清初那些以死明志,或者誓死效忠明朝的流亡大臣。

行动当然并不顺利,他的世忠营和其他小股部队原本就是仓促集合的乌合之众,谈不上有战斗力,加之战斗目标、行动计划都不够实际、周密,一战之下即溃不成军,鲁王仓促逃亡海上,黄宗羲则遁入四明山中。随后他下山寻访鲁王,不得,返回时,山寨已经荡然无存,他只好再次返回余姚家中。前文所说的"十死",应该就是这段东躲西藏的仓皇岁月。

清顺治六年(南明永历三年,1649),黄宗羲访得鲁王在浙江南部的健跳所,于是赶去。结果发现情形惨淡,毫无希望,权臣当道,鲁王沦为傀儡。于是不久后,黄宗羲心生归意。

辞别之际,老友张肯堂送行,海风习习,愁云惨淡,执手话别,此情可伤。数月之后,黄宗羲却再次来到鲁王身边,当时鲁王已经在舟山落脚,此次召他前来是为了赴日本乞师之事。关于乞师,明朝曾事前联络过,只是因为种种缘故,没有落实,此次黄宗羲充当副使,已经是第三次前往日本。原本希望渺茫,但是为了天下,为了黎民,为了黄宗羲心中的夷夏之辨,他还是去了。不想又出事端,船上一位随行的翻译和尚在日本有前科,同时,黄宗羲也观察到,日本承平日久,自己本国武备且忘,怎么可能"渡海为人复仇"?此行无功而返,虽带回一些钱物,终究是杯水车薪。

他再次返回余姚老家,从此与行朝失去了直接的联系,直到舟山陷落。但由于他曾在行朝任职,所以江湖上的一些抗清志士多以他为旗号，聚集在他周围，这当然招致朝廷的围剿，即便如此，黄宗羲还曾派人到海上为行朝示警。其间，他两次营救过因坚定抗清而被逮捕关押在宁波的二弟。二弟似乎是坚定的复明派，所以一听到冯京第旧部集结的消息，又立刻前去投奔。黄宗羲有所不同，瞿式耜邀他同去投奔广西登基的永历皇帝，他毫不犹豫地以母亲在堂为理由拒绝了。他最初从行朝退出也是这个理由，这个理由无可挑剔，但是抗清志士中母亲在堂的又有多少人呢？况且家中还有其他弟弟，所以，黄宗羲一定是找了一个别人无法拒绝的理由罢了，他要反对的是清朝，但是却不一定要为明朝一姓愚忠，这是他的"天下"观所致，况且黄宗羲早就看出鲁王朝廷毫无希望。

清顺治八年（南明永历五年，1651）清廷派马进宝进攻舟山，由于定西侯张名振指挥失当，人心离散，虽守军"背城力战"，仍不免陷落。行朝，除了张名振保护鲁王得以脱身外，余皆就义，张肯堂一家老小皆自缢身亡，吴钟峦本可脱逃，但见复国无望，也英勇就义，尤为壮烈。这些，黄宗羲都在《海外恸哭记》一一记录，沉痛之情溢于言表。

此时，唯一的希望是郑成功。清顺治十六年（南明永历十三年，1659）四月，郑成功再次开赴南京，准备以南京为根据地，实现恢复之志。因为当时清军主力在西南，郑成功认为此举胜算颇大。开始的行动还比较顺利，七月已经与张煌言会合，完成对南京的合围，但是郑围而不攻，贻误了战机。仅仅十天光景，清军大举反击，重创郑成功与张煌言。就这样，郑成功因为轻敌和骄傲，误判双方的力量和局势，坐失良机，导致仅有的机会戏剧化地失去。消息传至余姚，当时黄宗羲已经因为朝廷追捕甚急而避乱山中，看此间他写的诗，有愤懑、不甘，如"斜月萧条千白发，乱坟围绕一青灯"，也有"数间茅屋尽从容，一半书斋一半农"的隐逸之志。而这两者中间的转变，黄宗羲一定走过了一段非常痛苦的心路。

他曾作《怪说》，以梨洲老人自称，描述了自己抗清斗争中所经历的磨难，最后以李斯和陆机为比，认为自己应该继续发奋，排除干扰，有所作为。这里的发奋自然不是继续抗清，而是要完成李斯、陆机等都没有机会完成的学问。虽然，"庆吊吉凶之礼尽废"，颇显孤寂，"一女嫁城中，终年不与往来。一女三年在越，涕泣求归宁，闻之不答"有点残忍，但黄宗羲毕竟走出来了，他要以梨洲的面目，继续他的事业。

3 儒　林

随着身边友朋的渐次凋零，希望逐一破灭，黄宗羲的游侠生活也随着大明王朝的最终落幕一去不返了。清廷统治逐渐稳固，也开始展现出友好宽容的姿态。黄宗羲得以在这种环境下逐渐转换角色，并最终成就其在儒林中的重要地位。

1651年，也就是舟山陷落之际，他已经完成了他第一部政治思想著作《留书》，在郑成功失败以后，到《怪说》自述精神状态的那段时日，黄宗羲日以继夜地努力，苦苦探寻治乱之道。康熙二年(1663)，黄宗羲写成《明夷待访录》两卷，这是他政治思想的精华。《明夷待访录》包括《原君》《原臣》《原法》《置相》《学校》等十三篇，对数千年来政治、法律、教育、经济、军事等各个方面均加以反思和批判。《明夷待访录》也是理解黄宗羲的一个关键，比如，他坚持以布衣抗清，实际是为了反清而不是为了复大明，所以虽尽力而为，到绝望之际亦能抽身而退。

在《留书》中，黄宗羲还以夷夏之辨作为思考的出发点，到《明夷待访录》他则将矛头直指君主。黄宗羲提出了"天下为主，君为客"的观点。君主是为天下谋福利的，但现实由于缺乏制约机制，导致君主成了"敲剥天下之骨髓，离散天下之子女，以奉我一人之淫乐"的"天下大害"，王朝治乱、人民福祉多半寄于君主的道德底线。黄宗羲以"天下"替换孟子的"民"，是有深意的，顾炎武也说"天下兴亡匹夫有责"，这里的天下不是一姓的王朝，是君臣万民的天下，君臣都是为天下服务的，所以，君臣原本是平等的，只是分工各有不同，所谓"臣之与君，名异而实同"。这在君主专制不断强化的明清，是非常难能可贵的。

黄宗羲强调制度建设，认为有治法而后有治人。儒家是反对法治的，孔子曾对子产"铸刑令"不以为然，认为会导致有法可依，君主丧失权威。黄宗羲认为恰恰应该如此，有法度则人人平等，"贵不在朝廷，贱不在草莽"，士大夫出则为臣，辅佐帮助君主，入则于君主为"路人"。这些思想都是黄宗羲痛定思痛，在血与火当中淬炼出来的。正是这些可贵的思想奠定了黄宗羲作为民主启蒙思想家的历史地位。

余姚城之南有大小雷峰山,山下有地名南雷里,人们习惯称南雷,这里是唐代谢遗尘归隐之地。康熙四年(1665),黄宗羲在此建续钞堂,复社领袖张溥曾有七录斋,录与钞同义,都是于读书上刻苦的意思。故而黄宗羲有多个集子以南雷命名。

文人也要治生,和孔子一样,他的身份也是学者兼教师。

康熙六年(1667),作为刘宗周的弟子,黄宗羲感慨绍兴证人书院的荒废,于是和很多同道一起,参与恢复的工作,可见此时他的身份已经从游侠转变为学人,并开始受到官方的认可。

有此环境,以黄宗羲的学问和声名,身边聚集一批青年才俊是理所当然的事情。

万泰是黄宗羲的莫逆之交,1657年他去世时候曾命诸子求学于黄宗羲,黄宗羲当然不会推辞,虽然当时的条件还不足以聚众,但是万氏兄弟已经自称"吾师姚江黄夫子",大力赞扬其人、其学,1667年前后,也就是参与复建证人书院的同时间,黄宗羲的周围已经开始聚集起二十多位甬上才俊。

学生有了,还得有学校,黄宗羲于是在宁波创建甬上证人书院,名字与刘宗周的绍兴书院同名。同名,于黄宗羲仿佛是一种独特的纪念,比如《怪说》中他写"独坐雪交亭",雪交亭是张肯堂的读书所在,有学者认为这里是虚说,如此看来也不尽然,说不定他在续钞堂或者化安山真的建有雪交亭。

黄宗羲要正本清源,传承刘宗周的哲学与伦理思想。他自己虽列宗周三大弟子之一,但过去实际上没有时间好好研究老师的著作,抗清失败以后才开始"大启蕺山书,深研默究",发现老师不仅是忠清节义的道德楷模,学问更是"集宋以后诸儒之大成"。于证人书院讲学同时,他着手整理编写一批阐述蕺山学术精华的著作,如《子刘子学言》《子刘子行状》《证人会语》《圣学宗要》等等。

1676年以后,黄宗羲撰成《明儒学案》。这部六十二卷、近百万字的巨著,被近代梁启超誉为"中国之有学术史,自此始也"。全书立"崇仁""白沙""姚江""泰州""东林""蕺山"等十七学案;每案之前先用一节文字介绍案主学术宗旨,然后是案主传略以述其平生学行,最后则是辑自案主文集、语录的学术资料,择精语详,体例严谨,自成一家。《明儒学案》是黄宗羲哲学思想的结晶,也是黄宗羲的史学著作,是他明经通史治学理念的具体实践。

黄宗羲对史学用功极深,而其所开创和代表的浙东学派,主要成就正在史学。

明亡以后,他就有意识地收集整理前朝史料,如有《行朝录》《弘光实录钞》《海外恸哭记》等,这些著作虽体例不一,但内容都大体围绕两个方面:一是存史,行朝抗清等是他亲历,对那些一起抗清的英烈同僚,他觉得自己作为"后死"者,有责任和义务使之声闻于后。另一方面是反思,黄宗羲的史学书写都集中在"当代",所以有极强的现实性。史论结合,不虚美,不隐恶,这方面又与他的政治思想相表里。

1678年,清朝廷的诏令来了,请他出山修史,黄宗羲当然是拒绝的,他不想表现得太合作,六十八岁的年纪也不太允许过分的操劳。但是事情总是要做的,明史,这可是明史,机会不容错过。

黄宗羲可能一早就想好了折中的办法,那就是派自己年届不惑的弟子去,当然,以布衣的身份。他自己则在资料、体例等方面间接参与。万斯同入朝之时,黄宗羲赠诗"太平有策莫轻题",提醒他专注史学,不问其他。万斯同确实以"布衣参史局",不愿接受署名和俸禄,这与黄宗羲当年以布衣参加行朝是同一机杼。

他远离政治风波,有气节因素,更多的是要与政治保持距离,以保持学者的纯粹性。所以有人纯从气节角度评价黄宗羲的不合作,那是迂腐的,正是这种迂腐,才会导致当黄宗羲同意儿子、学生当官时,人们会认为他"小节可议",这种境界与黄宗羲简直不啻天壤。遗民是不能遗传的,徐猧石说"吾辈不能永锢其子弟以世袭遗民",儿孙自然要有儿孙的出路,从这一方面来说,黄宗羲较顾炎武、吕留良要开通得多。

黄宗羲的一生,经历了国破、逃亡,丧父、丧子、丧孙,一生都在失去,却一生都在抗争、都在创造。

1695年,这位八十五岁的老人,终于油尽灯枯,寂然离去。

他的遗嘱是:

> 吾死后,即于次日舁至圹中,殓以时服,一被一褥,安放石床,不用棺椁,不作佛事,不做七七,凡鼓吹,巫觋旌幡纸钱一概不用。

儿子黄百家遵照他的遗愿,将他葬在化安山下的龙山东南麓,与黄尊素墓遥遥相对。

其墓毁于"文革",二十世纪九十年代重建,他在《梨洲末命》中心心念念的荷花与梅林,终于又回到了他的身边。

困在岛上的时光

沈光文

1612—1688
南明时期文人、官吏

徐海珍 文

如果能早料到这一走将是天人永隔，沈光文说什么也不会草草地不辞而别，说什么也要回到家中，多看一眼母亲的脸，哪怕只是匆匆一瞥，也足以慰藉余生。

那一进不大的宅院，承载着沈光文一生中最为宁谧的时光。三间房舍，一间书屋，阶下，石子铺就的甬路通往后院。院子里，一大丛由他亲手栽种、悉心呵护的白菊枝叶正茂，每到秋来，傲迎风霜，含蕊送香，常引他逗留、细赏。还有墙头的凌霄，阶前的青苔，檐下蓄满雨水明晃晃的大水缸……这一切只能深植在心中了。往后的年月，纵然脚下有千万条通往故乡的路，皆阻断于茫茫海峡，沈光文再也没能重返故园，重逢故人。

1　出　海

微弱的烛光上下跳跃，像极了仅一息尚存，退无可退的明朝余势。沈光文独坐房中，身上穿的仍是离乡时那件灰棕色的葛衣，两年来，它就像亲密的战友，随他四处漂泊，从未离身。前襟与袖口不堪磨损，生出粗糙的毛边。低头抚摩衣角，依稀记得母亲将这件亲手缝制的葛衣披在他身上的情形，"穿不了多少时日，待一变天，就该缝件更厚实些的了。"

母亲用手细细捋平衣襟。窗外风声呼啸，一遍遍拍打着薄薄的窗纸，午夜的清冷像一条无声的河流，静静流淌汇聚，寒意自脚下漫过来，一点点向上攀升。想到不知何时才能穿上母亲为自己缝制的冬衣，一滴清泪无声滑落，渗透衣襟。

沈光文从没想过，有一天会远渡重洋，弃父母于不顾。

明万历四十年（1612），沈光文出生在鄞县（今海曙区栎社），父亲沈延履是个极为严厉的人，在他的管教下，他自幼饱读经史百家、通晓诗词歌赋。温暖明亮的秋日，当同龄的小伙伴们还在晒谷场上嬉闹追逐、摔跤打滚时，年幼的他已经能够"两耳不闻窗外事"，独自安静地坐在书房里念书识字。偶尔抬头，发会呆，数一数落在院内晾衣竿上的点点麻雀，便算作偷懒了。

聪慧勤学的少年不负众望，二十出头便得以进入南京国子监深造。年轻的沈光文，盼着有朝一日荣归故里，再到父母跟前磕上几个响头。以他的才华与学识，不说平步青云，起码也能觅得阳关大道，顺利前行。

然而命运总是悲喜交加，正如昼夜更迭，时而光明，时而晦暗。荣归故里的时刻没有等来，改朝换代的战鼓已震天作响，清军的铁骑一步步逼近中原大地。战争，叛乱，生灵涂炭，满目疮痍。"合久必分"，世人大多感叹一句，无力抗争，束手等待命运的安排，或被历史的车轮碾压至灰飞烟灭。孤傲的勇士们，则起身逆流而上，在历史的夹缝中，在深幽的暗巷里，紧握信仰的剑柄，奋起反抗。

1644年，吴三桂降清，打开了山海关的大门，清兵入京，历时二百七十六年的大明王朝就此瓦解,此时仍有一批抗清志士不甘故土沦陷,暗中蓄力,伺机而动,其中就有沈光文,他与张名振、钱肃乐、孙嘉绩等一众遗臣并肩作战,固守着最后一片尚未失守的大明疆域。清顺治二年(1645)六月,潞王降清,杭州被清军占领,不少州县也递上降表,归顺清朝。此时的清廷见大局已定,遂强制推行剃发令,强迫百姓在十天之内改依满人习性,剃去头发,只留一条可穿过铜钱的辫子,如有违抗者立即处死,即"留头不留发、留发不留头"。

清政府不曾预料,百姓无比抗拒丑陋的"金钱鼠尾"头,当然,本质上不能容忍的是对于传统习俗的践踏,"宁为束发鬼,不做剃头人",人们不惜拿生命献祭最后的尊严。剃发令如一滴洒落的松油,使原本快要熄灭的复明之火重新点燃,火势迅速蔓延,秀丽江南,血流成河,浙东各地反清运动壮烈蓬勃,势不可当。身在台州尚未降清的鲁王朱以海,在众人的迎立下,七月十八日在绍兴就任监国,驻守钱塘江,改国号为监国元年。同时设立大学士、尚书、侍郎、都御史等各色高阶官职,沈光文因学识渊博,被封太常博士。

朱以海凭借"纯正的皇家血统",被众人迎立为王,自然也保留了不少"皇家做派"。局势稍有起色,钱塘江畔立时夜夜笙歌,金迷纸醉。迷离的灯火,灼痛了沈光文及众多抗清志士的双眼,也照亮了驻守在对岸的清兵的营帐。"复明,复明……"沈光文一遍遍在梦里念叨,除了固守,除了执念,他无能为力。

次年五月,清军洞悉江浙一带久旱不雨,钱塘江水涸流细,趁机兵分两路,全线出击,钱塘江防线悉数瓦解。五月二十九日，朱以海在张名振等护卫下离开绍兴，经台州乘船逃往海上。

终是等来了不忍直面的诀别时刻。夏未至，空气中已蕴酿出几丝燠热，没人记得清上一场雨降临的具体时间，属于这个季节的葱郁像是被谁夺走了，举目，无边的焦黄与荒败。干枯的河床，敞着大口，似控诉，又似乞求，烟雨江南，似风干的无花果，了无生机。明州城墙外，立着位约莫三十开外的清瘦男子，一袭灰棕色粗布葛衣，面容忧怅，眼里却饱含沉着的坚贞。

他迟疑的脚步，不止一次地跨过城门，又不止一次地退了回来。马车经过，扬起的尘土，模糊了视线；归去的路，也在漫天风沙中消失不见……许久，他掸了掸落在身上的灰尘，凝眸向城门内深望一眼，便头也不回转身离去，向着无边的焦黄与荒败。

随后，沈光文在宁海的一个小渔村找了条渔船，行至石浦出海，于茫茫大海中，追寻鲁王踪迹。

那日的海风，好似林间的山风般呜呜咽咽；那日的浪头，浑浊有力，似跟他置气般推着小船直往岸边涌，又如一双无形的大手试图拦住他的去路……只要闭上双眼，离别的一幕幕总能清晰浮现，哪怕时隔多年。

就这样，沈光文自己也成了一叶扁舟，随风雨飘摇，再难寻觅停泊的港湾。

1652年，金门岛，简陋的居所内，不断响起幼儿啼哭声，声声化作利箭，直射父亲的胸口。妻子怀抱幼儿，四下踱步，又拍又哄，可丝毫不起什么作用。从清晨到午后，只喂了孩子半小碗薄薄的稀粥，家里再也找不到一粒多余的米了。"何当稚子困饿啼，绝不欲我作夷齐"，刚入不惑之年的沈光文，困惑了。

脚下的路越走越窄，已经到了不可回转的死胡同，如果最初是坚定的选择，如今则像是身不由己的逃离，但他原本是有机会走上"光明坦途"的。清兵刚入福建时，降清的总督李率泰迫切想要招徕明朝遗臣，颇有政治声望和地位的沈光文，自然也在劝降名单之列。

"以沈太仆的学识，若能助朝廷一臂之力……"李率泰亲自带了一箱重金、一纸任命书走进他的居所。"不劳大人费心，沈某自有主张。"不等总督把话说完，沈光文不假思索，当着他的面，将任命书撕成碎片，又将他和那箱重金一道请出了家门。

从鲁王、宁王，再到桂王，各派势力无不上演内斗党争，极尽争权夺势之能，抗清复明的星火业已熄灭，沈光文从不后悔一路的坚守。唯独此刻，孩子困饿的哭声，令他这么多年于心中建立起来的高墙大厦轰然倒地：他的气节大义，他的故国情怀，竟换不来一碗温热的稠粥，喂饱眼前啼哭的幼儿。

打从石浦出海，沈光文已深知，此生或许再做不成父母床前的孝子，那么眼下，他只想尽力成为一个称职的父亲。七月，他痛下决心，携带妻儿离开金门，想着开始稍稍安稳的生活，可安稳的生活在哪里呢？哪一个角落里，可以放下一张宁静的婴儿床？

识 岛 2

爆竹声此起彼伏,盖过了呼啸的浪涛,家家灯火通明,不时有孩童似一尾尾快活的鱼儿,成群打屋内窜出来,嬉笑追逐,闹成一片。生活,暂且收起了窘迫、慌乱、艰难困顿的模样,展露几分祥和宁静。山坡上,破旧的木屋前,一位须发斑白的老者,像秋后的老槐树,静静伫立在风中。近处的灯火照亮了他的面庞,眸子里,有水光隐隐流淌。"回不去了,回不去了……"他喃喃着,在噼啪作响的爆竹声中,似乎又回到了儿时的除夕夜。也是这样喧嚣的夜晚,年幼的他与兄长一道,跟在大人身后,看着他们点燃爆竹引线,不等爆竹炸响,兄弟俩就捂着耳朵,大声叫嚷着跑开了。跑进家门,母亲正捧着碗热腾腾的猪油汤团,微笑地招呼他俩趁热吃,灯火如昼,母亲的笑脸灿若满月……爆竹声渐渐平息,腥咸的海风拂过斑白双鬓,耳畔又传来海浪的喘息,这一切都在提醒他:不是归人,是异客。

离开金门的当日,沈光文原本是要坐船去往泉州的。傍晚时分,船行至围头洋,像自海底乍然升起似的,大块大块墨黑的积雨云,从四面八方杀气腾腾地围拢过来,一道白光,又一道白光,劈向云层,暴雨倾盆而至,狂风卷起巨浪扑向船只,几欲将它拍碎于股掌之间。船上的乘客乱作一团,随着船身剧烈晃动,众人被甩到各个方向的角落里,只见惊恐扭曲的脸,哭喊声淹没在风雨中。沈光文紧紧抱住断了头的桅杆，这疾风骤雨，惊涛骇浪，多像这些年来大明王朝遭受的变故啊，雨水劈头盖脸向他身上泼来，沈光文睁不开眼，"天亡我也！"他绝望地仰天长叹，坠入黑暗的深渊……

再次睁开双眼，沈光文发现自己置身于低矮的木屋中，躺在一张简易的木床上，身上盖着粗麻毯子。窗外，树影交错，绿意葱茏，林间传来脆亮的鸟鸣声，由远及近。"此为何地？"全然陌生的境地，一时间令他恍惚不已。

兴许上天在最后一刻动了恻隐之心，沈光文一家在海难中奇迹般地存活下来，随飓风漂流至台湾宜兰，岛上的渔民将奄奄一息的他们带回了家。

台湾岛，四面环海，气候宜人，岛内资源丰富，既具山川湖泊的俊秀壮丽，又具椰林沙滩的热带风情。这里的人们，尚处在蒙昧阶段，守着群山碧海、阳光雨露，与天地万物和谐共生。

如此美丽富饶的海岛，却因地形特殊，成了被母亲丢在远方的苦孩子，受尽外敌欺凌。1624年9月，荷兰武装船队在离开澎湖后来到台湾大员港。荷兰人提出只需借用"一张牛皮大的地方"，淳朴的岛上居民以为他们仅仅为了方便停船上岸，便同意了。谁知，狡猾的荷兰人将一张牛皮分割成无数条很细的皮线连接起来，强行圈走一大片土地，一步步将台湾殖民地化。这就是"牛皮割地"的传说，在台湾民间广为流传，还被收入清初编纂的《台湾府志》中。传说或许并不代表事实真相，但荷兰殖民者阴险狡诈，贪婪成性的嘴脸却是有过之，无不及。

荷兰人的到来,打破了原有的和谐与平静,他们将纷争、杀戮、物欲、欺诈一并带到了岛上。人民辛苦劳作,却连温饱都无法解决。各种名目稀奇的赋税,压得人喘不过气来,例如:凡年满七岁以上的男女,每人每年要缴纳荷兰币四盾,只这人头税一项,荷兰殖民者每年就要向台湾人民刮取二十万盾;此外还有荒唐的狩猎税,不论是高山族还是汉族人民,进山狩猎,需要用网的,缴纳网税,设陷阱的缴纳陷阱税;房屋税、牛奶税、捕鱼税……荷兰人几乎把能想到的税种都用上了,他们还在岛上种植罂粟,将鸦片销往东方各国。

"这可是我大明的国土呀!"刚庆幸完死里逃生,也因身在尚未被清政府占领的、故国的土地上感到欣慰,眼前的情形却令沈光文再度心绪难宁。苛捐杂税使得岛上的居民不堪重负,民生凋敝,文化掠夺更是一场洗劫灵魂的灾难。荷兰人强迫当地百姓学习他们的语言、文字,改信天主教。一座又一座教堂在岛上拔地而起,传教士幽灵般穿梭于岛内各个角落,四处游说,迫切地想要奴化这些居民。

入夜,辗转难眠,沈光文胸中翻江倒海:他想为这个中国的美丽海岛正名,为它书写一份生命的履历,这是一种文化意义上的救赎,他隐隐地觉得终有一天,他将和他的岛一同回到祖国大陆的怀抱……他开始花费大量的时间和精力来了解台湾地形风貌。

迎着朝阳,一任斑白的须发在晨风中飘扬,着一身青褐色道袍,趿上草鞋,沈光文只身出发了。没有可用的测绘工具,就用脚步当作量尺,一步步丈量山与山、村与村之间的距离。一片丛林，一条河流，一处村寨，一座庙宇……都在视线里停留，笔触下铭记；山间的清流，林中的鸟鸣，天边的闲云，椰树的长影……都在心头掠过，泛起涟漪。在这片富饶的土地上，他的双手分明把到了祖国温暖强劲的脉搏！考察途中，每发现一丛奇花异草，他都激动不已，急急用笔尖将它们仔细描绘，叫不上名的，就请教当地居民，时间一长，就有人主动凑上来介绍讲解。点点滴滴的用心汇集，最终成就了一本对后世影响力巨大的重要文献——《草木杂记》。也正是因了那样亲密无间的探索，沈光文渐渐喜欢上了这个原本无意抵达的海岛，内心升腾起些许久违的归属感。

地图上的台湾岛看起来如此渺小，说它是弹丸之地也毫不夸张。用脚步将整个岛屿一寸不落地走上一遍，却不是件容易的事。沈光文先将居住地台南的地理风貌做了详尽的考察记录，接下来就要深入台中，跋涉的路途更加遥远，常常一去就是十天半月，只随身携带点干粮，到了夜里，幸运的话还能在当地居民家借宿一晚，实在找不到住的地方，就只能在山洞里，或者废弃的茅舍将就。妻子对此很不解，一遍遍询问沈光文，为何无故付出这么多辛劳，要知道这时候，他们的小家已经难以维持生计，就连番薯玉米这类的粗粮都快吃不上了。妻子幽怨的双眼，孩子消瘦的身形，怎能不令人心疼？只是，他的耳畔总有一个声音在催促，脚步也像上了发条似的，怎么也停不下来……

栉风沐雨、长途跋涉已令沈光文疲累交加，一双双阴狠的眼睛又盯上了他，荷兰人注意到了他的行踪。更有谣言称他与郑成功私交密切,太守揆一下令逮捕沈光文,并将他幼小的儿子看管起来,作为人质。揆一将他囚禁在水牢里,百般折磨,沈光文几乎每隔一日就要遭受严刑拷问。

本就瘦弱的他,常常不堪毒打而昏死过去。生死转换的刹那,口中不由得絮絮念叨起儿子的小名,愧疚,疼惜,无奈……万念交织。最终,他的坚忍与沉默,使得连番拷问毫无结果,更迫于多方压力,荷兰人释放了沈光文父子。

真正的勇士,向来不惧肉体上的摧残,拷问事件过后,沈光文的脚步愈加坚定有力。他将从各地采集来的资料加以整理,反复验证。小小的木屋里,到处铺满了大大小小的纸张,桌上,椅子上,灶台上,甚至是地上,沈光文像个专业的建筑设计师,勘察、测绘、制图,细致入微。日复一日地辛勤耕耘,历时数年,完成《台湾舆图考》,以图文并茂的形式,详细记载了岛上的地形风貌,村庄、港口、城镇、岗哨、僧寮等一一加了标注。沈光文是第一个站在岛上,以"台湾"为名将其写入文献的人,之后,他又撰写了《台湾赋》《流寓考》等重要文献,大到山川城池,小到一草一木,样样分门别类,有条不紊地记录在册,令后人叹为观止。

这位仁厚智慧的导师,牵引着台湾,像牵引着被母亲放逐的野孩子,一步步走进祖国的视野,实现了政治与地理意义上的回归。

1661年,郑成功率兵收复台湾,沦陷了38年的宝岛,重回祖国的怀抱。据传,郑成功之所以能够顺利登岛,迅速展开火力攻击,除了有岛内数千名国人的里应外合,沈光文潜心绘制的这份地形图也功不可没。

3 守 岛

身着道袍,头戴巾帽,几十年如一日,坚持明朝遗民装束。起初,岛内居民对于这位游走在乡野间,行事古怪、高深莫测的老者,总是投来疑惑的目光。每每沈光文尝试用汉语跟他们交流,得到的回应多半是白眼加沉默。一次不行,下回再试,没过多少时日,他跟当地的居民便熟络起来,甚至还有人从他口中学到了一句两句汉语,笑着同他打招呼。

"何不在此教授汉语?"沈光文的心思又活泛起来。长期被殖民加文化侵蚀,比起物质上的贫乏,更加可怕的莫过于精神层面的荒芜与缺失。眼看着中华民族的文脉就要在此消亡,他决定不再置身局外,着手创办私塾,教授汉语。郑成功去世后,沈光文因在《台湾赋》中抨击其子郑经妄图分裂台湾的行径,遭受迫害,便举家逃亡至目加溜湾。此时的他已年逾花甲,不仅贫困交加,乃至生死存亡都不由自主。

私塾就设在天妃宫(今善化区庆安宫)内,简陋极了,一张讲台,几张桌椅,再无其他设施可供使用。沈光文用他那夹杂着乡音的汉语,教孩子们念古诗,背儒家六经。先是三五个懵懂的孩子被父母送到了这里,私塾里传出浑厚的教授声,稚嫩的应答声。像施了魔法一般,越来越多的孩子被这美妙的声音吸引过来,小小的私塾很快坐满了。一张张生涩的小脸，灵动热切，沈光文感到自己实实在在像极了一棵老树，整日浸润着春的气息，很快也能抽出新芽来。

琅琅书声，像雨声淅沥，晨风呢喃，又像秋虫低吟……叫醒了耳朵。越来越多的人听到来自祖国母亲的呼唤，从前，他们不知道如何回应，而今，终于可以自喉咙深处，迸发出字正腔圆的唱和。

沈光文的教学事迹，在岛内被人们广泛传颂，同他一样迫于明朝覆亡，远离故乡来到此地的文人儒士们，受到感染与启发，纷纷效仿他的壮举，重拾旧业，重树学者风范。更多文明的种子撒播到角角落落，更多灰暗的心灵被汉语点亮。铿锵有力的民族之声响彻山野村舍，驱散了多年来被奴役、欺凌的阴霾。

自上岛以来，沈光文感受到了从未有过的富足，即使家中的米缸还是见底的时候居多。他为自己取了个雅号，自称"台湾野老"，闲暇之余，还附带着为当地民众讲解农耕知识、浙东民俗文化等，《二十四节气歌》正是经他之口，传遍全岛。他的每一天都在忙碌中度过，总有这样那样的问题需要解决，很快地，他又为自己寻到了另一份"差事"。

"土番初以鹿皮为衣，夏月结麻枲，缕缕挂于下体"，这是沈光文初到台湾时，对当地居民的印象。除了生活习性原始粗陋，他们对于疾病的认知更是堪忧。一旦得病，便当作鬼神作祟，从来不会使用药物治疗，大多宰牛、猪以祈祷。严重一点的，就请巫师、女巫前来作法驱魔。更有甚者，患了病就跳到河里洗澡，盲目地以为水流可以冲刷掉身上的病毒。他目睹不少病人因得不到正确治疗而死于非命。早在国子监求学时期，沈光文便掌握了大量的医理知识，加之走遍全岛编制《台湾舆图考》，对当地药用植物的分布、疗效也有了详尽的了解。于是，从最初见到有人患病，主动上前询问病情，提些建议，慢慢地，越来越多的患者开始上门求医，简陋的私塾又多了一项临时诊所的功能。遇到病得严重、卧床不起的，他还会主动上门诊断，不论远近，从不推托，活脱脱成了游走在岛内的"赤脚医生"。

一日，沈光文的忘年交——季麒光听说他身体不适，在家静养，遂上门探望。谁知到达沈光文住处后，哪里还有人影，原来他早已带病出门，为人治病去了。季麒光于康熙二十三年（1684）奉清政府调抵达台湾，任诸罗县首任县令，初见沈光文，他正在天妃宫内替人治病，一袭僧衣，鹤发银髯，面容详和肃穆，季麒光看得入神，只觉如见到了画中仙士一般。待沈光文忙完接待他，已近日暮时分，共同的政治、文化理念使二人把酒言欢至午夜，遂成忘年交。沈光文坚守气节大义，在岛上传承中国文化，教学行医，令季麒光敬佩不已；而沈光文也同样敬重这位勤政为民的清朝官员，在远离大陆的海岛上，二人几乎成了彼此的精神慰藉。

望着眼前老友那张简易的床铺，以及来不及整理，随意堆在一处的破旧被褥，季麒光难过得说不出话来。一来疼惜年逾古稀的老友不顾自身安危，四处奔波；二来为他当下的惨淡境况愤愤不平，仁爱如他，为何连温饱都难以维系？只觉世人亏欠于他。

纵然多年来，无时无刻不在奔波劳碌，闲暇光景屈指可数，沈光文内心依然有一处空缺难以填补，那就是作为游子的惆怅。匆匆离乡之时，不辞而别的痛楚与悔恨始终在他心头胶着，唯有珍藏于箱底几十年的那件葛衣，让他感觉到与母亲，与故乡之间尚有一物相系……

思绪堆积如山，需要释放，他为此写下了大量的思乡之作。这些作品字里行间，饱含思乡之情，道尽游子的忧思与哀愁。1683 年，曾许诺护送沈光文回鄞县老家的清朝官员姚启圣因病猝死，沈光文落叶归根的愿望，终成泡影。"梦里家乡夜夜还"深植在心中的故园，只能在诗词中一点点浮现。

七十四岁那年的春天，青梅待熟，油桐花盛如傲雪。沈光文会同季麒光等一众好友，创立了台湾历史上第一个诗社——东吟诗社，原本无处安放的情思，终于有了归宿。此后，他与加入诗社的晚明文人们，开创了台湾文学的先河——"乡愁文学"，时至今日，仍生生不息。

"从来台湾无人也，斯庵来而始有人矣；台湾无文也，斯庵来而始有文矣。"季麒光曾这样高度评价沈光文对于台湾的贡献。虽流落荒蛮之地，却从未丢弃民族大义，忧国忧民，他似解救众生于水火的慈悲佛陀，又如飓风送至台湾的光明使者，手执星光，至于暗中点亮中华民族文脉。

2012 年 10 月 29 日，宁波市海曙区星光村，村民们依照传统习俗中的最高礼遇，以抬大轿的方式，恭迎一尊由宝岛台湾善化区庆安宫赠送的塑像。塑像落成，众人放下手头的活,将目光齐齐汇聚,只见他:修髯垂面,貌古神清,一手执书卷,目光坚毅从容,定定望向南方。

这位远道而来的先贤,正是沈光文。

苍水茫茫

张苍水
1620—1664
南明儒将、诗人、"西湖三杰"之一

徐海蛟 文

张苍水最后一次离开甬城是在清康熙三年（1664）那个遥远的秋天。

那是一个阴天，宽大的云团翻卷着，涌动着，像人们激荡难平的命运。

傍晚时分，这位大明朝的孤臣以囚犯的身份远行。押解犯人的队伍一路走来，许多早已改奉新朝的父老乡亲站在城门口为他送行，这样的场面并不像送别一个国家"要犯"，倒像送一位英雄远行。

张苍水头戴方巾，身着葛衣，长脸，长髯，两颊深陷，清瘦的身影像一枝寒霜中的枯荷。许多人的眼眶湿润了，他们背过身，用粗布衣袖揩去眼角的泪水。

走到登船岸边，望着浩浩荡荡送行的队伍，张苍水收住了脚步，他跪了下来，跪向北方那片苍黄的天，拜了四拜，这是与他的大明江山作别。再起身，朝着城郭方向，朝着甬城百姓们站立的方向跪下来，拜了四拜，这是与他的故园作别。最后，他向人群拱了拱手，大声说道："张某不肖，徒苦故乡父老二十余年。"

江上正刮起秋天的风，许多百姓站在秋风里呜咽，低沉而克制的哭声汇成一支悲凉的告别曲，送甬城的儿子张苍水踏上永不还乡的水路。

张苍水的声音被风带得很远，一直带入时间深处，带到三百多年后的今天。

张苍水出身于书香世家,父亲张圭章,曾任山西盐运司判官,官至刑部员外郎。母亲在他十二岁那年离世,少年张苍水就在父亲的照料下长大。他从小饱读诗书,怀抱着兼济天下的理想。

确实,按照正常的生活逻辑,他的人生画卷将在求学、仕进的路途上展开。明崇祯十五年(1642),张苍水考中举人,似乎为少年时代的这份期待加入了一个注脚。

如果人生的河流一直沿着固定河床平顺地流淌下去,他应该会获得尘世更好的祝愿,没有悬念地成为大明朝某个时间序列里的官员。命运显然不是这样设计的,它的罗盘无比精细又充满变数,比命运的罗盘更为强大的是历史的进程,明清交替这样一个特别时期,不可逆转地更改了无数人的生命走向。当然,大部分人都会在改朝换代的洪流中,重新快速地找到位置,如大江大河里的沙子沉到庸常生活的底部。只有少数人,注定成为没落时代荒原上最后的孤树,固执地抓着信念的土壤不放。

命运似乎也明了这样的深意,它总在埋下伏笔。你看,张苍水在少年时代就有了许多与众不同处,这个学文的少年,却痴迷于兵法。一边写诗,一边学剑,一边诵读四书五经,一边练习百步穿杨。这样亦文亦武的爱好,一开始就在少年张苍水心里植入了几分剑气。

十六岁的张苍水参加县试,由于当时的局势日紧,县试考察骑射，少年张苍水挽弓射箭，三箭皆中靶心，此举令众童生哗然。少年张苍水，最崇拜的人是岳飞和于谦，他写过一首诗，大意说，在梦里与两位先贤相逢于西子湖畔，只是梦醒后，一切都显得恍惚了，只盼望日后能在两位先贤埋骨之地，添得自己一座新坟。小小少年即已有了将生死置之度外的抱负。当然，十六岁的张苍水不可能知道，因为这首诗，殉国之后的他，将被人们安葬在自己崇拜的两位英雄的坟茔间，在未来的史书深处，他的名字将和岳飞及于谦的名字写在一起，他们将并称为"西湖三杰"。这个温婉的江南的湖，也将因为这三个名字，而孕育出一股不屈的傲气。

1644年，明崇祯皇帝在景山脚下一棵歪脖子榆树上了结了屈辱的余生，大明帝国政权宣告覆灭。这并不意味着一个朝代就彻底消亡了，百足之虫，死而不僵，抗争或许才刚刚开始。

第二年，张苍水走上了一条逆风而行的路。他离开家乡鄞县，来到府城宁波。

一个离乱的时代开启了，天地昏暗，世界的秩序分崩离析。许多人开始为个体的存活奔走，有人准备离开城市，有人已经转移财产，许多官员悄然写好了"情真意切"的降清书……怎么做，怎么选择，似乎都不为过，毕竟活下去，活下去才是第一要务。那些原本稳固的观念，不变的道德判断，都动摇了，瓦解了，都得重新定义。

张苍水却没有被"山雨欲来风满楼"的表象打乱阵脚，艰难乱世，方显出人格的伟岸或低微。此时，张苍水的心里格外清通，或许在平常盛世里，他会困惑于要成为一个怎样的人。确实，他在二十出头的那段时光里，也着实浪荡过，青楼酒馆，钟鸣鼎食，哪个文人不风流呢？父亲曾不无失望地斥责成日里扑在赌场的张苍水，说他是块朽木，成不了气候。

但到了这样一个时刻，选择突然变得容易。在张苍水的价值世界里，国、家、个人、信、义、利……这些词语有着精确排序。就像后来清廷两江总督郎廷佐致信劝降张苍水，在信中循循善诱，语重心长，劝勉张苍水认清时势。张苍水在一纸回复中写道："大丈夫所争者天经地义，所图者国恤家仇，所期待者豪杰事功，圣贤学问。故每茹雪自甘，胆薪深厉，而卒以成事。"至于本人，"仆于将略原非所长，只以读书知大义"。既然读了这么多书，自然让我变得有别于他人，"左袒一呼，甲盾山立，济则赖君灵，不济则全臣节。凭陵风涛，纵横锋镝，今逾一纪矣，岂复以浮词曲说动其心哉？"

那一年，张苍水与钱肃乐、沈宸荃、冯元飏等人在宁波城隍庙举起抗清义旗。随后，作为义军代表到天台迎接鲁王朱以海入绍兴监国，被鲁王授以"行人"之职，至绍兴，又被授以"翰林院修撰"，并担任"入典制诰，出领军旅"之事。

一场漫长无望的战事，像一个使命根植在他的灵魂里，成了生命的主乐章。

1646年，大批清军在大将贝勒博洛率领下突破钱塘江，江浙、闽南一带也被拖入了战事的前沿，绍兴、杭州、义乌、金华……一座又一座城池失守，烟柳画桥的江南，有三秋桂子、十里荷花的江南，遍地流血，生灵涂炭啊。鲁王在守将张名振守护下逃往舟山。这样危难的时刻，张苍水连夜回了一趟故乡，这一次返乡于他是具有别样意义的。其时，张苍水二十六岁，在故乡鄞县，上有老父继母，下有妻子儿女，家有宅院，城外有良田。在故乡鄞县，改朝换代的乱象还没来得及侵袭而来，那里还有平静的生活，有苟且的幸福。但这个夜晚，张苍水仓促赶回来，他是要与这一切告别的，与他屋檐下的家，与他的小儿女，与老父亲，与人间的平静，与日子深处的安宁……与一种平常的生活一一告别。

此后，他深知自己将一直行进在颠沛的征途上，山一程，水一程，风一程，雨一程，时代的命运注定他不能成为那个世俗里的张煌言，你可以说这是执念，也可以说这是不可撼动的信仰。

1651年，张苍水在舟山获悉老父去世。舟山和宁波一衣带水，近在咫尺，又远若天涯。张苍水一心想再回故乡祭奠，却无法成行，那时甬城已在清军势力范围内。听闻此事，浙江提督亲自致信张苍水，表明只要他考虑归顺大清，别说返乡祭父，朝廷方面愿为他"荣归故里"提供一切便利。张苍水断然拒绝了，但未能送亡父最后一程，成为张苍水心里无法解开的结，他跪在海风凛冽的礁石上，跪向苍茫的海，用无声的痛哭遥祭父亲。

那个返乡的夜晚也在往后岁月里无数次浮现出来，秋霜里的落叶，冷月下的石桥，推门而出时河畔的一叶孤舟，还有老父亲伛偻的背，妻子油灯下无言的凝视……这一切都在日后的征途中反复进入张苍水的记忆，一年又一年，挥之不去。

1646年的秋夜是张苍水生命里一条清晰的分水岭，走出故土之后，张苍水在心里与温暖的人间生活做了一场诀别。

一个世俗的张苍水已经死了，这人间剩下的只是一介孤臣。

张苍水一直在征战，沙场喋血，挑灯看剑成为他往后人生的全部内容。我们可以在他的年谱里，随意摘取几行人生大事：1647年春天，张苍水、张名振率义军支援反正的明江南提督吴胜兆，军队在长江口崇明岛突遇飓风，致使"舟覆军亡"，落水的张苍水被清军俘虏，囚禁七日后越狱出逃，途经台州黄岩时，被追赶的清兵"围而射之"，他以"数骑突围"；1651年，清军攻陷舟山，张苍水与张名振偕鲁王进入福建金门，与郑成功水师联合抗清；1652年，张苍水率义军在郑成功配合下，经舟山攻至崇明，并直抵金山，但因兵力不足，只好撤回。1659年，张苍水与郑成功会师北伐，后因郑成功狂傲轻敌，战事陷入僵局，张苍水四面楚歌，仅带仆童汤冠玉长途跋涉徒步两千余里回到浙东……有谁能体会这样的滋味，这是鸡蛋与石头的对决，是注定失败的战斗。

要有怎样的信念才会造就这样的坚持呢？

书生张苍水具有统领千军万马的本事，他以捉襟见肘的军资、以简陋装备纠集起的起义军却纪律严明、骁勇善战，或许这不是什么巨大的威胁，但它就好比暗中的火星，你不知道什么时候就会引燃一场大火。张苍水的存在，成为大清帝国喉咙里，一根细小的难以拔除的鱼刺，甚至时不时也令高层感到不安。1654年，张苍水率水师北伐，入长江，趋瓜洲，捣仪真，抵燕子矶，气势如虹。1659年，张苍水与郑成功两路呈夹击势反攻，他率军深入安徽，不到半月，就连克宁国、歙县。张苍水与郑成功共得四府三州二十二县，清廷骇然……我常常想，如果有五个张苍水，抑或十个张苍水，大清帝国的江山还能坐得这么稳当吗？

不过张苍水只有一个，仅仅只有一个，许多时候他陷入一个人的旷世的孤独中。

1654年，张名振死于一场莫名其妙的"病"，也有人说死于郑成功的毒药，张苍水由此失去了一个可以并肩作战的挚友。随后一心抗清的郑成功也渐渐力不从心，转而进军台湾。郑成功入台后，张苍水秘密派遣使者罗纶前往台湾，催促郑成功出兵闽南，郑成功拒绝了，他的理由是"台湾方定，不能行"。张苍水只好又派使者入湖北郧阳山中，想请李自成起义军残部——"十三家"军出征，可"十三家"军早已丧尽了昔日锋芒，只求自保，也拒绝了。几乎同时，清廷为了肃清东南沿海地区抗清势力，颁布《迁海令》，这是一个极其阴损的招数，类似于釜底抽薪。《迁海令》迫使所有岛上居民迁回陆地，以断绝起义军的人员补充和粮饷接济。

张苍水的军队已买不到口粮了，只好开荒种粮，以求自救……

他遭受了无数冷遇，他的世界只剩下寂寥的岛屿，那夜夜沸腾的血液正在冷却。一切都在促使张苍水成为最后的孤臣，他辗转于一个又一个岛屿，面对着一片又一片孤寂的海，怀抱着一个一定要为之付出性命，赌上所有人世的幸福又永远无法变现的愿望。

1662年，清廷浙江总督赵廷臣致信张苍水，总督格外能"体恤"人，也格外能将心比心，他清晰地看到在这样的时刻，张苍水已完全陷入了孤军奋战境地，总该醒悟了。

总督没有想到，张苍水铁了心，再次拒绝了他的这番"盛情"。

一个人要坚守一个信念并不难，但近二十年间，张苍水对这两个字始终不离不弃，就不是一件容易的事了。有时我们不禁满心狐疑，张苍水这样的人，他内心的出路又在哪里呢？张苍水对整个南明的抗清局势是有清醒认识的，结局无非以卵击石。即便如此，他还是选择了虽千万人吾往矣，明知不可为而为之，明知不可救而救之。他需要给自己的信仰一个交代，漫长的人类精神史上，人的高贵就在这里吧，为了一种信仰，可以摒弃利益，甚至放弃生命。张苍水以生命给出了答案。

1663年，南明鲁王朱以海在金门岛病逝，消息传来，张苍水悲声痛哭。鲁王尽管无所作为，但他是明朝最后一个具有标志意义的符号，有如南明海上的最后一座灯塔，现在灯塔崩塌了，一个时代的符号彻底消隐了。张苍水面朝东海坐了整整一下午，直坐到海水苍苍茫茫，直坐到周身寒凉，海面上升起一枚清冷的月亮。二十年戎马征战，二十年生生死死都像浩荡的海风般扑面而来，在无边的暮色中，张苍水抱紧了自己，他才惊觉自己这样消瘦，这一把老骨头啊，也越来越轻了。"青山遮不住，毕竟东流去"，他的心里涌上这两句悲切的诗，他的心也空成了大海，黑夜正在不可避免地降临。

鲁王病逝后，张苍水残部一直在六横悬山岛一带盘桓，部队的运营已进入最艰难的时期。1664年，张苍水决定遣散义军，这个举动既有深切的无望，又有不为人知的柔肠流露。张苍水既不希望这些追随自己多年的平民的儿子出现更多无谓的牺牲，也不希望这支浙东的孤师有扰民举动，事实上，随着粮饷匮乏，后备供给完全断绝的局势到来，如果不伸手向百姓要钱粮，队伍根本无以为继。现在，张苍水决定送战士们回到自己的生活里去，那里有人间温暖的炊烟，有小家屋檐下的岁月安好。而他则携带部属数人，驾一条小船消失在海上。他们后来登陆东海中一座叫悬岙的小岛隐居，悬岙岛荒瘠无人，南面有港可通船，北倚悬崖，他们在岛上"结茅而处"。普天之下，皆为王土，现在只有这十几平方公里的岛上还寄身着几个大明朝的臣子，还在讲述大明朝最后的传奇。

最终，这片远离大陆的岛屿还是没有成为长久的栖息地，张苍水这只南明的孤鹰，他只在岛上作了短暂停留，这是他漫长的十九年南征北战岁月中唯一一段平静的时光。"刀枪入库，马放南山"，我一直认为，项羽当年说出这八个字时背后有一种巨大的欢欣，显然此刻的张苍水面对这八个字的心情与当年的项羽相去甚远。身陷孤岛，面对突然松懈下来的时间，张苍水心里更多的是一种幻灭感，金戈铁马声远去，只剩下浩荡的海，只剩下横无际涯的潮声。张苍水时常感慨一生那么短暂，尽管那时他的人生还没望见尽头，他仍然觉得自己的人生短得仿佛就剩下一场海上的战争。有时，他又觉得自己的人生太长了，长得都经历了几个朝代，几个帝王。现在大明朝的孤臣们都一一走了，刘宗周走了，黄道周走了，钱肃乐走了，张名振走了，朱以海走了……独独他张苍水还活在这寂寥的海上。那些日子，张苍水在岛上写下许多诗篇，其实他是一位杰出的诗人，只是无止境的征战让人们几乎忘记了他的另一个身份，但他确实是一位诗人。后来，即便在通往刑场的路上，他也一直在写下掷地有声的诗句。

张苍水和几个部属隐居的那段时间里，清廷官员们并没消停，只要张苍水还活着，他们的心结就无从解开。他们颇费了一些周章，利用张苍水的一个旧部下，让他装扮成寺僧到普陀山出家，以打听张苍水等人行踪。1664 年 7 月 20 日，清军终于获得确切消息，连夜偷袭悬岙岛。张苍水、罗纶及部属叶金、王发，侍者杨冠玉等人悉数被俘。

第二日清晨，张苍水被清兵带离悬岙岛，在他们登船之际，一只白猴飞奔而来，这是张苍水在悬岙岛上结识的新友人，张苍水时常和白猴一起登高远眺，把自己的口粮分给它吃，一来二去便相熟了，成了至交。好些他独对暮色的时辰，小白猴都会出现，静静地坐在他身旁，仿佛它也能解"国破山河在"的千般愁绪。眼见张苍水被押上了舟船，小白猴突然朝着一处高突的礁石奔去，纵身一跃，跳入万丈海水，在海天间留下一声凄厉的长啸。这一声长啸是悬岙岛留给张苍水的最后一句告别。

张苍水被押往甬城，提督张杰以轿相迎，以这样的方式迎接一个囚犯，大致在厚厚的史册中也是不多见的。张苍水踏入张杰的提督府，第一句话便是："这儿是沈文恭先生故地，现在成了马厩了。"对于这般出言不逊，张杰表现出一个官员的良好"教养"，他充耳不闻，只是说："先生，真是让我久等了！""久等"两字在那样的时刻，由大清提督张杰说出来，有着别样深意，张苍水不是没听懂，只是对他来说这种语词里的劝挽之意已不具备任何意义，他说："父死不能葬，国亡不能救。今日之举，我只求速死。"

　　劝降不成，提督张杰只好将大清要犯张苍水送往省城杭州。那个遥远的秋天的傍晚，提督大人亲自来到登船的岸边，这一次，他仅仅为了表达内心不可言说的敬畏。船沿着江一路向杭城进发，行到深夜时分，忽然在夜空中露出半轮月亮，一个狱吏坐在船头唱起了苏武那支古老的《牧羊曲》。张苍水披衣走出船舱，月光冷霜一样落下来，他望着船头的狱吏说："你真是有心之人，虽然我赴死之心已定，胸中再无恐惧可言，但古老的歌谣还是让我百感交集。"说完，他和狱吏一道重新唱起《牧羊曲》，歌声在月光和流水间闪现出光亮，再也没有悲伤，只有一种说不出来的清明。唱完后，他又让狱吏在船头置酒，和这个有心人对月畅饮。据说张苍水渡江后，有人在船上留下两句诗："此行莫作黄冠想，静听先生《正气歌》。"

　　到杭后，浙江总督赵廷臣也待张苍水为上宾。赵廷臣允许张苍水的旧友来探视，也允许仰慕他的人来慰问。任何人来,张苍水都不起身相迎,只整日朝南静坐,于熟悉的人,他会拱手以示招呼;不熟悉的人,他就静默以对,一言不发。几乎所有探视过张苍水的人都被他出奇的淡然与冷静惊住了,这样的入定真不是一个阶下囚所该有的,只有寺院里超然的高僧才具备这份泰然。因为种种传言,杭城里好些达官贵人怀着好奇与钦佩心买通狱吏去见张苍水,也有去求字的,张苍水就蘸墨挥笔给他们写。

清廷终于用尽了劝降的耐心,1664年10月25日,张苍水从容赴死。

家乡大儒黄宗羲在《兵部侍郎苍水张公墓志铭》中说:"慷慨赴死易,从容就义难。"张苍水在生命最后一刻再一次向世人诠释了一个英雄的旷达。他走向杭州弼教坊,抬头望见了对面的吴山,那时正值秋天,吴山寒翠,树树秋声,用陶渊明的诗说是"山气日夕佳"。张苍水不无留恋地大声感叹:"好山色,竟落得如此腥膻!"接着他接过赵廷臣事先备好的纸笔,写下最后的诗句:"我今适五九,偏逢九月七。大厦已不支,成仁万事毕。"他不愿下跪,而是坦然地坐下来。行刑的监斩官却跪了下来,向张苍水叩了四个头。

2013年秋天,跟一位朋友到西子湖畔拜谒张苍水先生墓,我们问了好些当地人,几乎都摇头称不知,后按图索骥,在南屏山荔枝峰下总算找到了先生墓道。其实,张苍水墓地并不难寻,正对着苏堤入口。但显然这是一个冷僻之地,鲜有游人光顾,我们在墓前静静地坐了大半个小时,我给这位朋友讲述了张苍水那些久远的故事。然后我们转身离开,一入南山路,市声鼎沸,一个热闹的人间扑面而来。无论何时,英雄都是寂寞的,坚守信仰一定是需要无尽勇气的。但只要人类的精神殿堂没有最后崩塌,我相信世界依然需要高洁的信仰,依然需要一种舍生取义的英雄主义。这样,人类精神的高贵性才得以延续下去,人也才能成为星空下最美丽的词语。

莫比乌斯之路

万斯同

1638—1702

清初著名史学家

舒心 文

来自数学家们的灵感，莫比乌斯环，一个平面却形成了边界无交叉的两侧曲面，它就像两个世界的交融。那么，一个星球到达另一个星球是否有这样一条莫比乌斯之路呢？旧朝遗民落入新朝谋生是否有这样一条莫比乌斯之路呢？

1 落　幕

清顺治四年（1647）十月，九岁的万斯同随全家搬出宁波府广济桥一带府第，从繁城中的达官显贵聚居之地仓皇逃离，辗转来到奉化县榆林山中避难。

不久之前，这个浙东的武臣名儒世家万氏家族还依然保持着昔日的昌盛。明崇祯十一年（1638），万斯同出生于祖父万邦孚退休新建的豪华府第。彼时父亲万泰正积极参加社会活动，广交天下名流，因公开驱逐宦官阮大铖声名鹊起，"一时三吴诸大老无不以识先生为幸，有过四明者，必造先生之门"。万氏一家三代同堂，其乐融融，尽管大明王朝彼时在北方和中原的统治早已混乱不堪，向衰败的方向倾斜。

宁波失守时，斯同刚满八岁。母亲在逃难中不幸病逝，祖母在第二年冬天病死。国破家亡，藏书尽毁，往日的风光已不再。家室飘摇，晨风暮雨，繁华的日常被打碎。八岁的他，早早尝到了家道猝然中落的痛楚。

当秋日的凉风吹在身上，夏天像一场梦，随着"国变"悄然逝去。榆林山中也迎来秋的气息，树木弯曲颤抖，祈祷般悲凉地啜泣。季节的更替无法将易代的痛楚随风抹去，多少往事，一阵新鲜，一阵久远。

黯然的凋零终究被新朝的统治所逐渐覆盖。正当斯同全家遍尝避难之艰辛、果腹之窘迫时，清政府迫不及待地启动了一项后来和斯同一生都密不可分的学术工作——《明史》修纂。四川道御史赵继鼎根据"易代修史"的惯例，率先提出纂修《明史》，希望选派"文行鸿儒"充当总裁和纂修官。这一建议即刻得到清政府应允，他们正希望通过修纂《明史》，向世人宣布"车书一统"的新朝建立已不容置疑。

世界每天都在发生变化，然而渺小的个体想理解当下这个世界是不易的。有人选择为尊严和自由而战。南方汉族士人，尤其像万氏家族那样的明遗民故家子弟从心底还不愿相信大明两百多年的辉煌已然消逝。面对野蛮的征服和异族的统治，他们反抗、斗争、流血、牺牲，前仆后继，始终不愿承认朝代的更替和江山的易主。

重 生　2

顺治六年（1649），这一年的秋天，鄞县发生了一件大事。在经历了鲁王监国政权的覆灭和宁波府的陷落后，各反清力量退居农村和山区结寨抗清，却遭叛徒谢三宾告密，反清义士被清军大肆捕杀，史称"翻城之狱"。而告密者谢三宾正是斯同父亲万泰的亲家公，这件事对积极参与反清活动的万泰来说影响至深，决心从此归隐田园的他把斯同兄弟从榆林迁回西皋别墅（白云庄）。然而此时的西皋别墅已满目疮痍，房屋被毁，庭院荒芜，连万氏陵墓周围的古松也被清军砍伐殆尽。

昔日人丁兴旺、车水马龙的日常已是遥远的回忆，家道破落的万氏兄弟在祖宅边荒废已久的薄田里锄禾耕耘，打鱼砍柴。谈笑有鸿儒的热闹场景被远离尘嚣的躬耕生活所取代。"生计怜如鸟，翻飞依故枝""投间来此地，犹喜是吾庐"。故居的一山一水、一草一木都让斯同体味到结束逃难回归平静的充实和快乐。尤其是宁波的秋天，天地寂静，林木清瑟，万物清安，倏忽间忧思悲情在秋风中飘散。

一年后，回到广济桥故第的一家人，由哥哥们承担起外出谋生的责任，斯同则在昔日的寒松斋里跟随父亲读书学习。父亲向十四岁的斯同展示了南明忠臣烈士吴钟峦的遗文，这位崇祯七年（1634）的进士，在南明福王立国后，从曾经的浙江长兴县知县迁至礼部主事，清军攻占宁波后渡海到昌国卫（今象山）孔庙自焚而死。钟峦的遗集原先收藏于三元寺浮屠，在斯同父亲的请求下，这些曾记录在废纸反面，字迹模糊的诗文得以装订成册，题为《海外遗集》。

"商亡，而首阳《采薇》之歌不亡，则商亦不亡。汉亡，而武侯出师之《表》不亡，则汉亦不亡。宋亡，而《零丁》《正气》诸诗篇什不亡,则宋亦不亡。"在序文中,斯同得其中大意。他不能始终对抗海浪,也不能完全被动地跟随海浪,只能在与海浪的对抗和顺应中达到平衡,在不甘屈从的命运中去寻求自由和解放。国可亡而史可不亡,斯同怀着这份质朴的信念一遍遍展读吴钟峦的诗文并将它悉心珍藏。

十年易代,物是人非。恢复科举考试后宁波城内的读书青年开始组织起研讨史学、关心治乱、切磋诗词的"文业之会",抱着"欲与天下诸名士角逐于翰墨之场"的想法,斯同开启了他读书治学的第一个重要旅程。

"临风漫咏秋思赋,泪入湘江百丈深""十年不见笙歌乐,但看烽火照人衣""兴来援笔作此歌,道余眷眷长相忆"。历经十年沧桑巨变的斯同,寄情于故乡的残破山河,时常以诗词聊以慰藉内心的伤痛,缅怀昨日的旧梦。

天下本来无事,纠结只在人心。以为有分有别,其实无古无今。随着时间的推移,斯同渐渐悟到历史已然不可逆转,眼前的一切恍如宋末元初的翻版,让人倍感陌生的大清王朝,他要如何选择自己的生活以安身立命?面对"学而优则仕"的出路,有人选择不仕新朝,以学问安身立命,择三五好友借酒浇愁,贪恋一时麻痹和片刻欢愉。然而酒醒之后,摆在眼前的依然是"无枝可依"的痛苦现实和饥寒交迫的生存困境。

父亲在外出谋生途中的意外之死,让斯同在生逢易代的纠结中渐渐明朗。在为父亲守孝的三年里,斯同在桃源乡应呑墓庐天天守望着祖先的青冢和父亲坟土未干的新墓。

季节更替,在花开花落的轮回里,在鸟啼虫鸣的往复中,斯同的世界显得格外清静恬淡。看着清风拂过坟头的长草，他想到静静躺在地下的列祖列宗，有的为国战死沙场，有的抗敌葬身海底，尸骨难觅。清朝统治者说过的那些要继续优待前明世家的承诺，早已随明朝的灭亡而消散在风里。易代之后的前明世禄之家大多因突然失去靠山和无才少能走向堕落，"有求为氓隶而不可得"者。而斯同并未因此一蹶不振。他深知万氏家族代代相传，并不仅仅因了簪缨世家的光环，而是血汗挣得的俸禄，是诗书持身的本领和忠孝不渝的精神。这些在斯同黑暗一团的世界中升起一点光亮。他开启了人生第一部史学专著《补历代史表》的创作，多年后这部专著成为清代旧史补续的开路之作。

幼年以来遭遇的痛楚和奔波，给二十岁之前的斯同带来无尽的创伤，现代人也许无法体会生逢易代的挣扎之苦。战乱过后的平静，诗书传家的庭训，兄长同学的激励，让天资聪颖、个性孤寂的他涅槃重生，走上"学问"一途。而于"学问"之中，他与"史学"结下不解之缘。

人生不是既定的轨道，是旷野。人生激越处，在于永不停息地向前，背负悲凉，仍有勇气迎接朝阳。

3 风 起

顺治十六年（1659），初春的风轻拂大地，四明北麓远山含黛，春日云朵在化安山上空悠然飘浮。斯同在龙虎山堂拜谒老师黄宗羲。"披帷幽士在，相视已忘言。泽畔有知己，强为世外论。"在山间小住的几日，师友们推心置腹的谈书论道和远离凡尘的隐士生活让他流连忘返。他渴望潜隐山林，以诗书终老故乡。自幼亲眼目睹北方征服者对故乡的践踏，亲身经历万般磨难，父亲去世后的这段时期，斯同时常悲愤且消沉。

人的一生，总有点对抗的东西。人们不愿过全然顺从的生活，又不知道反抗过后出路在哪里，于是不断陷入纠结与迷茫之中。

"朽几败榻，残书数编，昕夕吟诵，忘其身之憔悴、室之呻吟也。士处今日，上无授粲之人，下无解衣之友，耕田不能，行贾不可，计惟有穷饿已耳。"斯同笔下描绘的前明诸生高斗权的晚年生活状态，也是清初明末遗民最为普遍的生活方式。在他们看来，气节比温饱更为重要，被改朝换代剥夺原有产业，切断从前奋斗之路的他们，宁愿选择"以生为死"或"戕生自残"的惨淡生存方式，或教书糊口，或逃禅为僧，或卖卜行医，过着世人难以理解和忍受的凄楚人生。

康熙四年（1665），斯同与二十多名青年学者在这一年春天前往兰溪，入黄宗羲门下正式受业。兰溪受业期间，浙东学术的成长也改变了斯同不甘"故国"灭亡的消极心态，他弃辞章之学转为援经入史，成为以经史为核心学术研究的甬上"证人讲会"中坚力量。

面对新的时代，读书人"达则兼济天下，穷则独善其身"的思想引领着实学思潮不断向纵深发展，他们或提倡躬行实践,或探论社会改革,或抨击封建制度,或重视史地之学。原本希望像父兄和老师那样皓首穷经的他,没有继续沉浸在孤独的忧思之中。兴亡更迭已尘埃落定,斯同走出山林,踏上了大隐于学和立功于史的道路。

斯同做出弃绝科举功名,以研究明史为己任的决定,这样的想法在当时与许多同学努力的方向相悖。对于科举时代贫穷的读书人来说,他深知自己选择了一条终身清贫的道路,更需要坚强的意志和淡泊的心态去潜心投入这项事业。

"浙东之学,虽源流不异,而所遇不同。故其见于世者,阳明得之为事功,蕺山得之为节义,梨洲得之为隐逸,万氏兄弟得之为经术史裁。"在"家国"覆灭的折磨中,史学滋养了斯同的青春。他想控诉,他想悲鸣,他想哀号,他片刻不息地想在"故国"已然湮灭的废墟里倾倒他生命的燃料。

彼时的宁波府,山清水秀,文人辈出,历史上多少曲折离奇在此发生消亡,多少传奇人物在此崛起落幕。在纂录明代史事,"以备一代之大观"期间,生于斯长于斯的家乡给了斯同无尽灵感,从《鄮西竹枝词》到明史《新乐府》的创作,他完成了从局部走向整体、从地方迈向全国的转变。

《鄮西竹枝词》以浙东历史和社会题材为主,吟咏了延自汉唐制度的一方热土和脉承中原的习俗与文化,字里行间无不展示着斯同对家乡山水风情的热爱。他也对家乡的历史人物、文物古迹作出鲜明评判,对地方名流和百姓生活作了热情讴歌。而在《新乐府》中,他以乐府之体,取明朝历史大事,参证实录、野乘、民间传说婉而成章。

真正让斯同登上新朝舞台的是康熙十年（1671）清政府发起的地方修志举措。就统治者而言，以盛世修志昭告车书一统和天下太平，进一步化解汉族士人与政府之间的潜在矛盾，掌握全国各地历史和地理概况，可谓一石三鸟。

宁波地方志自嘉靖之后一百多年里并无赓续之作，为了不使"先贤之行事愈旧愈湮"，把家乡历史传诸后人，康熙十二年（1673），斯同应宁波知府邱业邀请，与五兄斯选、乡贡生赵时贽等人参加了续修《宁波府志》工作，完成了共计三十卷的《邱志》。

康熙十七年（1678），清政府在长达八年的平叛战争进入尾声之时，出台了文化怀柔政策，下令诏举博学鸿儒特科。吕留良、顾炎武等前明遗民，或以"出家为僧"为要挟，或以"人人可出而炎武不可以出"为坚持，严正拒绝了与清廷的合作。斯同恩师黄宗羲也是坚决拒绝，但他推举了自己弟子万斯同。和力辞"鸿博"之选的人相比，参加推荐和考试的江南明遗学者更多。一年后，在考试中脱颖而出的"五十鸿博"被任命为《明史》纂修官，内阁学士徐元文被任命为监修官。

又是一年中秋佳节，斯同即将北上修纂《明史》。斯同的十五位亲友同学齐聚黄过草堂为他送行。

众人在鄞江边上把酒言欢，依依惜别。彼时斯同与友人已走过半生，阅尽世事变迁，如今命途各异，令人不胜唏嘘。触景伤情之下，斯同提议仿古人绘图纪胜，随即请人绘作《西郊饯别图》并题文记之。这幅画作，让中秋月夜的饯别盛情定格并保留至今。一张张被勾勒出的面目，一笔笔被描绘的风光,稀释了日子里艰涩的苦腥。只要画作还在,曾经的记忆就不会远去,往昔的情谊就成了一个充满敬意的回望。如今,这幅画作留存于宁波市白云庄浙东文化研究馆内,由西泠印社早期社员秦康祥之子秉年先生于1995年5月捐赠给天一阁博物馆。三百多年过去了,曾经的人已不在,只有那画中人与今天的我们共享这一轮皎皎明月。

时年斯同的老师黄宗羲已年近七旬,身为他史学第一传人的斯同将以布衣身份进入国家史馆,执掌朝野上下共同关心之笔,也使老师为之骄傲,这位大儒赋诗为弟子壮行:"莫道等闲今夜月,他年共忆此良辰。"

抵北京后,斯同毅然拒绝了监修官徐元文提出授予他翰林院编修官的好意,"吾此行无他志,显亲扬名非吾愿也,但愿纂成一代之史,可藉手以报先朝矣。"他向徐元文提出,一"不署衔",二"不受俸",就此住进徐元文在京私邸碧山堂。

这一年,斯同四十二岁,他的儿子万世标刚好在故乡出生。他抛妻离子,寓居京城,开始了人生最崇高而艰涩的追求。

找到践行一生的志愿并非易事。面对未知的付出与收获,舍弃当下的闲暇与自在需要有滴水穿石的毅力。这条路上,他注定是独行者。这条路,却是属于他的莫比乌斯之路。

4 羁 雁

初到北京,斯同开始协助监修官徐元文等,在草拟史稿的基础上对其进行审订、刊改、补充和通纂,实为《明史》"主编"。徐元文常常向斯同请教和商讨明朝史事,斯同以《明实录》为依据,以群书野史为参照,协助监修、总裁对史稿所引史料一一标明出处,"每一《志》《传》成,总裁必命注某事出某朝《实录》第几年,某事见某人传记第几卷,虽烦,不以为嫌"。

与江南温暖湿润的环境大不相同,在人地生疏的北方,到了冬天,朔风呼啸,雪狂草枯,斯同的思乡之情越发浓烈。他渐渐明白,自己不过是《明史》监修、总裁的高级助理,是一名无法决定"笔削"的编外"史官",自己"成一代之史以报先朝"的雄心壮志已不可能实现。

让斯同意难平的,在于清政府对明朝历史的断限。南明福王、唐王、鲁王、桂王时期和无数忠臣义士可歌可泣的抗清事迹,在清朝统治者眼里,是不愿书之汗青的敏感现实。对于斯同那样亲身经历过南明历史的遗民来说,这是一段无法被抹去的血泪史,也是不能被割裂的大明历史的一部分。

在北京的第三年,斯同从市上买得一只受伤的孤雁,把它带回寓所精心喂养。许是这受伤的羁雁让他联想到自己的身世,数月过去,斯同在它伤愈之后将它放归天空。斯同感物伤情的孤旷心态,被时常联络的好友记录在诗:

孤雁不妄飞,哀鸣以彷徨。
……
岂不念江湖,道路阻且长。

鸡鹜非我群,谁与同翱翔?

　　得食阶除亦自驯,主人恩重感应深。
　　羽成仍放孤飞去,万里难忘霄汉心。

在官修史书制度的条条框框下,《明史》无法按照斯同的历史观和史学思想去裁决。他如同一只鸿雁,志在霄汉,却囿于新朝的牢笼之中。

康熙二十七年(1688),斯同和一起修史的好友黄百家因党争之纷南归故里躲避数月。正是在故乡之旅中,他看清了自己的使命,那是他生命得以蓬勃的活力,那是他在这个混沌的世界所渴求的活力。启程北上回京前,年近八十的黄宗羲深知自己生命所剩的时日已不多,为弟子悲壮送行,寥寥数字,却胜万语千言:

　　三叠湖头入帝畿,十年鸟背日光飞。
　　四方身价归明水,一代贤奸托布衣。
　　良夜剧谈红烛跋,名园晓色牡丹旗。
　　不知后会期何日,老泪纵横未肯稀。

成长的很大一部分是接受。接受分道扬镳,接受孤独挫败,接受世事无常。

宦海浮沉,在趋于白热化的激烈党争下,昆山"二徐"(徐乾学、徐元文)兄弟被弹劾利用修史结党营私、争利害民而解职回籍。徐乾学临走时一众亲信学者随他南下太湖东山修志。这些学者有的是政府聘请的史官，有的是昆山"二徐"私自请来的学者，他们都是斯同在北京朝夕相处的朋友。面对"伯乐"和好友的相继离京，斯同在碧山堂为他们置酒践行，诗文作别。他并没有顺理成章地选择对自己有利的道路，没有选择离家不远的太湖和老友相伴的修志生活，他将自己十年来的迷茫和苦涩一并吞下，带着对未来的决心继续留京修史，完成自己未竟的事业。他应新任监修官张玉书和诸总裁之请，从碧山堂移居江南会馆，开始了他修史生涯的最后一段旅程。他将自己彻底投入这个神圣的事业中去，如同飞蛾扑火一般。

5 阔 别

在最后十年的修史生涯里，斯同的才华与品格越发为京城的文化圈所熟知。他依旧积极从事着自己的著述，应邀参加着各种讲学和聚会。和从前一样，他也依旧与达官显贵们保持着清晰界限，清贫而苦涩地隐学于这繁华喧闹的京城。

曾经的"五十鸿博"早已四散天涯，"有告归者，有死者，有充试差者，有出使外国者，有作督学院使者，且有破格内升京堂，并外转藩臬及州府者"。总裁频繁易主，纂修官星散零落，只有斯同这一介布衣隐忍史局，字斟句酌，伏案笔耕。在这样苦楚的坚守中，现实的无奈让斯同越发感到无力。时任总裁官的王鸿绪，对史事的裁决倾向于遵循清政府的意愿，这与斯同主张保持真实的理念相去甚远。

亲历南明历史舞台的斯同，耳闻目睹南明从弘光到永历政权坚持反清复明，播迁南方数省长达十七年。眼看着《明史》无法据实书写南明历史，斯同开始私修南明四朝史书，并把目光投向与当下有着惊人相似的宋末元初这段历史。

对史实的执着追求与对当局的反抗激发了斯同的疯狂书写，他把生命的最后一段时光都给了三部宋元忠义史著——《南宋六陵遗事》《庚申君遗事》和《宋季忠义录》。"明之季年犹宋之季年也，明之遗民非犹宋之遗民乎？曰节固一致，时有不同。"斯同笔下宋元易代之际仁人志士和隐士遗民的故事，共同见证了贯穿古今的历史精神，也见证了历久弥新的故国情怀。斯同的史著里，饱含着遗憾、悲痛、屈辱、自责。他守护着和自己经历如出一辙的悲壮历史。

康熙四十一年（1702）四月的一天，斯同的仆人梦见身着明朝衣冠的数十人进入斯同寓所的堂屋。先来的一个个作揖而去，最后有数人不但不作揖，反而开口骂人。第二天，仆人移至堂屋，又梦见相同场景，而且骂者还冲入斯同卧室，樵案碎椅，毁坏书籍而去。仆人惊醒后，看了一眼病卧床上的斯同，他的书籍果然散乱在地上。顷刻，斯同竟溘然而逝。一代风流尽，生死怜羁客。终年六十四岁的斯同就这样客死京师，身边无一亲人。

人们把这位杰出的史学家葬在宁波府奉化县莼湖峁乌阳观山南麓。因斯同生前入赘的第二位妻子傅氏是莼湖峁人，他死后便归葬于此。

乾隆四年（1739）七月，武英殿校刻的《明史》全数完稿，基本按《明史》王鸿绪稿削成，将"明亡"时间断在崇祯之死，成为中国古代最后一部"正史"。领衔修史的内阁大学士们开列了雍正至乾隆两朝参修《明史》在职史官的名字，并无一字提到曾为《明史》呕心沥血的布衣"史官"万斯同。

殿本以后的《明史》，最终恢复了明朝"忠义"历史的地位，不惮为明末清初抗清人臣树碑立传。全书之《忠义传》《孝义传》《列女传》共二十多卷，悉数记载了三千多名"忠节"人物。斯同生前对《明史》最朴素的愿望至此得以实现，他与命运的交锋终于落幕。

升沉物故，风流云散。在生命和史学的极限处，斯同终于能写下："我活过"，并且"我重建了打碎后的新生"。

有限的时空里，过无限广大的日子。六十四年的生命历程中，万斯同由一代遗民踏上他的莫比乌斯之路，凭一袭布衣完成与新世界的斗争、碰撞和包容。胸怀万千丘壑的他，走过的每一步都成为人生精进的基石。他对"故国"的满腔热忱，化为莫比乌斯环中亘古永恒的故事。

人生飘忽百年内，万斯同数十年如一日地坚守着君子风骨。但生命的本色，从不是顽固守旧，恰恰是顺应时代潮流，在迭代交融的两个世界中找寻属于自己的出路，于新生中找到自洽的动力。

天涯
风尘客

陈撰

1678—1758
清朝著名学者、画家、诗人

王晓峰

文

天涯路远，归期无定。即使沉浮江湖很久，未归人也不会忘记回家的路。

在扬州过完七十九岁生日后，陈撰是坐着乌篷船回到钱塘的，此时的耄耋老人已经不起车马的颠沛。扬州终究不是归宿之地，即使这一待就是五十年，或许从流寓之日起，陈撰便开始了漫长的"逃离"计划。狐死必首丘，相较于生命的草草收场，陈撰更愿意策划一场独有的属于江湖文人的浪漫落幕。

古人是非常讲究风水的，尤其在选寿穴这样的大事上。三十年的生活经历让陈撰对钱塘风物颇为了解，《玉几山房听雨录》即收录了诸多风土人事。循着悠扬清越的钟声，陈撰的脚步不自觉地踱到了西湖边上，当面对绵延横陈、满山岚翠的南屏山时，他忽然想起了桑梓之地鄞东阿育王寺前的玉几山，两山何其相似！南屏山上的净慈寺和阿育王寺同为禅院五山，想起自己漂泊不定的一生，空灵裊裊的佛音足以慰藉风尘仆仆的凡心。这就是自己归处了，他内心十分笃定。

陈撰很想画下这治愈的场景，可惜这时的他已经力不从心了。南屏晚钟穿越千年，抚慰着每一个不甘的灵魂。不甘又如何，当时间线拉得足够长，所有的失意、寂寞或无奈，也不过尔尔。

指尖的墨香最终流淌成岁月斑斓的模样，为他洗去一身的疲惫，青松杳杳、晚霞铺面，归于宁静，今日的夕阳也算没有辜负他。

这一年是乾隆二十二年（1757）。越明年，陈撰这位浙东游子也迎来了自己的日落。

少年尚意气　1

康熙十七年（1678）秋，一个男娃在钱塘江边呱呱坠地，他的到来为平淡如水的陈家增添了几分喜气。陈家从父辈起迁居钱塘，原本世居浙东鄞县，那是一个"有地皆宜稼，无人不读书"的地方，浓郁的读书风气使得三岁孩童都能咿唔几句经典、口诵几句诗词。也许是出于对诗书的执着，父亲为他取名"撰"，从此读书的基因深深融入陈撰的血脉中。

陈撰的童年并没有太多琐事的烦扰，优渥的家庭条件让他在读书之余能坐在房前门檐下，聆听父辈们常常提到的故乡。大人口中的"救公饥""等西风""勒马看"等故乡风物名目，深深吸引着这位少年。什么是耕读传家的古风？鄞县一度名曰"鄮县"，与之相关的鄮山又是什么模样？好奇伴随着年月日益增长，弱冠那年陈撰最终决定前往故里看看，这是他第一次也是最后一次踏上那片熟悉而又陌生的土地。

临近故乡时，陈撰选择了三明瓦船作为代步工具，这是浙东地区独特的水上交通，属于乌篷船的一种，中舱两扇定篷之间又装有一扇半圆形遮阳篷，篷顶嵌着片片一寸见方的薄蛎壳片,既可避雨又能透光,文人墨客喜在船上舞文弄墨、行令猜拳。鄞县水道纵横,舟行确是极好的选择。

清澈的河水、和煦的微风、醉人的庄稼香,故乡独有的温柔令陈撰有些陶醉。同船的船夫、乡人都能和陈撰谈些故乡的古史野乘、本土风光,不至于让这趟旅程枯燥无味。

老家几乎是没有什么亲戚和朋友的,陈撰只能把这次行程的重点放在故乡的山水风物上。西起东湖,东至玉几山,秀美的古越之地从此扎根在他心中,后来他取号"玉几""玉几山人",命名藏书楼"玉几山房",刻藏书印"曾经玉几收藏",也是源于此次故乡之行。

回钱塘的路上,莫名伤感的情绪涌上心头,这是陈撰第一次感受到身为游子的失落,这种失落不同于夕阳下山、朝花晚谢,后者注定能够重来,而前者却充满不确定的因素乃至无依,这才是最牵绊人心的。但他不知道的是,这种感觉将如影随形,萦绕他漫漫后半生。

这次故乡行,除了风土人情带给陈撰温暖外,令他印象深刻的是故乡人人皆读书的氛围,也许他读书的天性因此而被激发,回到钱塘后,他就拜了当时的鸿儒毛奇龄为师。

毛奇龄学识渊博,工于诗词,精通音律,以经学睥睨当时,艺术风格更是自有家数,尤其好持自己独特的见解,不免自负、固执,陈撰的"怪"大概也是源于这位老师。

古人读书,是绕不开科举的,读书人如果说一点没有仕进之心,那大概率他说的是假话。陈撰当然不例外,从跟随毛奇龄学习开始,他就暗暗下定决心要博取功名,光耀门楣。

很快，陈撰就发现了问题：这位老师实在算不上是一个"严格"的老师，他太注重因材施教了！而自己似乎对诗书画都有兴趣，但又没有绝对的爱好，老师允许学生按着自己的喜好学习，不会逼着学生去背诵那些所谓科考必读的书籍，后来陈撰评价自己读书范围狭窄、未能泛涉百家，和这种自在自由的学习方式有一定关系，也离科举的目标愈行愈远。

"一日罢弹剑，十年空读书"，从弱冠到而立，陈撰为之努力了整整十年，虽为国子监生，但在这一段艰辛历程中屡屡碰壁。命运像块又大又高的顽石，死死挡住了他的仕进之路，没有人知道累举不售是何等的苦涩心态，但事实已经证明，科举并不青睐他。眼睁睁看着朝夕相处的同窗们一个个金榜题名，失落感如同不停歇的洪水剥蚀着日益脆弱的心，年少的灵魂愈加孤独，直至一个人的出现。

康熙四十五年（1706），学堂来了一个年方二十的少年，将近十岁的年龄差距并没有阻碍他们成为一生挚友。来人名叫金农，这位后来位列"扬州八怪"之首的少年，给了陈撰那些岁月未曾给予的温柔。

求学钱塘期间，陈撰最喜春游西湖，尤其三月早春，环堤花草竞相开放，行人游客络绎不绝，携泛轻舟、赋诗作对是文人之间最惬意的雅事。除了春日，陈撰也喜欢在其他时节游湖，那又是另一番景色。一年中元节当天，陈撰、金农和好友厉鹗等人同登西湖边上的孤山，在一处不起眼的草丛旁发现了才女冯小青之墓，想起这段哀怨凄绝的传说，三人不胜感慨，于是就有了三首纪游诗歌，题为《湖上竹枝词三首,同金二十六司农、厉大鸿飞》,其诗不仅有哀悼冯氏之意,也有怜惜自身的意味。

如此难得的美好时光终究短暂,接踵而至的应试失败的阴云毫不留情地抹去了最后一丝颜色。科举就像一场梦,一场通往荣华富贵、福荫子孙的美梦。有的人梦醒了,抖抖一路走来落满肩头的尘土,有的人则困死在一方小小的案几前。不幸的是,陈撰在原地踯躅了十年;幸运的是,他总算是大笑着拂袖而去。

这是一次彻底的决别,即使后来雍正十三年(1735),通政司使赵之垣举荐陈撰参加博学鸿词科考试,他也坚辞了这次离仕途最近的机会。以文人残存的傲骨,救赎年少凋零的意气。

福无双到犹难舍,祸不单行却是真。陈撰在《岁晚杂述》诗中这样描述道:"食贫百无事,岂只门户忧。灯火垢邻速,符檄仍征求。更哀幼孤女,怙恃失所投。"弟弟陈在人早亡,仅剩下一女,家中薄产尽去,还欠了邻居一笔债务,种种打击下陈家就此彻底中落。

那时的陈撰一片迷茫,不知该何去何从,也不知该以何立身。某天夜晚,当他凝望夜空之际,明亮的北极星给出了它的指引。对!往北走!陈撰突然想起自己在康熙三十九年(1700)曾北上扬州,那就试试吧!凭着曾游历扬州的粗浅根基,凭着所负的不俗书画之艺,凭着在江湖草野间的一丝人脉,淮左之地必能让自己一展拳脚。在稻粱之谋的驱使下,从此人间又多了一位天涯未归的风尘客。

作客秋风老 2

扬州，与生俱来就有种让人愿意归老的气质。自从二十三岁那年自扬州归杭州后，陈撰的心中就埋下了客游扬州的种子。而立之年，何以立业？当命运的轮盘再次转动的时候，陈撰还是怀揣着别样的心情，踏上了未知前路的漫漫旅途。扬州就像陈撰的又一个故乡，那里不只有繁华错落的城市之美，还是和许多故交好友一同寓居之地，他一生中快活安乐的日子大部分是在扬州度过的。

扬州之财富，莫过于盐商。当时天下就流传着"两淮盐，天下咸"的民谚，康乾时期的扬州盐商借中央政府特许的食盐运销经营垄断特权，成为显赫一方的豪商巨贾。陈撰作为扬州八怪群体中唯一不以卖书画为生的文人，选择依附于崇尚文化的盐商，当一名自在清客，若能主客相宜，似乎是一个不错的选择。

康熙四十六年（1707），陈撰移居扬州，他在扬州的第一位主人名叫项纲。项纲其人，銮江人士，为康熙年间刑部尚书项宪的次子，曾担任延安同知并摄府事，还是一位出了名的古董和书籍的收藏大家。项家藏品数量之多、品质之高，使其一度有"甲于天下"的美誉。也许是仰慕陈撰的古玩鉴赏能力，玉渊堂主人项纲很早就延请过他。

养客之风，古来盛行，尤其是春秋战国时期，各国门客的归附大多有着"士为知己者死"的意味。延至明清，招募门客的目的已由"提携玉龙为君死"变为主要以追求文化审美为趋向,陈撰之所以愿意入园为客,除了迫于生计外,自然与宾主喜爱文化、性情相投密不可分。其实初到扬州时,陈撰曾一度陷入"我独依栖尚流落"的恐慌,换一座城市生活并没有立即给他带来安定与闲散,以至于他一度怀疑选择前往扬州的决定,好在项纲给了陈撰足够的尊重。

玉渊堂位于扬州仪征县,是当时扬州著名的私刻坊,陈撰对于书籍编订一事十分上心,几十年来如《水经注》《山海经》《何水部》《王右军》等古籍均以玉渊堂的名义刻印出版,如此需要学养和耐心的事既无名又无利,陈撰却乐在其中,他是从心底对项纲抱怀有感激之情。当然,项纲最看中的仍然是陈撰鉴别古玩真伪的能力。陈撰对此颇为谨慎,作为一位"矜鉴赏"的食客,不太愿意因为指出藏品的伪劣而令主人失了颜面,除非是主人购买古玩时才会指点一二,相较而言他更热衷于编印书籍,这才是文化人该做的事。

项纲一点都未曾亏待陈撰,衣食起居各方面可谓无微不至,连陈撰的仆人都在玉渊堂娶妻生子。然而这种养客方式带来的是平日巨额的花销,加上食盐生意的经营不善,项纲基业最终难以为继。树倒猢狲散,离开时,陈撰已年过半百,凝望着这处前后滞留将近三十载的住所,不禁泪眼婆娑,折柳相赠,老友相别,徒存惋惜。

雍正五年(1727),程梦星的筱园迎来了刚离开玉渊堂的陈撰。相比于项纲,程梦星这位康熙年间的进士显得更有文化,他曾担任皇帝近臣,负责起草诏书、讲解经籍,可谓博古通今，后来由于丧亲不再复出。作为主持过诗坛数十年的文人，程梦星的筱园也以诗酒文会而出名，名士云集，与马曰琯、马曰璐的"小玲珑山馆"和郑元侠的"休园"并列为扬州三大文会中心，可谓极一时之盛。

筱园原名"小园"，位于扬州二十四桥边上，因种植芍药而出名。芍田与园内梅树相得益彰，此处紧邻瘦西湖，能远眺红桥，景色极佳。程梦星的告归并不影响他追逐风雅的热情，筱园整饬完毕后，他就广发请柬，邀请朋友参加文会，翠竹绿荷，珍兽瑞鸟，诗酒唱和，人间文士风流一时尽在于此。

对于诗文雅会，陈撰是很有兴致的。一次园中芍药花开，程梦星携陈撰等文客赏花饮酒，同行的还有翰林院编修韦谦恒、经学家程晋芳、画家方士庶等人。诗牌酒盏是必不可少的东西，觥筹交错间几首诗、几幅画便创作完成，这种日子是陈撰寓居生活中逍遥自在的真实写照。

人群中，一个丰姿俊雅的少年引起了陈撰的注意，更确切地说是他那些笔墨圆润、气韵秀雅的画作获得了这位长者的认可，那人便是丹徒画手许滨，两人从此结缘。陈撰有一侄女待字闺中，即亡弟女儿，已到出嫁年龄，一番思忖下，便招了许滨为侄女婿，这段时间两人关系相洽，度过了难得的温馨时光。

可惜万事皆有终始，筱园十余年后逐渐走向衰落，陈撰此时虽然已近古稀之年，但精神矍铄，仍要为往后的日子筹谋生计。乾隆九年（1744），在朋友的引荐下，陈撰赴郡城扬州江春的康山草堂，三年后即乾隆十二年（1747），正式入堂。

程梦星是在乾隆二十年(1755)去世的，为赡养程家人，友人卢见曾只得将筱园转卖。繁华事散逐香尘，空留旧园藏寂寞，陈撰闻讯后，沉默良久，故友皆随流水，徒留飘零之身，这种感受大概只有长期流寓异乡且一身三朝之人才能有所体会吧！

苑卿街南别业康山草堂，是陈撰在扬州的最后一处栖身地，主人江春，为两淮总商，乾隆皇帝六下江南，江春都出了不少力，这位"以布衣上交天子"的商人颇有儒风，擅文能诗，在扬州文人群体中名望很高。

乾隆十二年(1747)，年近古稀的陈撰入堂时，江春正值四十余岁的壮年，年岁的差异并没有阻碍两人成为忘年之交。草堂中建有"随月读书楼"，这处私人书房经常成为陈江二人谈诗论事的场所。楼前有"秋声馆"，是江春专门饲养蟋蟀的地方，又有"江家箭道"场地，在这里，能闻"秋声"，能观骑射，又有名家写成的杂剧传奇表演，陈撰晚年的生活也不至于寂寞。

但是，仍有一件事成为老年陈撰心中的一根芒刺：陈撰、许滨翁婿两人关系的破裂。许滨性格活跃，长于交际，而陈撰此时已经深居简出，寡淡无欲，行径愈相背离，意见渐至参差，仅剩的一丝联系也在侄女早亡后化为虚无。

人生最后的十年里，友人赵昱、马朴臣、边寿民、厉鹗、程梦星、马曰琯等相继离世，无力感、茫然感、孤独感编织成一张密不透风的大网铺天盖地向陈撰袭来，时间从此刻开始极速下坠，漂泊的生命在夕阳的残照下默然老去。

秋风起，老客凉，这位天涯风尘客不可避免地行到了人生的尽头，这条羁旅路，陈撰整整走了五十年。在归老武林前，江春为他提前举办了耄耋之年的寿宴，并出资在南屏山下买了寿穴，这位友人也算得上是情义深厚了。

名士俱风流 3

读书不为做官，艺术不为金钱，这是陈撰一生悠游文化园圃不变的气质。文人有文人的风骨，名士有名士的风流。

陈撰一半的风流镌刻在钱塘的"玉几山房"中，书斋名源于他的号"玉几"，而追源溯根正是故乡鄞东玉几山，可见他恋乡怀旧之情至深。"玉几山房"小巧而精致，推开窗户阳光能直洒进来，照明此间一方天地，案头笔墨纸砚俱全，偶尔有一两本古籍散落其上。好友金农就很喜欢来此，称赞其雅致清静。初到扬州那会，陈撰并没有很快安定下来，闲暇时日仍会时常穿行扬、杭之间，康熙五十六年（1717），金农得知钱塘同乡杨工求藏有宋人萧太虚的画，便请他携画赴"玉几山房"一观，三人一拍即合，都认为只有风雅之地才有资格让真迹一露真容。此画为一立轴，百花杂树栩栩如生，山林清幽之气扑面而来，使人仿佛行于山野篱落间，其中又以梅花为最。陈撰的神思早已穿行其间，他的《梅花册页》从此时开始在画中山林间生根发芽、遇雪开花，时间在这一刻凝固，香墨流淌、勾皴点染，充满野逸萧远之气、颇具林下之风的梅花就此绽放,"春艳""绿云""粉面""琴舫""铁骨""素芳""染雪""冰壶",每一幅梅花的标题都显露着画者的风骨和品性,《扬州画舫录》称他和"扬州八怪"之一的李鱓齐名,但又不同于后者的悍霸之气,成为八怪之中独特的存在。

能够位列八怪群体,陈撰自然有着自己的格调。他不愿和光同尘,不肯随人俯仰,在自我天地中孤洁自芳,怪癖的脾性难存于世,却融于斯,因此,他陆续结交了金农、郑燮、黄慎、李鱓、李方膺等一众文人,他们风流倜傥、桀骜不羁,结伴成群,于所谓"盛世气象"中大唱清冷别调,与温柔敦厚的格调诗文思想相颉颃,在文学艺术领域别开生面。

但陈撰的交游从不限于一处,除了书画艺术,他最推崇的文学友人就是浙西词派中坚人物厉鹗,因为同出钱塘,于是天生多了几分熟稔。作为文友,陈撰每每读到厉鹗的词,都如同听见玉器清越之声、闻到兰草芬芳之味,其高如大山,其广如大泽,类似"天才秩举"之词不绝于口;厉鹗更是认为陈撰诗、书、画"三绝",当世三者皆佳之人难出其右,唯有"天才亮拔"的玉几才能追赶先人遗风。这种互相赞誉或许略带有些尘俗气,却也成了当时名士风流互鉴的印证。

康熙六十一年(1722)秋夜,友人陆钟辉乘舟来访,他虽官至南阳司马,仍牵挂布衣好友。陈撰颇为感动,冒着稀疏小雨和些许凉意,效仿古人与他对谈月下。此时的陆钟辉因亲老乞归,内心尚存彷徨,陈撰为他开导道:"权势浩浩犹如浮云,功名利禄不及茅屋三间,我若是你,必当归还乡里侍奉双亲。庙堂尚有枷锁桎梏,江湖却有几多风流。"陆钟辉就此更加坚定自己的选择，写下了"相思清不寐，凉抱玉壶深"的诗句，陈撰作《雨夕有怀陆淳川》以唱和，首联"新雨不怜客，凄然还旧声"却也牵扯出这位异乡客风流背后的神伤。

乾隆十九年（1754），陈撰应邀前往友人马曰琯、马曰璐的小玲珑山馆，文会上雅士云集，玉食罗裳、弹丝吹竹、清觞交错，起座论诗赋、品鉴论书画，可谓风流蕴藉，大有王谢家风。趁着此兴，陈撰向主人家要了笔墨，当场留下了一幅鹤图。马曰璐深知陈撰喜爱白鹤，也明白陈撰之心，于是写下了一首《画鹤为陈玉几作》，诗中写道"本此尘心外，写出云中翮""惟愁老邱樊，飞鸣俱寂寂"，鹤为陈撰，陈撰亦是鹤的化身，同样的标格，一样的孤傲，这只老之将至的鹤，也有担心不能翱翔和鸣唳的一天吧。

三年后，八十岁的陈撰最后一次同金农、卢见曾等好友集于江春冶春园中观荷，几人立于舟头，分韵作诗。船夫操慢桨，小舟且徐行，恍惚间眼前出现一座红桥，这座王士祯笔下"红桥飞跨水当中，一字栏杆九曲红"的名桥，与西岸的茶楼酒肆一起见证了百余年来文人骚客们在此留下的人间风流，古今时光交错，一时醉倒多少英雄。

此时，红桥上走来几位文人打扮的年轻人，谈笑间雅句连珠，神似几十年前陈撰和好友同游的场景。历史是一个轮回，从意气风发的翩翩少年到如今白发苍苍的皤然老翁，不过转瞬。船上风流的人们在老去，人间的风流却一直存在。

微风吹澜起，舟桥交错间，恍如昨日，两边是匆匆流逝的波光，任凭着水送小舟摇摇而去。

闲却牧歌

全祖望

1705—1755

清朝著名史学家、文学家,浙东学派集大成者

陈小如 文

五桂堂前的桂花，又一次热热闹闹地盛开了。江南的天光云影，桂花的芳香馥郁，穿越万水千山幽幽而来。闭上眼，深吸一口，缕缕桂香似有若无地萦绕周身。离家经年的梦里，这颗粒饱满的金黄，这阵阵熟稔的香气，令人感到温暖愉悦，这是家的味道，是灵魂安处。

可这个秋天，频繁从梦里逐一缕香气到梦外，惊醒之余徒留满腹哀伤。熟悉的桂香杳无踪迹，恼人的事情却搅得心绪不宁，辗转难眠。

这是乾隆二年（1737）的秋天，全祖望从仕途高处重重跌落。

事情怎会是这样的走向？在针对翰林院庶吉士的全面考评中，才学俱佳的他被列为下等，外补——意味着考核成绩最差，定为候补知县的他，不日将被贬出翰林院。

他久久难以置信。

前一年，才一扫多年科考阴霾，金榜题名考取三甲进士，祖父祖母及父亲吟园、母亲蒋氏，同时获得皇上诰封的庶吉士和孺人封号，何等春风得意。

而他身处治学条件优越的庶常馆，在浩如烟海的藏书里醉心于学问研究，日子刚刚铺开少有的稳妥和温情，幸福的画卷才展露小小的一个角落，却一夕之间，便戛然而止。

这候补知县好比仕途"冷宫"，压根是个虚衔，有官没有职,档案转入吏部等待分配,只是一个好听的说辞,谁都知道等待将遥遥无期。

忽而今秋。遥远的故园,父亲和母亲闲坐在桂花树下,会不会还沉浸在他金榜题名的喜悦里,想象着守得云开的孩子,从此迎来仕途顺遂?然后憧憬着家里的日子也将由此愈来愈好……

祖望及时掐断飘远的思绪,面对罢黜的结局,捋来捋去终是气馁。无边无际的黑夜翻滚着,犹如一头困兽在耳畔叫嚣。可当他侧耳倾听,又复归一片死寂。

就像,他想牢牢攥紧点什么,却发现双手空空如也。

罢了罢了。痛定思痛,是年十月初冬际,祖望带着满腹"左迁""罢官"的意难平,出京南下返里。从此,远离帝都和皇权的他,为另一种人生开启了可能。

1

五桂堂前桂,云光五色寒。

"五桂堂"三字,系万历皇帝朱翊钧的宸翰。甬上全氏素以诗礼传家,生于斯长于斯的祖望更是从小聪颖过人。四虚岁入私塾开蒙,由父亲亲自教习四书五经,能粗解章句。六七岁上,随父回村(今洞桥沙港口)祭祀,他以宗族十八位太公烧制砖瓦营生为赋,脱口吟来"一缕青烟上碧霄,月里嫦娥鬓熏焦。天将差使来相问,十八太公烧瓦窑"这样富有想象力和稚趣的诗句。八岁时,兼读《资治通鉴》和《文献通考》,晦涩深奥的史册,他读得兴致盎然,父亲看在眼里喜在心上。

康熙五十七年(1718),父亲授课结束,十三岁的少年投入三馀草堂董次欧名下。董先生学识渊博而性情古板,多数学生对其敬畏有余而亲近不足,但祖望不一样,他有自己的思考和见解,为争论学问追着先生,敢直接叫板。"权威"屡遭质疑的董先生十分头疼,但很快发现少年的质疑不无道理。他透过浑浊的老眼,异常清醒地看到这株茁壮成长的苗子,将来必定长成参天大树,悲喜交集写下:"吾门俊人也。惜予老矣,不及见其大成也。"

董先生是有远见的。这一年,祖望轻松考取秀才,在学宫拜谒"至圣先师"时,看到谢三宾、张杰的神主赫然立于乡贤祠内,顿时怒不可遏,"击之不碎,投之泮水"。因为谢三宾降清,多次出卖抗清志士,作恶多端;张杰为明朝故将,降清后不仅杀害张苍水妻子儿子在内的一家老小,更施计捕获张苍水并杀之。听着抗清英雄故事长大的热血少年,怎能容忍这样的黑白不分,他不及思量后果,选择了激烈捍卫。

全氏先人家风严谨,坚守节操,不愿依附阉党,洁身自好。祖上虽有人做官,但近几十年来几辈人都投入抗清活动,家财基本耗尽,清贫是绕不开的话题。从小体弱的祖望,典型一介书生,擅长学术却不擅长谋生。二十岁成亲,娶了鄞江年长三岁的张氏为妻。为缓解生计,去了祖父曾经避乱教书的童岙设馆授徒。

《全绍衣传》中记载:"性好聚书,弱冠时,登范氏天一阁,谢氏天赐阁,陈氏云在楼,遇希有之本辄借抄。"以书明心的祖望痴迷读书,也痴迷抄书,从晨曦到日暮,一坐一整天,一抄一大摞,废寝忘食。累累藏书多半抄之而来,蔚为壮观。

到了雍正五年(1727),孙诏出任宁波知府,想将其收归门下并举荐为优秀贡生,赴国子监深造。在童峉三年,授业、备考、著书一样不敢落下,可祖望只想凭借真才实学考取功名,遂婉拒了带有条件的举荐。不久,浙江来了新学政王兰生,以其品学兼优、贤良方正上荐朝廷,憨直的祖望又以父母年岁已高,无兄弟侍奉为由推辞。

如此不识趣,家人很愤怒。祖望却侃侃而谈他的科举仕途理想,不料此时牙疾剧烈复发,不得已捂腮噤了声。妻子张氏趁机取笑:"你看看,老天爷都要惩罚任性的你,这下有口难开了吧。"祖望一副霜打的茄子模样,一旁的父母已忍俊不禁。二十五岁那年,王兰生又将他选为贡生,这一次碍于家人和师长们的轮番劝告,终于准备北上进京。

2

北上之路,并非一帆风顺。

雍正八年(1730)春,母亲勉励即将远行的祖望:"到国子监学习,他人觉得无非是得功名利禄、辉宗耀祖。我认为这是世俗之见,你应有得又有闻,在事业、德行、声望上都有所收获才是。"

他怀揣着母亲的殷切期望,从鄞县动身,在西门外西塘河边的码头乘船,过大西坝至姚江,再越曹娥江、钱塘江至杭城,然后经大运河北上京津。这个走法费时,但舒适省钱,又可沿途觅书访友,倒生出几分意趣。

江南的春天总是多雨,斜斜地细细地打在船篷上,有时候大,有时候小,春寒料峭,江面吹过来的风还是冷飕飕的,吹动手中的书页沙沙作响。一觉醒来,雨已停,明晃晃的阳光笼在江面和山峦上,远远地瞧见了岸上婀娜起来的柳枝,还有次第绽放、各色迎春的花朵。这些蓬勃的生机,使北上的青年心生愉悦。

爱书成癖的祖望,携书二万卷上京,兼车载之,行至山东境内,不太宽裕的盘缠见了底。他想到了族人全集初(伯父)在山东按察使衙门当幕友,便厚着脸皮前去借钱以解燃眉之急。

登岸后,他租了辆马车载上十几箱书卷直奔衙门。虽然通报之后半晌才得以相见,但伯父摆下珍馐佳肴款待于他,并转告主人潘使大人之意,希望投下一份门生名帖,别说区区北上盘缠,日后在京开销都可以包揽。

祖望进山东以来,已略闻潘大人的风评。伯父话一出口,他顿生厌恶,辍箸而起,离席。伯父不死心:"大人敬仰贤侄大名,这包银子是他心意,不投名帖没关系,交个朋友总可以吧。"祖望拂袖而答:"收了银子,岂不出卖自己的人格,我宁可求乞上京,也不受这怜悯。"候等的车夫知悉原委,感佩于一介书生风骨意气,有心免除车资。耿直的祖望却兀自脱下身上外衣,再从箱子里挑出较好的几件衣裳,典当抵了车资。在京师的叔父全馥,收留了衣衫单薄风尘仆仆的侄子。

在京数年,是祖望一生中最为起起落落的时光。初入京时,深得方苞、曹一士、李绂、杨名时等名流人士的器重和赏识。他们或惊讶于他经学上的造诣,或对他的读书细心、精于考难深表钦佩;或赞许他读书广博,而又永不满足;或为他的文章倾倒,林林总总,不一而足。名动京城,这也为他日后埋下了隐忧。

祖望不愿亏欠陌生的车夫,对待师友更是一片赤诚。雍正年间,万经主编《宁波府志》,一直把修纂过程遇到的疑难杂症写在信里,频频寄给经史研究中颇有建树的祖望。在京备考的他悉心做着幕后英雄,不厌其烦地解答万老夫子的问题并附上资料。雍正九年(1731)春,厉鹗、杭世骏主编《浙江通志》,两人一致认为浙东众多篇幅的编纂非全祖望莫属。于是写信求助,并邀请他亲临杭州。

备战"秋闱"的祖望着实为难了。但他马上想到了两全其美之策,修书一封:他列出一沓文献清单,言明这些资料都在宁波家里,拿着他的亲笔信笺去找他的父亲便可。厉鹗、杭世骏半信半疑,辗转找到他的父亲,并呈上书信。吟园先生热情接待了远道而来的儿子朋友,并按书信所示很快找出了所要书籍,特别是孤本宋刊的《宝庆四明志》和开庆《四明续志》,史学价值不可估量。两人如获至宝,编纂宁波部分的难题迎刃而解。

乡试如期到来。翰林院侍讲学士李绂早已见识过十六岁的祖望才情,迫不及待通过好友房考官曹一士提前索阅了他的试卷,不出所料,一篇文章作得行云流水。"这个青年发展前途难以限量,今后必将成为王应麟、黄震(两人均为南宋末年浙东著名学者)后的第一人。"将青年祖望与两位大儒相提并论,可见评价之高、期望之殷。果然,二十八岁的祖望考取举人。可就在此时,远在家乡的妻子却因难产去世,勉强存活的女婴因没有母乳喂养也于七日后夭折。

噩耗传来,祖望悲痛欲绝。妻子多年来敬孝双亲,使其能专心读书著述,如今天人永隔,恨不能立即回甬。叔父悉心劝阻,这一南一北来回,不知又要浪费多少时日。在这节骨眼上,应该化悲痛为力量,考取进士才是最好的奠祭和告慰。悲伤的祖望选择了留下。

雍正十一年(1733),三年一次的会试如期到来,但祖望自己也没有想到,春闱时即惨遭淘汰。他回想当初两次拒绝北上,如今被裹挟在科考的浪潮里,一晃三年过去。他深知科考之路不可能一帆风顺,但对自己的遭遇又格外不甘,原来初审考官的喜恶便判他出了局。主持科考的李绂大人在落第生员卷叠中翻到他的卷子,阅览之后一如既往大为赞赏,可木已成舟,晚矣。

无缘秋天的殿试,祖望准备回家尽孝。但恩师李绂不舍,"若留下,我可以向吏部推荐应选博学鸿词,同样可以入仕,进翰林院"。学而优则仕,这些年盘桓于京都的他不就是为此日复一日、年复一年地努力着?于是,在前方投来一丝光亮时祖望再一次选择继续奔赴。

向吏部推荐应选博学鸿词，须有两位当朝大臣联合推荐。祖望不主动登门求取青睐不说，连户部侍郎赵殿这样的大臣几次屈驾光临都被他拒之门外。不喜欢的书不读，不喜欢的事不做，不喜欢的人不见，全祖望骨子里仍在坚持他的科举理想，应选之事不了了之。

第二年正月，乾隆皇帝即位，意外叫停了举荐博学鸿词。此时的祖望居住于叔父家中，一边备考，一边继续学术研究。李绂来访，看到他的居住环境，大吃一惊，一桌一椅一床一贫如洗。李绂惜才之心溢于言表："住到敝舍吧，虽然也简陋，但总比这儿要舒服些。"

李绂家有一处名唤紫藤轩的清幽所在，很适合学习和研究。每当紫藤花怒放时节，一串串美如紫色云翳的花朵垂挂下来，古藤和新叶映衬着绚烂夺目的花朵，风漫过花叶，院里的空气都是清恬的。来自江西南昌的举子万孺庐已于一年前住下，不日后，祖望与之成为邻居。从此，三人常相聚一起，或讲学，或考证，或分韵赋诗，葱汤麦饭，互为主宾。在李绂诗集中，有不少三人诗酒紫藤花下的作品，其《七叠前韵赠全谢山》有云："惟藤古可爱，开花艳且柔。布席当藤花，如坐紫霞舟。其古学所富，其艳文可酬。不知文字外，更有吾所求。"欢欣之意尽在其中。

自祖望借寓于紫藤轩后，他和李绂更为情投意洽。日子依旧清贫，但灵魂相契、志同道合的三人度过了两年多终身难忘的时光。在此时期，祖望和李绂尽情查阅和抄录了《永乐大典》中的珍本书籍,他还开始了《水经注》的研究工作。

清廉的李绂事无巨细关爱着这个后辈。囊中羞涩的祖望料理叔父后事一筹莫展时,李绂雪中送炭般送来一百两银子;见祖望无人照顾起居,又劝其早日续弦,并暗中帮忙留意。后祖望娶春台学士之女曹氏为妻,恩爱不疑,相伴终老。

甜蜜的爱情相伴,三十一岁的祖望迎来人生中的高光时刻。乾隆元年(1736),他三战连捷,高中进士。礼部尚书杨名时慧眼识珠,夸他品学兼优,是不可多得之才。入翰林院任庶吉士,旋又被荐应博学鸿词科。大学士张廷玉向皇帝上了一道"凡经保举而已成进士者,不必再与鸿博试"的特奏,使祖望与九月保和殿的鸿博试失之交臂,也失去了一次在皇帝面前展示才情和抱负的良机。

明眼人都看得出,彼时张廷玉和才高学广的李绂政见不和,拿他的得意门生开刀,明里排挤全祖望,暗里打击李绂。当全祖望顶着清闲之职入庶常馆,很快发现这里就是他梦寐以求的一方热土,他专心致志于学问研究,心无旁骛,很快开辟出一片繁花似锦的新天地来,错失鸿博试的遗憾早已烟消云散。

翰林院里藏书之丰富,令他叹为观止。工作之余,他日以继夜地借阅抄录,每天的时间都显得那么不够用。《永乐大典》《水经注》中都有他迫切想要、在他处绝无可能得见的珍贵内容,他在心里美滋滋地盘算着:上万卷的《永乐大典》《水经注》多久可以抄完想要的篇章?一天抄二十卷,三年?或许每天可以再挤些辰光多抄一点……

这份孜孜以求学问的踏实劲、不事张扬的痴迷劲，与李绂等人的知心交往，快乐工作的样子落在张廷玉的眼里，又翻江倒海般掀起巨浪。这个手握重权的老人再下杀心，在庶吉士的考评中，私下授意考评官，直接送给全祖望一个"左迁出都"。

命运的罗盘倾覆，井然有序的学问研究也无以为继。"新晋"候补知县带着深深的遗憾和挫败感，决定远离官场这块钩心斗角的是非之地。

即将离京时，方苞找上门来，惋惜之余以三礼馆（成立三礼馆是祖望的主意）纂修之位诚恳挽留。自知不擅舞官场长袖的他谢绝之际，向方老夫子力荐了福建兴化前通判，一身真才实学、却久漂京都艰难度日的吴廷华。同是天涯沦落人，谦谦君子风范令人潸然。

至此，薄游京都落下帷幕。

3

最怜拓落者，闲却圣明时。

回到家乡后，满腹经纶的祖望被弃于当时的社会主流之外。

"无日不聚首"的忘年交陈时夏曾在他北上时赠言，"期君得意后，重著未完书"。未有得意，但是"著书之志"还在。无官一身轻，正好有大把大把的时间继续著书立说、潜心学术，惬意自不待言。

在故居桓溪（沙港口村）有几间简陋的木结构楼房，他在楼下砌了一口柴火灶，添置了一些日常生活用品，打算随时来此小住。他在《桓溪旧宅碑文》中自诩"思为溪上田父，以充圣世之幸民"；他也以向来无远志自嘲，但实际上却从未一刻停止专心治学的脚步。

若说遗憾，是多年未见的双亲都已步入风烛残年，且饱受疾病之苦。从前，为了衣食，实现抱负，不得不远离。这次回归，想略尽朝夕之养的孝道。孰料，承欢膝下一年，老父病逝；次年十二月，慈母又卒；随后，一起中进士、受牵连同被"左迁出都"的舅父蒋试之作古；翌年，忘年交万经又归道山……深感世事无常的他，专注编纂著作以宽心绪。

五桂堂里到处是至亲家人的音容笑貌，为避免触景伤情，也为了恢复"双韭山房"书屋的辉煌，决定搬家至青石桥巷（也称青石街）的"适可轩"。他把六世祖太公全元立侍郎亲写的"双韭山房"牌匾擦拭干净，端挂于门梁上方，从旧宅搬来的书籍，分门别类，作记标签，登记造册，整整齐齐摆放于各层书架上。秩序井然，书香盈溢，"双韭山房"藏书室大功告成。含手抄本在内的书卷达五万册之多，其中以翰林院的皇家经史手抄本最为独特。

好友厉鹗曾谓：诗苦与俗违，文苦攻身瘦。经历双亲缠绵病榻又相继离去，祖望的生活已是困顿至极。但饔飧不继之时，好学之志却弥坚，他从未放弃心中热爱，其经学、史才、词科三者兼得，著作日富。《宋元学案》的增补，《困学纪闻》的三笺，《续甬上耆旧诗集》的编纂，以及《鲒埼亭集》内外篇中为数众多的文章,《鲒埼亭诗集》中的大量诗篇和《勾馀土音》等著述,源源不断完成。

为益考旧闻,他奔波跋涉在所不辞。早在童岙讲学时,和同样致力于浙东史学研究的陈常先生闲聊,从陈先生无意的一个感慨中得知南明义士、曾任福建巡抚、因死守翁洲(今舟山)壮烈殉难的张肯堂遗骨可能埋在普陀的茶山上,他便按捺不住激动,安排好学生作业,独自一人就奔普陀山去了。他乘船渡海,海岛上茶山处处,要找一座古坟,无疑是大海捞针。逢人便问,见茶山就找,苦寻多日,无果。一天傍晚,筋疲力竭的他投宿一寺庙,仙风道骨的方丈接待了他。

海水呜咽,夜露浓重,方丈的讲述将祖望带回顺治八年(1651)张相国保驾南明鲁王、坐镇翁洲、清兵大举攻城的悲怆年月。而这方丈,竟然就是张肯堂孙儿张茂滋,由其部下应元将军浴血奋战保留下的一丝血脉。应元化身僧人隐在这茶山,将英雄血脉抚养长大,并将衣钵传授于他。这第一手资料,终使祖望为张肯堂写出《神道碑铭》,收入《鲒埼亭集》卷十。

祖望通过作诗、撰文和写墓志铭等方式,表达对爱国志士的无限敬仰。他一直有一个遗憾,就是对明末抗清领军人物史可法了解甚少。史可法的经历疑团重重:一是史可法血战扬州英勇就义,为何只有衣冠冢?二是史可法死后,安徽、浙江为何出现数个史可法举旗反清?三是安葬在衣冠冢旁的为何是钱氏烈女?

正是烟花三月下扬州的时节,祖望收到扬州好友马氏兄弟的书信邀请，他忙中偷闲欣然前往。但醉翁之意不在酒，他一心想到史公墓前祭祀一番，看能否搜集更多忠烈公的史料。史可法的衣冠冢就在扬州天宁门外梅花岭，一行三人祭祀完毕，却被树林里突然出现的一鹤发童颜老者挡住了去路。

来者不是别人，正是为史督相守墓尽孝的义子史威德第四代孙。顺治二年（1645）四月，豫亲王多铎将扬州城围困，镇守的明朝督帅兼宰相史可法奋力抵抗，死守城池。在前无救兵后无粮草的颓势下，收副将史威德为义子，并托付后事："城在我在，城破我亡。"二十四日晚，城门被攻破，史可法被捕，多铎以先生相称，许以高官厚禄劝其投降。史可法大骂不止，多铎恼羞成怒，将他残忍杀害，并下令屠城十日，春和景明的扬州城瞬间成人间炼狱，尸横遍地，血流成河。

第十二天，突围逃生的史威德潜回城中，想收殓安葬史可法，却不见遗体踪影。次年，取史可法长袍、朝靴等物安葬在梅花岭，建了衣冠冢，以寄哀思。当时此地还有一座烈女钱氏之墓。钱氏原籍镇江，那年正好客居扬州，清兵攻城后，她服毒、跳楼、投水、自刎不死，最后上吊而亡。

扬州城破时，有人说史督相未死。后来长江两岸抗清义军四起，有人打着史可法的旗号，号召义军反清复明。后一义军首领被捕，叫史氏家族男女前去辨认。内中有位督相的八弟媳妇容貌出众，清军将领意欲娶她为妻，八弟媳宁死不从，自尽于清兵营中。

心中的疑团一一有了答案，而沉浸在回忆中的老人早已泪洒衣襟。回家后，祖望夜不能寐，挥笔疾书，既表彰史可法忠烈,又颂扬钱氏烈女和八弟媳节烈的《梅花岭记》诞生,作为明清之际颂扬抗清义士的代表作,代代学子至今铭诵。

也是在寻访途中,祖望喜欢上鲒埼亭这个地方。《汉书》有"古鄞地,鲒埼山,设鲒埼亭"的记载。鲒埼亭(现奉化莼湖一带)曾经是抗清英雄张苍水的根据地,这里不仅有张苍水英勇战斗的许多遗迹,也有朱裕太公抗争权贵的故事。听老人介绍,才知"鲒"是海洋中的一种小动物,长约一寸,宽约两分,形如河蚌,是稀有的海鲜精品。而"埼"则形容海岸的曲折。祖望鲒埼亭一行,不仅听了故事,吃了鲜香美味,还感受了民风气节,回来一锤定音,将呕心沥血之作命名为《鲒埼亭集》,还自署鲒埼亭长。足见,这海洋中稀有而顽强的小精灵深深触动了他的心。

男儿膝下有黄金,但跪求书稿又何妨。他听闻明末有一学者顾道复,随朝廷南迁,曾搜集许多宝贵文献,特别是史可法、张苍水、钱肃乐等抗清志士的英雄事迹多有记录,原拟出版一册文集,因猝然离世,只遗下残稿于后人。

得如此线索,他又激动了。几经周折找到顾家,彼时顾家已凋零,尚有一后人顾正清和年迈老母相依为命,但顾正清吃喝嫖赌游手好闲。祖望说明来意,顾母十分淡漠。忧心残稿落入遗失境地,心急如焚的他竟猛地跪在顾母面前苦苦恳求。老人松口了:"书稿在儿子房中,等他回来,送去你家。"

回家没几日已是除夕,顾正清背着书稿来了,开门见山要以四两银子换先父遗物。祖望一家连中饭都尚无着落,又哪来银子购买书稿?他作揖赔礼,信誓旦旦表示:"一月之后定当悉数奉上。"顾家痞子怎肯："你这人倒聪明，书放在你处抄好还我，世上哪有这样便宜之事？"背起书稿要走，这时，杭州一位好友正担心祖望年关窘迫，送来一封书信、四两银子。祖望大喜过望，转身将银子交给顾正清，手捧书稿乐得大喊："天助我也！"他不顾饥肠辘辘细细翻阅起来，书中自有千钟粟也。

这个在康乾盛世被闲却的拓落进士，在尔虞我诈的朝堂之外，以其在学术史的梳理和古籍校注上的卓越成就，和对乡邦文献、抗清史事的搜集研究方面的开山之功，以其卓然史识和斐然文采兀立于清代史学大家之列；以其融思想家的睿智、史学家的深刻和文学家的才情于一体的治学特色享誉儒林文坛。梁启超说："若问我对古今人文集最喜读某家，我必举《鲒埼亭集》为第一部。"

4

乾隆十三年（1748）春天，绍兴知府杜补堂邀请祖望出任绍兴蕺山书院山长（主管教学的教务主任），祖望从家里的经济状况考虑，开心赴任。

与大好心情相左，山师却不利。好在经过磨合，他的渊博知识、深刻讲解，让学生敬佩不已。名声传开，书院学子爆增至五百多人，这等好事，却遭原山长方先生的忌恨。靠堂兄浙江巡抚方观承当上山长的他才疏学浅，伺机寻找祖望的错处。某次课堂，祖望向学生讲述岳飞、文天祥等英雄事迹，也竭力赞扬了史可法、张苍水、钱肃乐等抗清爱国志士——这下，可让他抓着小辫子了。

原山长以祖望公开宣扬反清复明言论，火速密报给浙江巡抚。好友杜知府一知情，赶来提醒。但祖望义正词严予以反驳，两人针锋相对，各抒己见，互不相让。最后，杜知府以权压人，祖望气愤不过而辞职回家。

这愣头愤青，时年早已四十有四。从小身体羸弱，一生清贫困顿伴随，为著书、为立说、为衣食，忙碌奔波。时有友人相助，才不至于饥寒交迫。他为求书稿，为赎回被窃珍本，毫不吝啬散去钱财。五年前喜得麟儿昭德，赚钱养家怎么说都是第一要紧事儿。

但是，遇上这种丁卯之争，他绝不含糊。要为五斗米折腰吗？不存在的！

学子们见不到山长，得知真相后要求院长将他请回来。院长求到知府处，知府求到宁波道台，没用。后来，公推蔡绍基等十余位学生代表，直赴宁波。正值中饭辰光，只见先生一碗薄粥就着几根咸齑，家中一贫如洗。此情此景，学生们颇有雪中送炭之豪迈，急忙拿出一千两银子，请先生重返书院。

"我之所以不去，是为官者非礼，要我和他们同流合污，是万万办不到的。"蔡绍基忙说："这些银两是五百名学生所凑，与书院、府衙无关。"祖望毫不动心。他看着远道而来手足无措的学子，心软了，留下学生作业，承诺会逐一修改。学生们想趁机留下一些银子当作酬金，他暴跳如雷：这是侮辱我！

祖望用了三个月把这些作业逐字逐句进行批改,并写了评语。这百余篇文章,后来结集刻印。许多学子感念先生高义,常来书信问候,表达敬仰之情。

祖望痴迷的,仍然是研究学问。

常年伏案,困苦操劳,营养跟不上,四十六岁的他已是百病缠身。正月初,舌头无故出血,夜间失眠益发严重,吃不下东西。曹氏求医问药,二月中旬稍有所好转,他便带着煎药罐入杭,依然在依山傍水、环境清雅的篁庵租了静室当书房,开始第五次校注《水经注》。湖州的沈炳震、沈炳巽兄弟接力三十余年完成的《水经注》稿本悉数交由他参考,这份沉甸甸的托付使祖望不敢有丝毫懈怠。带病校注的他,一只眼睛染上眼疾,到下午就视力模糊。他充分利用上午可视时间书写,下午闭目,在脑海反复推敲注本细节。初夏五月,五校本完稿。

改善生活的机会,不止一次出现。父母去世后的第三年,吏部行书到宁波知府衙门,叫祖望赴京候选,这是复出为官的大好机会。但是,经过全盘考虑毅然离京的他,早已绝意仕途。他以连失双亲尚在丁忧期予以拒绝。妻不解,祖望算了道数学题:丁忧期二十七个月,但我父母双亡,得叠加才是。其实这是曹氏求父亲春台学士暗中托人求得的良机,祖望不知,弃之如敝履。

曹氏委屈,质问他:常叫我一个妇道人家担忧家里柴米油盐,你可曾愧疚过?祖望忙致歉:以后再有机会,一定牢牢抓住。

但"打脸"的事很快到来。次年春三月,乾隆皇帝南巡。按制,皇帝所到之处,各地品级官员(含候补官员)都要接驾请安,听从派遣。各路官员视之为飞黄腾达的大好时机,不惜金银不择手段也要创造机缘接近皇上。

但有一个人注定是另类。他也接到了浙江督抚通知,前往苏州候驾。他叫苦不迭,可皇命难违,硬着头皮起程了。

随驾南巡的户部侍郎梁芗林,是祖望钱塘诗社旧友,两人交情甚笃。他提前来信,告知祖望设法疏通下皇帝身边的近侍太监,再加他从旁美言,能见皇帝一面,那么就复职有望了。但见信的祖望淡然一笑,没当回事,也没复信。

圣驾抵达苏州数日,梁侍郎见毫无动静,以为祖望家境贫寒没有活动经费,就凑了三百两银子急匆匆派人送来。祖望退了银两并告知好友:行贿拍马就算了,为官亦不再有兴趣,著述史学、教书育人才是自己人生所求。

祖望的清高气节,好友唯有钦佩。此事他自然不会告诉曹氏。接驾结束,一无所获的他沿途拜会朋友,意气风发。复职之事,压根就没放在心上,也就无所谓得与失了。

他在学问上的光芒,真是藏也藏不住。乾隆十七年(1752),广州巡抚苏昌派人送来书信,邀请他出任天章书院(又名端溪书院)山长。待遇相当优厚,工资、路费、餐补及节假日红包,年薪逾纹银七百两。正犹豫之际,杭州好友杭世骏也受聘为广州粤秀书院山长,正好结伴同行。

释奠礼上,一场精彩的开学致辞,开启了他在端溪书院学问研究与育人讲学孜孜不倦之旅。积劳成疾引发旧患,但他不敢有所懈怠，每天与时间赛跑，学生成绩、学院口碑显著提高，可他的健康却每况愈下。

书房的窗前，有一株木兰花，浇水、凝眸，他钟爱有加亲如眷属。几天前花蕾已现，这给病痛中的身心添了几分明媚。谁知好景不长，花蕾纷纷枯萎，枝叶也相继枯黄，几分明媚也随即消逝。

或许是长期病痛折磨，心力交瘁；抑或春天本来就忽明忽暗，料峭生寒。在一株枯黄的木兰树下，他卸下强韧的铠甲，两滴热泪从腮帮滚落。

病情越来越重，他太累了，为了不影响学生学业，决定辞职。当地官员，大到粤省大吏，小到县令，纷纷挽留。学生们含泪劝说，心软的他又留了下来。数月后，杭世骏带着苏巡抚的好意来看他。苏大人考虑到他的健康状况和经济处境，向吏部申请了一个轻松又高薪的职位，让他退出繁重的教学事务。但祖望想到的是，自己离开官场已整整十八年，一把年纪再涉及，岂不玷污一生清白。

清高孤傲，固守清贫一生，他是爱惜自己羽毛之人。七月，任职山长十四个月的他，身负重病，依依不舍离开了端溪书院。

回家陪在妻儿身边，听着昭德一声声稚嫩的叫唤，精神也好了不少。乾隆十九年（1754）三月，扬州马氏兄弟来信相邀过府疗养，说为他重金聘请了名医。他住在畲经堂，忙于《宋元学案》的增补，也完成了《水经注》的七校稿。长期负重的身体时好时坏，春节前夕，祖望告别挚友回家过年，可是昭德却病了。

昭德，小名韭儿，十三虚岁。年前开始的咳嗽总不见好，到立夏前两天，一个娇小的生命在清晨里悄无声息地离去。崩溃铺天盖地，他艰难起身含泪写成《埋韭儿铭》一篇、《哭子诗》十首，一个父亲的伤心和绝望，成为泣血绝笔之作。

从此暗无天日，缠绵病榻的祖望迷糊时多，清醒渐少。自知时日无多，必须要在清醒之际抓紧整理文稿。他把学生董秉纯、张炳、卢镐、蒋学镛等叫到跟前，嘱托要事，并请他们抓紧誊抄书籍，自己躺在床上解答疑问。没有精力阅读，就让董秉纯朗读，听到不妥的，用手示意纠正。为免"贻误后学"，把1741年以前的诗稿全部销毁，之后的诗稿留下十分之六，编为十卷。《天一阁藏书记》等一大箩筐来不及处理的书稿，送给了在场学生。而所抄《鲒埼亭集》五十卷，则托人送到扬州马氏兄弟的藏书楼。

他几乎拼尽毕生之力，在门下代写的书信末署上笔画游走的名字，连同自己的讣告封缄，急送扬州。最怜拓落者的心头可曾闪过什么念？七月初二寅时，终撒手人寰，被"闲却"的人生，定格在第五十个年轮处。

主理后事的董秉纯东拼西借的银两勉强够付清药费，不得已，藏书换钱安葬成为最后一根稻草。天气炎热，灵柩草草出殡。"布衣太史"短暂一生，仓促收场。

卒不能葬的情形，何等悲凉，他恐早已预见。

今月湖烟屿楼畔，矗立着一尊青铜浇筑高达2.5米的全

祖望雕塑，正前方座下"史学大柱"四个字金光闪闪。历史的风雨掀起长衫衣袂飘扬在后，先生神情自若手握书卷，目视前方。一旁的香樟树粗壮挺拔，高耸入云，遗下大片大片的荫凉。

与宋代王应麟齐名的甬上大儒，"班（班固）马（司马迁）之后第一人"，继黄宗羲、万斯同之后浙东学派承上启下的代表性人物，著述不朽，泽被千秋……我在荫绿下默念仰望。向上生长的枝丫，密密麻麻覆满青苔。这微小的身躯，借香樟的经纬蔓延至清风朗月的高处，又自成磅礴。清代袁枚有言，苔花如米小，也学牡丹开。这一个瞬间，先生的铮铮风骨犹如苔花，历经沧桑岁月，倾泻而来。

不爱繁华
爱清绝

姚燮

1805—1864
清朝文学家、画家

朱夏楠

道光二十四年（1844）四月，京城。天气已开始回暖，只是春风中还微微地透着一丝凉意。

礼部门外，会试榜下，人头攒动，一个模样清瘦的中年男子在其中努力地探头张望。半日，张望无果，眼神也跟着落寞了下来。

榜上并无他的名字。他落第了。

很快，姚燮病死的消息不胫而走。想到此次科举失利带来的打击，想到数年前他曾大病一场，友人们纷纷信以为真，为之扼腕，甚至写下了缅怀的诗歌，以为追忆。

所幸，这不过是虚惊一场。只是这次落第于姚燮而言几乎与死无异。这一年，他已近四十，这是他第五次参加会试，也是第五次失败了。茫然四顾，不知所从。杏花微雨时节，看尽长安花的春风得意者中，没有他的身影。

他心中万般悲凉沉痛，一腔郁闷诉诸笔端："今我将如何，悲来不可道。纵累千万言，无由达苍昊。"

或许，是时候回去了。这场科举梦，到了该终结的时候了。他的心绪渐渐平复了下来，随即踏上了南归之路。

船行悠悠，他勉强打起精神，挥手与前来送行的友人道别，也与从前的自己道别。千百年来，这条无数士子前赴后继的道路，他也曾倾尽全力试图以之为终身事业的道路，自今日起，将永远地被抛在身后了。

此乡非吾土；此路，也不再是他的路。

水流向南，气候渐暖。他的身形随着小舟起伏，消逝在茫茫的水雾中。他即将去往的那个世界，一直在等待着他的到来。

1

嘉庆十年（1805），姚燮出生于镇海上字湖登瀛桥小有居（今属北仑）。

对于家世，姚燮曾在诗中如是自述，"五世儒素风，俭朴诚适宜"。先辈们多为读书人，并无达官显贵。家境虽不至于清贫，但也远算不上富贵。只是读书人的"俭朴"，自然也是底层靠卖力气过活的寻常百姓难以企及的。这从姚燮生长的环境中，就可知一二。

姚燮生性早慧，友人徐时栋在所著的《烟屿楼文集·姚梅伯传》中，称其"生周岁，未能言，而识字二百余。坐大父膝头，手指无谬者"。

在他年少的记忆中，"儒"最初的化身，便是祖父姚昀。姚昀被授修职郎，这是一个八品的小官。官位虽小，但他雅好诗文，酷爱交游，有着丰富的精神世界。姚昀对这个伶俐的孙儿格外疼爱，时常将其抱在怀中看书。他念一字，孙儿稚嫩的小手便指向那一字，乐此不疲。这温馨的场景，后来在姚燮的心中被反复回味。

年岁稍长，祖父将他接到自己所住的鄂坡斋，带在身边。

多年后,他在自己编纂的《蛟川诗系》中绻绻地回忆道:

"余稍长,随大父卧起鄂坡斋中,风露烟月之液,饱饫者经十载。维时泉石奇邃,花木茂美,犹据胜一城。园中屋不过二楹,外方而坦,可为宴饮所。升数级东上,其构楠以密,即鄂坡斋是已。前圃广约亩余,后圃稍杀之……斋之东南隅,辟板扉二。扉外缭以竹……竹南一守宫槐,高数十仞,荫亭亭如华盖。榴花、樱桃间之。其自西缘坡上,复植竹三五百竿……常棣、碧桃、海棠、紫薇之属六七本,绮绣相错也。而玉簪、龙爪、夜合、石竹诸秋卉,约可十余种,缀莳其隙。后圃则紫荆、柽柳相葱郁为屏障焉。"

鄂坡斋的一砖一瓦,一草一木,风烟云露,在他成长的岁月中,慢慢内化成了他身体的一部分,为他营造了如烟似雾、如梦似幻的桃花源,在他此后的人生道路上,这个世界一直滋养着他的内心,令他在遭遇波折、失意落魄时,不至于一蹶不振。

而更让祖父姚昀欣慰的是,在私塾读书之余,这个孙儿有着与他相近的爱好与气质,同样喜好吟诗,并在小小年纪就已展露出作诗的天赋,获得了前辈的嘉许。

六岁时,姚燮以灯花为题,作《灯花诗》二首。乡贤谢国贤见后,惊喜不已,对其祖父连连赞叹道:"君之令孙,将来当树一邑先声,不仅为君家宝树,宜好自培植之。"

谢国贤好奖掖后进,又慧眼如炬,见姚燮如此伶俐,后来索性将自己所收藏的姚燮先人的诗文集尽数授之,殷殷叮嘱,将文脉的传承,寄托在了他的身上。

有此慧眼的不独谢国贤。十岁时，姚燮在邻居谢寅士家拜访，见到了贡生胡于锭。所谓贡生，即府、州、县生员（秀才）中成绩或资格优异者，能升入京师的国子监读书。这样的身份，自然令人敬重。

胡于锭时年已八十余岁，见到姚燮，甚是欢喜，抚摸着他的头顶，笑道："你就是那个小小年纪便能作诗的孩童吗？"其时姚燮的私塾先生也在座，胡于锭又特意叮嘱他："此等弟子，须好自培之，将来为汝门下光也。"

在他们眼里，姚燮灵气逼人，思路敏捷，毫无疑问会拥有一个灿烂的前程，将来必定会为家族、为乡邑带来荣耀。而这个时候的姚燮也没有辜负他们的殷切期盼。《姚梅伯传》中徐时栋写道："梅伯以绝人之资，读书恒十行下。自经传子史至传奇小说，以旁逮乎道藏空门者言，靡不览观。"

年轻的姚燮蓬勃生长着，锦绣的前程，似乎是他囊中之物。

这段时光里，他获得的，不仅是学识上的长进，更有对世界、对人生的认知。书香世家，谈笑有鸿儒，往来无白丁。而那些读书人中，偏偏有如此多特立独行之人，他们游走在仕途经济之外，带姚燮领略着自由的气息，思考着自身的价值。

比如，他年幼时见到了一位名为谢奎贤的先生。这位先生出入总是华服峨冠，初识者常疑心他为皇亲贵胄，实则他生长于读书人家，只是后来考取了贡生。他生性好睡，日不至中不揽衣而起。若谁有事拜见，也知道规矩，在别馆静候，不敢惊扰。

或有好奇者问询:"美梦当真诱人至此么?"

谢奎贤以笑答之:"诸君早起,也不过是汲汲于功名利禄之事,哪里能如我这般自在呢?"

中年丧偶后,谢先生更是深居简出,少与人交往;不得不接待来客,也总是寥寥数语而退。他安静地与自己相处,煮茗焚香,与时光融于一处。

对自在的追求,更胜于功名。这样的人自然是少之又少的。也因为少见,所以他的影子一直徘徊在姚燮心中。

又如张锡祉。祖父喜好雅集,常与友人举办文会,往来者甚众,其中来姚燮家中最为频繁的,当属张锡祉,有时一个月来十几次。他为人颇有些魏晋风流之余味。天性喜拈花抚竹,兴起时,便命人在槐树下铺席,独自饮酒。酒量虽不好,但一饮便不醉不归。某一日,小酌微醺后,他见有蝴蝶翩跹于筼竹之梢,捉了一宿。其天真烂漫若此。

当时姚燮已长成,略具诗名。张锡祉爱惜姚燮的诗才,一日,得知慈溪郑氏征诗,便拉着姚燮一同参加。待姚燮诗成,呈给看,他读后摇着手,指着这个年轻人啧啧称道:"小子可怕,小子可怕。"不作细评,也不肯做诗,大有李白"崔颢题诗在上头"之态。

姚燮也曾劝他录存自己的诗歌,他却笑着,认为这不过是"揉天花作游戏"。"揉天花作游戏",这样的游戏人间,这样的自得其乐,与仕途经济、经邦济世,显然是背离的。但是这样的潇洒自得，却又是如此令人心驰神往。

这鄂坡斋的霁月风光，这往来所见的文人雅士，共同为姚燮构建了一个丰盈的内心世界。或许他还没有意识到，风流与风雅的种子，早已浸入了他的肌肤，根植在了内心。

这是姚燮一生中最美好的时光。这时的他青春洋溢，积极乐观，充满着希望。他的乐观与自信，在乡试中举的那一年，达到了巅峰。

2

科举，彼时每个士子必经的考验。姚燮也不例外。

他的开局无比顺遂。

道光十四年（1834年），二十九岁的姚燮赴杭州参加乡试，中举。

中举，对于读书人而言是命运的一大节点。它赋予读书人的不仅是身份的象征，更是仕途的入场券——远赴京师参加春闱的资格。春闱即会试。来自全国各地的士子们将于春季齐集于京师，参加由礼部主持的考试，故有此名。通过会试，意味着有资格参加殿试。届时将面见天子，成为真正的天子门生。学成文武艺，货与帝王家。与朝堂不过一步之遥。

不仅如此，中举的背后，还有更为切实的社会利益。正如《儒林外史》中所描写的范进，中举后，"果然有许多人来奉承他：有送田产的；有送店房的；还有那些破落户，两口子来投身为仆，图荫庇的。到两三个月，范进家奴仆、丫鬟都有了,钱、米是不消说了。张乡绅家又来催着搬家。搬到新房子里,唱戏、摆酒、请客,一连三日。"

可想而知,多少人为了中举皓首穷经,多少人在中举之后欣喜欲狂。而姚燮,一举便得以高中,心中的自得与自满可想而知。那段时间,他意气风发,走马赌场,一掷千金,乐此不疲。曾有一夜,他竟然输了数十万。

狂歌度日,纸醉金迷。美好的未来,正对这个尚未见识过社会残酷的读书人徐徐拉开帷幕。

次年春天,姚燮踏上了进京折桂之旅。

这个旅途,他走得潇潇洒洒,热热闹闹。一路上,呼朋唤友,飞觞走斝。经嘉兴,无锡,镇江……过淮北,渡汶河……他不是在赶路,而是行游,一步走来一步看。天气一日日回暖,他的心也越飞越高,几乎要到天上去了。

是的,我就是要到天上去,到蟾宫去折桂。他满怀着期待。这种情绪如此醉人,以至于第二年他回想这段旅途时,依旧心神荡漾,不由自主地写下了诗篇:"去年三月下淮北,人晚飞涛翠群绿。""去年三月渡汶水,柳自春风水白波。"

然而很快,现实就给了他迎头一棒。

三月,会试;四月,发榜。榜上无名。

姚燮有些发蒙。这是他人生中所遭遇的第一次重大挫败。但他很快就调整了心态。京城,毕竟是天下一等一的才子荟萃之处。尽管如此,自己未必逊色于人。一定是之前太过散漫了,但凡多用功一二,必然能够鱼跃龙门。他心中憋着一口气,在送别了同郡诸人南归后,决定留下来,第二年再战。

留下来的另一个原因,则是贵人徐宝善。在前一年浙江的乡试中,徐宝善担任副主考,姚燮的才华给他留下了深刻的印象。得知姚燮落第,欲留在京城为明年会试做准备时,便热情地邀请他入住自己位于宣武坊南米市胡同的壶园。

对姚燮而言,那是一段几乎可以媲美鄂坡斋的美好岁月。徐宝善爱惜人才,邀请入住壶园的年轻士子除了姚燮,还有沈肇熙、沈元祁等诸多士子。才子们济济一堂,缔造了一个青春的、诗意的世界。他们纵情欢乐,谈诗论道,欢度着岁月。很快,姚燮就凭借才华,折服了群英。宴游、画梅、作诗……姚燮尽情地施展着自己的天性。

他所往来的,有文人雅士,也有伶人娼优。前者折服于他的诗与画,纷纷为他梅花画册做题跋,令他名声大噪,求画者络绎不绝;而他又将所得画资,都花费在了酒楼歌场之中。不仅如此,他还为伶人作传奇,即剧本,由梨园播之管弦,成了另一个关汉卿,另一个梁辰鱼。

他的才名,越过了壶园的高墙,躁动了整个京城。

这自然离不开徐宝善不遗余力的举荐。对这份知遇之恩,姚燮深刻地感怀于心。他曾写道:品非结绿,愧受韩昌黎之知;煦若春风,常依程明道之座。(《复庄骈俪文榷》卷四《〈过庭录〉序》)将徐宝善比作韩愈与程颢两位大儒——他们不仅在诸儒中享有盛誉,更在提携后进上不遗余力。自己这个普通的读书人，能得其垂青，何其有幸。

但这里毕竟不是鄂坡斋，他也不再是那个被前辈们宠爱的稚子，很快，就有人向徐宝善告状，罪名便是"轻狂"二字。

他轻狂吗？是的。

但这足以够成罪名吗？两可之间。

好在有徐宝善。对于姚燮这个才子，他不仅欣赏他的才华，也懂得他的性情，所以他愿意爱护包容，并尽可能地为他遮挡流言。甚至，此后他越发地厚待姚燮。

姚燮并非愚钝之人，对那些敌意，也并非毫无察觉。处于风波之中的他，以诗歌抒怀：

"……由来憎谤起纤末，使予动足深渊临。荆州匪爱入肝腑，感通一气逾磁针。若蒙尘垢得湔洗，空翠重见阆风岑。程门喜作一年住，窗驹过隙何骎骎……"

是徐宝善的庇护，成全了他梦幻般的京城时光。

但才子之病也由此显露。他似乎忘了留在京城的初衷——会试。会试的日子一天天逼近，而他却耽溺在这声色犬马、醉生梦死的生活中。

很快，会试的日子又到了。不同于早前的自信满怀，此次姚燮已隐隐有了落第的预感。考毕，便写诗自嘲：

"番市谁能识宝碎，文章自古有筌筊。要骑上界三霄月，恐误长安　度花。蠕蠕人同蛾出茧，謍謍自笑马生牙。梦边多是孙山路，莫咎朱衣罩眼纱。"

他写自己的怀才不遇、明珠蒙尘，笑自己的年岁徒长、科考难成。

四月,放榜,果不其然,再次败北。郁郁之下,他萌生了归意。

京城的浮华,终究是一场不真切的梦;而他,也终究要从梦中醒来。

3

道光十六年(1836)冬天,面对着家徒四壁的窘境,姚燮第一次感受到了落魄的切肤之痛。

他心生悲凉绝望之意:"寒衣在典不可赎,赤手思炊米无宿。我心如棘君首蓬,相对吞声抵悲哭。"(《夜坐吟》其一)对自己试图通过科考来改变命运的可能也产生了怀疑:"出门愁别,在家愁食。但愿东风迟迟来,东风来时春草碧,又要他乡作客行。"(《夜坐吟》其二)

他的伤痛是真的,他的自我动摇也是真的。两次科考失败,可除了这条路,他又能做什么呢?而他热爱游历、喜好交友的天性,又是如此根深蒂固。科考,是他难以放下的执念;而天性,注定了他无法忍受坐守一室之内,埋首经书的那种单调与枯燥。

事实上,不待东风至,姚燮就再次出门,踏上了行游之旅,并分别于道光十八年(1838)、道光二十年(1840)、道光二十四年(1844)上京参加了会试,只是,结果无一不是失败。

他不得不承认,这条路并不属于他。功名利禄,终究可望而不可即。好在，这条路上他收获的情谊是真切的，既有徐宝善等前辈的提携，也有叶元阶等友人的挂念，还有萍水相逢的红颜知己的慰藉。

道光二十年（1840）二月，北上旅程中的姚燮梦见了故人叶元阶。此时，他正赴京参加第四次会试，而这位好友却已经于数月前病故。醒来之后，他怅然若失，写下了《固安车中梦叶元阶》。

"君死未及七十日，我行已客三千程。"

相交多年，鸿雁往来频频，如今，他却不能送其最后一程。

一如祖父，姚燮交游广泛，而其中，叶元阶有着特别的意义。不仅是因为二人年岁相仿，叶元阶比他不过年长一岁，更因为在他困苦落魄之时，叶元阶始终尊之重之帮扶之。

二十岁时，姚燮娶妻吴氏，不久家道中落，不得不在村里以教授蒙童为业。与叶元阶的结识正在此时。叶元阶为慈溪人，家财丰厚，倾心好客。其兄长叶元墀后官至刑部主事。兄弟二人都是爱才之人。

叶元阶早对他的才名有所耳闻，得知其窘境，热情地将他请到家中，奉若上宾。在长达大半年的时间里，和其他友人一同闭门治史。

在这里，姚燮得以暂离现实之纷扰，为学日进。而在读书之外，叶元阶同样爱好吟诗。他在月湖之畔，有一"枕湖吟舍"，便以此为据点，招揽名流，共同结社。姚燮最为年少，但诗文已自成风格。诗社一个月聚三次，可谓一时盛事。

后来，姚燮为仕途奔走，虽然一再失败，但两人始终不曾断了联系。这相知相惜的情谊，是人世最难能可贵的存在，令他感怀于心，也让他椎心泣血。

同样让他引以为憾的，是与青楼女子时湘文的交往。

出入秦楼楚馆为当时读书人的寻常事，姚燮亦然。对他而言，流连风月之中，不过逢场作戏而已。可当他来到吴门，遇见时湘文，一切都不同了。

这一年，他三十三，时湘文刚过二十。

时湘文身世可怜。她本无锡人，却因家乡遭逢水灾，被卖为婢。此后，她被迫学习琵琶、歌舞，直到十四岁时入乐籍。遇见姚燮这一年，她刚过二十。日日的迎来送往，她遍尝人情之冷暖，所谓真心二字，实在是她高攀不起的。但姚燮，成了她苦楚生活中的一丝光亮。

一个落魄潦倒的才子，一个流落风尘的佳人，同是天涯沦落人，用自己的际遇，平复着对方的伤痛，互诉衷肠，互相慰藉。他们都见过浮华，也深知那浮华的虚妄。而眼前的那个人，却是真实的，包括那含情的双目，那温暖的双手。

"为我赎身吧。"时湘文期许着。

可姚燮默然不语。他自然是想的，可是他凭什么呢？除了才华，和卖字画得来的薄资，他一无所有。几番挣扎下，他只能据实以告。

他已做好了遭受冷眼的心理准备。既然没有希望，像自己这样的人怕是不值得一个青楼女子再费心思了。未曾料想,时湘文待他一如往昔般温存,甚至更胜从前。

美人如玉,姚燮以为一切都没变。直到某日,他无意中从旁人口中得知,时湘文从良无望后,一直郁闷难舒,私下总是垂泪神伤,却特意叮嘱,不欲令他知道。

姚燮心弦被触动,顿感无地自容,羞愧难当。这番情深义重,他如何才能报答?无权无势,好在,他还有一支笔。于是,他以二人的故事为原型,创作了传奇《某心雪》,将自己的深情与遗憾,尽付其中。

是的,他的科举之路是失败的,他的功名是无望的。好在,这片黯淡之中,那些真心始终闪耀着炽热的光芒,温暖着他贫寒的人生。

4

春风桃李一杯酒,江湖夜雨十年灯。

历经十年,姚燮终于弃绝了仕进之路,回到了那方他最熟悉的天地。没有了对功名的执着,他似乎更自由了。

他想起了年少时出入于鄂坡斋那些人。他们有意地疏沅着追名逐利之途,也无视旁人的目光,但求内心的自足与自得。而自己呢,尽管是对功名求而不得,却也不可不说是殊途同归。

巧合的是,此时他的耳朵已渐渐失聪,外面的世界离他越来越远。外面的世界远了,内心的世界就近了。他在精神上,回归到了年少时的纯粹之中。

此后,姚燮便在家坐馆教学,发奋著述,爆发出惊人的生命力。他写下了《今乐考证》一书,这是一部戏剧资料的集大成之作,对戏曲的缘起、传奇名称的演变、戏班的历史、声腔流派等都做了考察。他还把大量的时间花在了校正上,如冯梦龙《夹竹桃》、关汉卿《蝴蝶梦》《救风尘》、吴昌龄《风花雪月》《东坡梦》、王实甫《丽春堂》、马致远《汉宫秋》等,其中也包括好友叶元阶的诗文。

"君诗在吾几,君魂今曷归?仰见海月高,满我怀中辉。"

故人已逝,但是诗稿还在。而只要他还活着,对友人的情谊,便不会磨灭。

当然,作为一个才子,他依然喜欢宴游,喜欢雅集,喜欢与友人痛饮畅谈。只是此时的痛饮,比之年少时,多了几分落寞。这落寞,也体现在了与青楼女子的相处上。

四十七岁那年,他听闻吴县有位妓女,名叫四官,美艳无比,便兴致勃勃地邀友人齐学裘一同前往。四官施施然而来,姚燮见之,竟长跪在地,不住叩首。美人见一个老头伏在地上,模样滑稽,不由得笑了出来;笑声不止,姚燮便叩头不止。齐学裘称其"风趣如此"。然而这风趣,何尝不是读书人的一股子逆反与不甘?正如百年前的柳永,既仕途无望,只好流连花丛之中,自嘲"自是白衣卿相";姚燮如今这般自轻自贱,也不过是用以掩饰自己的沉痛与激愤,用以守护自己的真心。

数月后,姚燮来到浮香阁旧址。《某心雪》中的女主人公,已不知所终。往事如烟,杳然不可追。他独自凭吊,卸下所有的荒诞不经,只余一片真心,呼唤着故人。

风流总被雨打风吹去。熟悉的人一个个离开了,这个世上可留恋的也就越来越少了。

同治三年(1864),姚燮去世,享年五十九岁。

他几乎暗合了今人对古时落魄读书人的全部想象。满腹才学,通音律,擅诗文,工绘画,藏书万卷,交友广泛,又有青楼女子倾慕之。而仕途的不顺,则是让他的这个形象更加纯粹。

念及年少时诸多前辈的期许,姚燮曾自嘲"衰废无成";但他的光亮,是超越科举的存在。

道光十三年(1833),不到三十岁,姚燮的第一部作品集——《疏影楼词》就已刊刻行世。慈溪叶苑香曾评价自己所交往的三个友人的诗歌:明经之诗豪,山人之诗隽,而君(姚燮)兼擅,而闳富倍之。临终前,姚燮依然在为《蛟川诗系》选诗,这是他能为这片故土做的最后的事了。

诗书之外,姚燮尤爱画画;而所画的对象中,姚燮对梅花情有独钟。他的梅花图声名远播,不少友人都主动为图题诗。其中镇海人胡荣所写的,大概最贴近其气质:"我羡姚君禀性殊,不爱繁华爱清绝。"

那迷人的繁华,姚燮当然也曾追逐过;只是他内心秉持的,陪伴始终的,是清绝二字。所以,哪怕繁华落尽,依旧可得清香如故。